KRISTINA STEFFAN
Ach du Liebesglück

Zum Buch
Lilly hat alle Hände voll zu tun: Bald empfängt sie die ersten Feriengäste auf ihrem Bauernhof am Meer, und nebenbei versorgt sie ihren Sohn, die Tiere und jobbt in der Bäckerei. Da passt es ihr gar nicht, dass sich unerwartet ein Hausgast bei ihr einquartiert: ein Landstreicher, der verletzt im Dorf auftaucht und dringend eine Unterkunft braucht. Doch zu Lillys Überraschung gestaltet sich das Zusammenleben mit Gerome ganz anders als gedacht – und seine blauen Augen gehen ihr schon bald nicht mehr aus dem Kopf ...

Zur Autorin
Kristina Steffan lebt und arbeitet in Norddeutschland, weshalb das Meer in ihren Büchern oft eine wichtige Rolle spielt. *Ach du Liebesglück* ist nach *Nicht die Bohne!* und *Land in Sicht* ihr dritter Roman im Diana Verlag. Sie veröffentlicht auch unter dem Namen Kristina Günak.

KRISTINA STEFFAN
Ach du Liebesglück

ROMAN

DIANA

Der Verlag weist ausdrücklich darauf hin, dass im Text enthaltene externe Links vom Verlag nur bis zum Zeitpunkt der Buchveröffentlichung eingesehen werden konnten. Auf spätere Veränderungen hat der Verlag keinerlei Einfluss. Eine Haftung des Verlags ist daher ausgeschlossen.

Verlagsgruppe Random House FSC® N001967

2. Auflage
Originalausgabe 07/2015
Copyright © 2015 by Diana Verlag, München,
in der Verlagsgruppe Random House GmbH,
Neumarkter Straße 28, 81673 München
Redaktion: Dr. Katja Bendels
Umschlaggestaltung: t.mutzenbach design, München
Umschlagmotiv: © plainpicture: Lubitz+Dorner, shutterstock
Satz: Leingärtner, Nabburg
Druck und Bindung: GGP Media GmbH, Pößneck
Alle Rechte vorbehalten
Printed in Germany
ISBN 978-3-453-35860-7

www.diana-verlag.de
Besuchen Sie uns auch auf www.herzenszeilen.de
📖 Dieses Buch ist auch als E-Book lieferbar.

Prolog

Bist du glücklich?«, fragt Magdalena mich verschwörerisch und hebt ihre drei Brauenhaare über dem linken Auge. Weil da fast keine Haare mehr sind, hat sie sich die Augenbraue mit einem Kajalstift nachgezogen, was ziemlich künstlich aussieht. Ob das Absicht war? Oder ein Zupfunfall?

Egal. Ich habe jetzt keine Zeit, mir über diese Nebensächlichkeiten Gedanken zu machen. Wir nähern uns nämlich dem Höhepunkt einer intensiven Frauenunterhaltung. Kindererziehung haben wir abgehandelt (sie findet meinen Sohn, freundlich ausgedrückt, ein wenig sonderbar), berufliche Perspektiven haben wir auch durch (sie hat viele, ich habe keine), nun kommen wir also an die Basis, sozusagen zum Ziel der menschlichen Existenz: dem Glücklichsein.

»Klar«, sage ich und grinse. Zumindest versuche ich es und hebe dabei auch eine Augenbraue, die ich allerdings im *natural look* trage.

»Wünschst du dir denn nicht einen Mann?« Magdalena mustert mich, und ich erinnere mich daran, warum ich vor einiger Zeit eigentlich beschlossen hatte, mich nicht mehr mit ihr zum Kaffee zu verabreden. In Magdalenas Leben ist alles perfekt. Sie hat einen Mann, Kinder, die sich jeden Morgen freuen, in die Schule gehen zu dürfen, um dort neue Maßstäbe in Lerneifrigkeit zu setzen, und einen aufs

Wort hörenden Golden Retriever mit einem Stammbaum, der bis in die Kreidezeit zurückreicht. Und sie hat sogar einen Namen, der für eine erwachsene Frau geeignet ist. Im Gegensatz zu mir. Ich heiße Lilly, was definitiv kein angemessener Name ist, wenn man die Dreißig überschritten hat.

Magdalena, die immer noch auf meine Antwort wartet, zieht mitleidig eine Schnute. Für sie ist ein Mann eine der Grundvoraussetzungen zum Glücklichsein. Ich hatte auch mal einen Mann. Aber der ist abgehauen. In der Nacht, in der ich Tom zur Welt gebracht habe. Statt während der Presswehen meine Hand zu halten, zog er es vor, zu einer wichtigen Erkenntnis zu gelangen und vor der großen Verantwortung, die sich gerade den Weg in unser Leben bahnte, zu fliehen.

Und während ich Tom zur Welt brachte, ist meine Mutter gestorben. Kaum zu glauben, was so alles in einer Nacht passieren kann. Eine Nacht hat ja durchschnittlich auch nur zwölf Stunden. Andere Menschen teilen sich solche Schicksalsschläge auf zwanzig Jahre auf, damit man die Zeit hat, das alles zu verarbeiten. Ich nicht.

Und jetzt bin ich 35 Jahre alt, alleinerziehend, männerlos, Halbwaise und lebe mit meinem Vater, unserem Untermieter Dr. Ezer, vierzehn Hühnern und einem bösartigen Ganter samt Harem auf einem kleinen Bauernhof in Schleswig-Holstein.

»Das wird schon!« Magdalena tätschelt mir mitleidig die Hand. Offenbar hat sie mein nachdenkliches Schweigen völlig falsch interpretiert. »Jetzt muss ich aber los. Helmut vom Fußball abholen. Und Irmgard hat heute Ballett.

Immer was zu tun, nicht?« Sie grinst mich an und bringt damit ihre ordentlichen Augenbrauen erneut in Unordnung.

»Komm, Charlaine!« Charlaine, ihr Golden Retriever, erhebt sich und wirft dabei noch einen schnellen Blick in die Runde. Sie hofft wohl Holly, meinen spanischen Straßenhund, zu entdecken, um ihn zu fressen.

Magdalena küsst die Luft neben meinen Wangen, drückt mir noch einmal mitfühlend die Hand und geht.

Keine zwei Sekunden später erscheint Holly am obersten Treppenabsatz und guckt zu mir runter. Holly ist groß und schwarz. Er sieht aus wie ein blutrünstiger Wachhund, hat aber die Seele eines verschreckten Katzenbabys, weswegen er sich unter meinem Bett verkriecht, wenn Charlaine bei uns zu Besuch ist.

»Wir können das normale Leben wieder aufnehmen. Sie sind weg.«

Ich glaube, meinen Hund erleichtert durchatmen zu hören, dann steigt er langsam die Treppen hinunter. Vielleicht sollte ich mich das nächste Mal einfach mit ihm unterm Bett verkriechen, wenn Magdalena mich mit ihrer Anwesenheit beehren möchte.

Holly setzt sich neben mich und blickt zu mir hoch. »Was heißt denn schon glücklich? So eine blöde Frage.« Ich kraule ihn sanft unter seinem struppigen Kinn. Doch Magdalenas Frage geht mir nicht mehr aus dem Kopf.

1

L»ILLY!«

»Ich kann jetzt nicht!« Vergeblich versuche ich den Gedanken festzuhalten, den meine Tante Klara mir mit ihrer schrillen Stimme zu entreißen droht.

»LILLY!« Okay, der Panikgrad hat sich schlagartig nach oben geschraubt. Vielleicht sollte ich jetzt doch können? Dann müsste ich allerdings meine Abstellkammer verlassen und käme wieder nicht zum Arbeiten. Seit ich mich entschlossen habe, aus unserem Bauernhof eine Pension zu machen, brauche ich ein Büro. Und da alle freien Räume vermietet werden, befindet sich dieses nun in unserer Abstellkammer.

»Oh heilige Jungfrau Maria!«, kreischt meine Tante aus der Küche. Wenn sie anfängt, Heilige anzurufen, wird es Zeit für mich, ihr zur Hilfe zu eilen. Etwas schwerfällig und von dem vielen Papierkram gebeutelt erhebe ich mich.

Sie steht in der Küche, einen Besen in der Hand und starrt auf einen Punkt über einem Bild meines Vaters aus einer seiner frühen Schaffensphasen. Dunkelblaue Kleckse und ein roter Kreis. Der Punkt direkt darüber passt perfekt in das Arrangement – bis er sich beim Näherkommen als kolossale und offenbar genmanipulierte Winkelspinne entpuppt.

»Warum kreischt du nach mir? Was soll ich jetzt machen, außer mitkreischen?«, frage ich wütend.

»Mach. Sie. Weg!« Klara fuchtelt mit dem Besen herum, ohne jedoch das furchterregende Tier aus den Augen zu lassen. »Hol. Das. Kind!«

Ich seufze und werfe einen Blick auf die Uhr am Backofen. Es ist kurz vor Mitternacht. Das Kind schläft und träumt von Superhelden.

Als Klara »Schnell!« kreischt, sehe ich ein, dass ein akuter Handlungsbedarf besteht. Die Mutanten-Spinne hat sich bewegt. Wenn sie ins Laufen kommt, bricht hier in der Küche der kollektive Wahnsinn aus. Ich drehe mich auf dem Absatz um und laufe die knarrende, platt getretene Treppe ins Obergeschoss hinauf. Leise schlüpfe ich in Toms Schlafzimmer und knie mich neben sein Bett. Ich tue das nicht gerne. Er muss morgen wieder um sechs Uhr aufstehen. Und das nach sechs Wochen Sommerferien. Aber aktuell ist er der Einzige im Haus, der uns retten kann. Und auch die Spinne.

»Süßer«, flüstere ich eindringlich in sein Ohr und vergrabe meine Nase in sein nach Schlaf duftendes Gesicht. »Du musst uns retten.«

»Gnraf«, murmelt mein Sohn, wohl noch im Kampf mit Darth, Spiderman und Shrek. Ich probiere es anders.

»Hoch mit dir. Rette die Spinne, bevor deine Tante sie platt haut!« Das wirkt.

»Tiermörder«, brummt mein Sohn, klettert aber im nächsten Moment aus dem Bett und sprintet die Treppe hinunter, wobei er gazellengleich den knarrenden Stufen ausweicht, indem er sie elegant überspringt. Ich poltere so leise wie möglich hinterher.

Meine Tante steht mittlerweile auf einem Stuhl, und

Holly bellt aus seinem sicheren Versteck unter dem Couchtisch wie ein Wahnsinniger die Spinne an. Mein Kind kennt das alles schon und würdigt uns keines Blickes. Stattdessen kramt er im überfüllten Papiermüll und zerrt ein Stück Pappe hervor. Dann greift er sich aus dem offenen Regal ein Glas und fängt hochprofessionell und konzentriert das an der Wand klebende Tier ein. Wie immer wird mir ganz komisch in der Magengegend, als ich ihm die alte Terrassentür öffne, damit er das Objekt meiner schlaflosen Nächte in die Freiheit entlassen kann. Wenn es nur nach mir ginge, wäre ich ja für schlichtes Tothauen, denn sie kommen immer wieder. Aber seitdem mein Sohn mir voller Ernst erklärt hat, dass ich dann eine Mörderin wäre, sehe ich von dieser Entsorgungsart ab. Zumindest wenn Tom in der Nähe ist.

»Nacht«, sagt das Kind und geht wieder ins Bett.

»Morgen reise ich ab. Hier werde ich ja noch verrückt«, sagt meine Tante und klettert vom Stuhl.

Ich gehe zurück in den Abstellraum, wo die Zahlen auf mich warten. Ich kann nicht mit Zahlen. Was ziemlich unpraktisch ist, weil meine Sippe aus meinem Vater, seines Zeichens Künstler, meinem Sohn, sieben, Rechenfähigkeiten erst bis zehn, und einem Hund besteht, und wenigstens einer von uns rechnen können sollte. Nun, ich bin das wohl auch nicht. Aber dass unsere Einkommensseite zurzeit stark unterentwickelt ist, verstehe sogar ich. Genau deswegen ist es so wichtig, dass hier bald die ersten Gäste in unserem kleinen Bed and Breakfast auftauchen. Und zahlen. Mit Gästen kenne ich mich aus. Unser Haus ist immer voll mit Gästen, nur leider zahlen die meistens nicht, weil die zur Familie gehören. Das soll sich nun ändern.

Ich beschließe, dass es an der Zeit ist, den Rotwein zu köpfen, den mir meine Chefin letzte Woche feierlich überreicht hat. Ich war wieder mal Mitarbeiterin des Monats, was durchaus witzig ist, ich bin nämlich die einzige Mitarbeiterin in der kleinen Bäckerei. Ich glaube, Marijke nutzt diese Auszeichnung, um mir alkoholische Sachspenden zukommen zu lassen.

Ich laufe in die Küche, um den Wein zu entkorken. Genüsslich schnuppere ich kurz an der Flasche. Ein Château Latour. Meine Chefin hat einen guten Geschmack, nicht umsonst schicken wir ihre Brote mittlerweile per Post durch ganz Deutschland. Ich nehme mir eines der sündhaft teuren Weingläser, die noch aus meiner Zeit in Hamburg stammen, und fülle es. Immerhin habe ich es heute geschafft, eine Überschrift auf meiner neuen Homepage zu installieren. Und sie sitzt sogar an der Stelle, an der sie sitzen soll. Und sie springt auch nicht wie wild auf und ab (das hat sie drei Tage vorher gemacht). Gut, die Überschrift »Lillys Pension« ist neongelb und passt nicht wirklich in das von mir angedachte Farbkonzept, aber ich bin mir sicher, auch dieses Problem irgendwann in den Griff zu bekommen. Allerdings fehlen mir immer noch die passenden Worte, um mein Vorhaben in blumigen Worten zu beschreiben, ganz viele Gäste anzulocken und ganz viel Geld zu verdienen. Leider beschränkt sich mein kreativer Output bisher auf die Worte »Lillys Pension«. Seufzend nehme ich noch einen Schluck Wein. Die Idee, ein kleines Bed and Breakfast zu eröffnen, stammt von meiner Mutter. Leider ist sie nicht mehr dazu gekommen, sich ihren großen Wunsch zu erfüllen. Deswegen habe ich mich Anfang des Jahres durch den gesamten bürokratischen Papiermist gearbeitet. Sehr viel mehr war nicht nötig, denn meine Mutter hatte schon vor sieben Jahren den ehemaligen Schweinestall umgebaut. Ich musste die fast fertigen Wohnungen nur noch streichen. Und Möbel kaufen. Die jetzt in der Scheune herumstehen und darauf warten, dass jemand sie aufbaut.

Da mir absolut keine weiteren passenden Worte für die Homepage einfallen wollen, klicke ich in meinen Mail-Account und versuche mich hier abzulenken. Das klappt meistens ganz gut. Heute möchte mir ein freundlicher Herr ein Stärkungsmittel für meinen Penis verkaufen. Spannend. Ich klicke die nächste Mail an und verschlucke mich spontan an meinem Rotwein.

Hastig überfliege ich den Inhalt und trinke danach den Rest des Weins auf ex. Wir haben eine Buchung. Die erste Buchung überhaupt. In vier Wochen kommen unsere ersten Gäste. Jetzt wird es ernst!

2

Heute ist der erste Schultag nach den Sommerferien. Ich habe keine Ahnung, wo diese verdammten sechs Wochen abgeblieben sind. Eigentlich hätte das Bed and Breakfast schon längst eröffnet sein sollen, um die Ferienzeit zu nutzen. Aber ständig kommt mir etwas dazwischen. Meistens das Leben oder meine Familie. Oft beide.

»Schneller!«, brülle ich durch den Hausflur und wirble dabei so viel Staub auf, dass ich husten muss. Hier müsste dringend mal wieder jemand putzen.

»Jaaha«, kommt es aus dem Obergeschoss zurück.

»Jaaha«, ist das Echo auf all meine mütterlichen Aufforderungen, Dinge zu tun oder zu lassen.

»Jaaha« ist die standardisierte Antwort meines Kindes auf einfach alles.

»Yannick ist in einer Minute da!«, brülle ich, ernte aber nur ein erneutes »Jaaha«, während ein etwas verstört dreinblickender Hund um die Ecke linst. Aber Toms Schulfreund dürfte wirklich jeden Moment die Glocke läuten, womit der Bus in exakt zwölf Minuten fährt. Yannick ist dank seiner zwanghaften Mutter so pünktlich wie die Schweizer Bahn. Ich stopfe Toms Frühstücksbrot und die Trinkflasche in seinen Ranzen und warte. Außer dass Yannick die Glocke am Hoftor läutet, passiert nichts.

»Yannick ist da!«, rufe ich, und endlich schlendert mein Kind die Treppe hinunter, in senffarbener Hose, grellgrüner Kapuzenjacke und schrillblauen Schuhen. Habe ich ihm alles gekauft, ich wusste nur nicht, dass man es auf diese Weise kombinieren kann.

»Argh«, sage ich. »Du siehst aus wie ein Papagei.« Tom zuckt nur entspannt die Achseln. Vor genau drei Wochen hat er den Kampf um die morgendliche Klamottenauswahl gewonnen. Vorbei die Zeiten, in denen er geschmacklich einwandfrei gekleidet zur Schule ging. Seitdem wird es jeden Tag bunter. Ich werde die nächste Klamottengröße einfach in einheitlichen Farben besorgen, damit niemandem mehr die Augen wehtun, wenn er mein Kind zu Gesicht bekommt. Es läutet erneut.

»Tschüs, Mama!« Mein Sohn küsst mich, schultert seinen Ranzen, gibt sich noch ein paar Sekunden der gewissenhaften Auswahl eines geeigneten Schirms hin und sprintet dann aus der Tür. Es regnet nicht. Um genau zu sein, scheint die Sonne aus allen Knopflöchern. Dennoch verlässt niemand außer mir und Magdalena dieses Haus ohne einen Schirm in der Hand. Ich trete an die offene Haustür und sehe, wie mein Sohn den Schirm ruckartig aufreißt und ihn gekonnt in der Hand drehend dem bösen Ganter vor den Schnabel hält, während er zum Hoftor eilt. Günther, der grantige Ganter, verfolgt ihn laut zischend. Wie jeden, der den Hof betritt und von Günther als unautorisiert angesehen wird. Günther ist ein Kampfganter, der seine Gänse und mich bis aufs Blut verteidigen würde. Offenbar hält er mich für ein Mitglied seines Harems. Oder er ist klug genug und hat begriffen, dass ich ihm täglich sein Futter bringe. Und vor Magdalena hat er einfach Angst. Wie vermutlich alle Lebewesen auf diesem Planeten.

Ich eile in die Küche und schlage ein paar Eier in die Pfanne. Der Kaffee gurgelt schon in die Kanne, und drei Minuten später höre ich Günthers empörtes Geschnatter und die Türklingel. Nur wenige Menschen schaffen es bis zu unserer Haustür. Alle anderen läuten die Glocke am Hoftor. Aber auch unser Mieter, Dr. Ewald Ezer, ist nach zwei Jahren dauerhaften Aufenthalts auf dem Hof in der Lage, den Ganter mit seinem lilafarbenen Regenschirm in XXL in Schach zu halten.

»Guten Morgen«, verkündet er frohen Mutes, als ich ihm öffne, aber sofort zurück in die Küche laufe, um die Eier zu beaufsichtigen. Dr. Ewald, wie Tom ihn nennt, gießt sich einen Kaffee ein und setzt sich zu mir an den Küchentresen neben dem alten Herd.

»Ein schöner Tag heute. Aber die männliche Gans braucht eine Verhaltenstherapie.« Ich lächle verbindlich. Das ist ein bisschen wie in *Täglich grüßt das Murmeltier*. Dr. Ewald findet jeden Tag eigentlich sehr schön und erkennt jeden Morgen aufs Neue, wie gestört Günther ist. Ich teile die Eier schwesterlich zwischen meinem Mieter, der als Einziger hier zurzeit Geld in die Kassen spült, und mir auf und setze mich zu ihm.

»Haben Sie heute etwas Schönes vor?«, frage ich ein wenig zynisch. Meine Anspannung wegen unserer momentanen finanziellen Lage muss sich wohl durch eine kleine Bösartigkeit Luft machen. Dr. Ewald ist Sanierer. Er saniert Unternehmen, was meistens mit der Entlassung fast aller Mitarbeiter einhergeht. Diese Mitarbeiter finden das aus gegebenem Anlass nicht sonderlich witzig. Deshalb bangt Dr. Ewald regelmäßig um sein Leben, und auch abgesehen davon gibt sein Berufsbild wirklich schöne Situationen einfach nicht her. Dr. Ewald strafft die Schultern in seinem schwarzen Anzug und bekommt einen bitteren Zug um sein blank rasiertes Kinn.

»Heute werde ich der Belegschaft erklären, dass wir Stellen abbauen müssen.« Es ist bereits das zweite größere Unternehmen hier in der Region, dem er durch einen stringenten Sparkurs das Leben zu retten versucht. Ich glaube, er macht seinen Job nicht so gerne. Ich glaube, er ist eigentlich jemand, der den lieben langen Tag Blumen verschenken und alten Damen über die Straße helfen möchte. Stattdessen kämpft er dafür, wenigstens ein paar Jobs zu retten. Leider nicht immer erfolgreich. Ich seufze tief. Das Leben ist kein Ponyhof.

»Mein Waschbecken ist schon wieder verstopft«, sagt er im nächsten Moment und legt damit einen Themenwechsel hin, wie ich es nicht besser hätte machen können. »Und mein Türschloss klemmt auch schon wieder.« Er beugt sich vertraulich nach vorne. »Ob Sie da noch einmal schauen können? Ich bin doch ein wenig besorgt, wenn die sicherheitsrelevanten Elemente nicht richtig funktionieren.« Er ist immer besorgt und handwerklich ungefähr so begabt wie unsere Biomülltonne.

»Klar. Ich kümmere mich drum«, sage ich und fühle mich auf einmal völlig erschöpft.

»Wissen Sie, Sie können mit diesem …«, hilfesuchend zieht er die Achseln hoch, »… Ding …«

»Pümpel«, helfe ich ihm schwach mit dem richtigen Wort aus.

»Genau! Dem Pümpel wesentlich besser umgehen als ich.« Ja, der Pümpel und ich sind gute Freunde. Weil auf diesem Hof grundsätzlich irgendetwas verstopft ist und freigepümpelt werden muss. Meine Freundschaft mit diesem Gerät basiert also auf einer reinen Notwendigkeit.

»Ich danke Ihnen für das wunderbare Frühstück.« Er legt das Besteck beiseite und erhebt sich. Das Frühstück bezahlt er. Es ist im Mietpreis einkalkuliert. Dennoch dankt er mir immer äußerst galant, und er ist auch der einzige Mann, der mir hin und wieder Blumen mitbringt. Darüber freue ich mich jedes Mal, weshalb ich mir bei der Frühstückszubereitung auch besondere Mühe gebe. Zufrieden betrachte ich die alte, wunderschöne Zuckerdose auf dem Tisch, die alten Teller mit Goldrand und die kleine Blume in einer Vase neben Dr. Ewalds Platz.

Ja, Frühstück kann ich gut. Und bald werde ich zu einer hauptberuflichen Frühstücksmacherin. Mein schönes altes Geschirr wird allerdings nicht reichen, wenn einmal beide Gästezimmer belegt sind. Und auf einmal fällt mir auch ein, dass die ersten Pensionsgäste mit Kind anreisen. Brauchen wir einen Kinderstuhl?

»Frau Pfeffer?« Ich blicke auf. Dr. Ewald sieht mich besorgt an. »Sie sind ein wenig abwesend heute Morgen.« Ich versuche mich an einem schiefen Grinsen, und er wendet sich zum Gehen, hält aber kurz inne. »Wäre es schlimm, wenn ich Günther beim Herausfahren aus der Scheune überfahre?« Ich hebe resigniert die Augenbraue. Wenn er nicht gerade besorgt ist, versucht er mich mit seinem sonderbaren Humor zu erfreuen. Vielleicht ist das auch gar kein Humor, und er meint solche Dinge wirklich ernst?

»Er greift in letzter Zeit immer mein Auto an. Ich habe große Sorge, dass er bei diesem eifrigen Versuch mal unter die Räder gerät. Vielleicht sollten Sie ihn doch einsperren.«

»Ich denke darüber nach«, sage ich. Das ist mein Standardsatz zu allem, was nicht in die Realität umgesetzt werden kann, aber von meinem Umfeld als Optimierungspotenzial angesehen wird. Würde Herr Dr. Ewald seinen Luxusschlitten an der Straße parken, bestünde keine akute Lebensgefahr für Günther. Da mein Mieter aber unter leichtem bis mittelschwerem Verfolgungswahn leidet, quetscht er sein übergroßes Auto immer ganz dicht neben meine alte Klapperkiste in der Scheune.

Günther kann nicht eingesperrt werden, da er dann vor lauter Frust anfängt, sich selbst zu rupfen. Das will ich nicht. Es mag unglaublich erscheinen, aber Günther ist mein Freund. Davon habe ich zurzeit nicht so viele. Ich muss pfleglich mit ihm umgehen. Und eine Lösung finden. Spätestens wenn die Pension eröffnet, kann er nämlich nicht mehr frei herumlaufen. Dr. Ewald zieht in seine persönliche Schlacht, und mein Vater kommt die Treppe hinuntergewankt.

»Oh!«, ruft er aus, als er mich erblickt, die ich immer noch vor den Eiern herumhocke.

»Bist du denn gar nicht arbeiten?«

»Heute ist Montag. Du erinnerst dich, dass ich montags immer erst um zwölf anfange zu arbeiten?«

»Ja, natürlich!«, ruft er aus, und ich erkenne glasklar:

Weder weiß er, dass Montag ist, noch dass ich montags immer ab mittags arbeite.

»Schatz, ich habe nachgedacht.« Mit einem Plumps lässt er sich auf den freien Stuhl neben mir fallen. Er hat grüne Farbe im Gesicht, die dort sicherlich schon seit gestern klebt. Es ist halb acht. Er malt nie vor zehn, was daran liegt, dass er üblicherweise bis halb elf schläft. Warum er heute so früh auf ist, ist mir schleierhaft. »Ich habe nachgedacht«, wiederholt er, wohl auf eine freudige Regung meinerseits wartend. Dabei will ich gar nicht wissen, was dabei herausgekommen ist. Das letzte Mal, als er nachgedacht hat, wollte er sich von nicht vorhandenem Geld eine Harley Davidson kaufen und damit eine Benefiztour entlang der Nordseeküste unternehmen.

»Lilly? Kannst du mich hören?« Er wedelt mit einer Hand vor meinem Gesicht herum. »Mein Gehirn ist vor lauter Nachdenken ganz ausgeleiert, und du ignorierst mich.«

Ich muss grinsen. Ich kann nicht anders. Mein Vater ist ein eigenartiger Mensch, aber er bringt mich immer wieder zum Lachen. »Dann erstatte doch bitte Bericht über deine Nachdenktätigkeit.«

Er räuspert sich, strafft die Schultern und atmet tief durch. »Du kannst den Wust verkaufen.« Den Wust. Nicht die Blauen, nicht die Roten, nein, den Wust.

»Hm«, gebe ich ein hoffentlich unverbindliches Geräusch von mir.

»Aber nur den! Dass das klar ist!« Sein Zeigefinger schießt einmal drohend durch die Luft.

»Glasklar«, murmle ich und trinke beherzt einen Schluck Kaffee.

»Wir brauchen ja Geld, bis die Pension läuft.« Mein Vater schenkt sich ebenfalls einen Becher Kaffee ein und setzt sich hochzufrieden wieder zu mir. »Wie wirst du das machen?«, fragt er.

»Ich weiß es noch nicht genau«, antworte ich wahrheitsgemäß. Ich habe nicht mal den Hauch einer Ahnung, wie ich den Wust an den Mann bringen soll. Es handelt sich nämlich um ein großformatiges Bild in den freundlichen Farben Grau, Schwarz und Schlamm mit vielen wüsten Strichen. Es ist ein sonderbares Bild, und ich könnte jeden verstehen, bei dem der Anblick Angstzustände auslöst.

Aber der freudige Blick meines Vaters, der in inniger Zuneigung auf mir ruht, lässt mich ihn nur freundlich anlächeln. Ich habe keine Ahnung, wie ich dieses Bild verkaufen soll. Mir fällt noch nicht einmal jemand ein, dem ich es schenken könnte. Aber mein Vater ist von dem tiefen Glauben beseelt, dass ich, Lilly Pfeffer, schon weiß, was zu tun ist. Grundsätzlich und immer.

»So, mein Muckelchen! Dann werde ich mal weiterarbeiten.« Er erhebt sich flink und stellt seinen leeren Kaffeebecher in die Spüle. Ich linse auf die Uhr. »Ich auch«, sage ich und erhebe mich ebenfalls. Schon wieder ist der Vormittag fast vorbeigeflogen. Dabei muss ich noch die Hühner und Gänse füttern, mit dem Hund laufen und eine Betriebshaftpflicht abschließen.

»Grüß doch bitte die Frau Bäckerin ganz herzlich von mir«, sagt mein Vater im Hinausgehen.

»Mach ich nur, wenn du nicht vergisst, dass dein Enkel heute um halb eins aus der Schule kommt und ein Käsebrot braucht!«

»Oh! Das habe ich ganz vergessen.« Er dreht sich noch einmal um, aber beim Gedanken an sein Enkelkind hellt sich seine Miene auf. »Geht klar. Und deine Tante ist ja auch noch da.«

Ich bahne mir den Weg durch die vielen Regenschirme in der Diele und laufe auf den Hof. Günther kommt mir mit stolzgeschwellter Brust entgegengewatschelt. Er glaubt vermutlich, dass er den Hof und seinen Harem, zu dem ja auch ich zähle, heute bereits vor entsetzlichen Gefahren bewahrt hat. Er neigt zum Größenwahn, ist aber durchaus charmant dabei. Holly mit seinen vierzig Kilo Kampfgewicht versteckt sich derweil hinter meinen Beinen.

Ich füttere die Gänse und die Hühner, die sich freuen, mich endlich zu sehen, drehe mit Holly eine Runde durch die Feldmark, erfreue mich an den goldgelben Ähren auf den Feldern und mache mich dann bäckereifein. Und dann bin ich auch schon fast zu spät dran und rase durch unseren kleinen Ort zur Bäckerei »Alte Backstube«.

»Lilly!«, begrüßt mich Marijke mit verkniffener Miene hinter der Theke, vor der sich die Kunden in Zweierreihen verknotet haben. Offensichtlich nötigt ihr gerade eine Kundin eine Diskussion über die unglaubliche Tatsache, dass unser Apfelkuchen ausverkauft ist, auf. »Tut mir wirklich leid. Wir hatten sieben Stück. Die sind alle verkauft. Nehmen Sie Kirsche. Ist auch lecker.« Die Kundin ist aber nicht überzeugt und blockiert den gesamten Fortgang der weiteren Bestellvorgänge. Dementsprechend ungehalten sind die restlichen Kunden, die kurz vor dem Aufstand stehen. Es wird gestöhnt und gemurmelt. Ich flitze hinter die Theke, wasche mir die Hände und platziere ein extrem freundliches Lächeln in meinem Gesicht, betoniere es fest und stelle mich der nächsten Herausforderung des Tages.

3

Alle irre.« Ich nicke matt und kaue an meinem trockenen Vollkornbrötchen. Dem letzten. Wir sind ausgeräubert. »Und wenn noch irgendjemand das Wort ›Apfelkuchen‹ oder ›Franzbrötchen‹ in den Mund nimmt, werde ich ihn mit dem Backblech erschlagen.« Wieder nicke ich. Marijke hat recht. Das Problem ist nur, wenn wir nächste Woche die Produktionszahlen von Apfelkuchen und Franzbrötchen erhöhen, wollen die Leute Mohnschnecken und Eierschecken. Wer am Tropf der Touristenströme hängt, kämpft mit einer völlig unkalkulierbaren Nachfrage.

»Lilly.« Marijke guckt plötzlich ganz ernst. »Hast du schon die Zeitung gelesen?«

Das tue ich nie. Dafür habe ich gar keine Zeit. »Herr Holtenhäusers Artikel ist heute drin«, sagt sie und hält mir eine zerknitterte Zeitung entgegen.

Rasch nehme ich sie ihr ab und glätte sie ein wenig.

Brauchen wir das wirklich?, steht dort als Überschrift direkt auf der Titelseite. Darunter ein Bild von mir vor der einladend geöffneten Tür meiner großen Ferienwohnung. Erstens versteht mein Gehirn die Verbindung zwischen der Überschrift und meinem Foto nicht, und zweitens grinse ich ausgesprochen dämlich in die Kamera. Es ist eins von den Fotos, die man normalerweise umgehend und kommentarlos löscht. Und ganz sicher nicht auf die Titelseite einer Zeitung druckt.

Ich grunze erstaunt und fange an zu lesen.

Das Hobby der gelangweilten Frau? Pensionen eröffnen! Unsere Region wird zunehmend von dilettantisch geführten Cafés und Pensionen geflutet. Nun steht uns eine weitere Eröffnung bevor.

Fassungslos blicke ich von meiner unerfreulichen Lektüre auf. »Ich habe keine Ahnung, wie dieser Journalist nach unserem netten Gespräch auf deinem Hof zu so einem Text kommt«, sagt Marijke schließlich, und ich bin froh, dass sie das sagt. Es war nämlich wirklich ein nettes Gespräch, und ich hatte doch keine Wahrnehmungsstörungen. Oder etwa doch? *Lilly Pfeffer, eine junge Frau aus Schönbühl, einem winzig kleinen Ort in der Nähe von Tönning, möchte sich dieser Massenbewegung anschließen. Eigentlich verkauft sie Brötchen, nun aber möchte sie in das Hotelgewerbe einsteigen. Wer mal sehen will, wo gar nichts los ist, ist in Schönbühl goldrichtig.*

»Was für ein Arschloch!«, sage ich inbrünstig.

»Journalisten sind alles Arschlöcher«, pflichtet Marijke mir bei. »Der hat uns mal eiskalt angelogen. Er war nett, hat sich noch schön einen Kaffee von dir kochen lassen und dich dann in die Pfanne gehauen.«

Nachdenklich beiße ich erneut von meinem Brötchen ab. Es ist nur eine kleine und regionale Zeitung. Meine ersten Gäste werden die sicherlich nicht lesen. Und vermutlich wird der Artikel einschließlich dieses peinlichen

Fotos innerhalb der kommenden Tage vergessen sein. Ich aber werde das nicht vergessen.

»Ich muss nach Hause«, murmle ich. Marijke nickt, greift unter den Tresen und zieht eine kleine Tüte hervor. »Ich habe Tom ein Quarkbällchen gerettet.«

Ich will gerade gehen, als mein Handy klingelt. »Möchtest du einen alten Bonzen-Sack aus dem Sand ziehen? Sonst frage ich Manfred.« Meine hochbetagte Nachbarin Annegret. Mit einem Auftrag für mich. Einem glücklichen Umstand ist es geschuldet, dass der kleine Strandabschnitt, der zu unserem Dorf gehört, mit dem Auto befahren werden kann. Was nicht so einfach ist, wie es sich anhört. Deshalb bleiben Touristen gerne mal im Sand stecken. Was dann wiederum eine ausgesprochen lukrative Angelegenheit für alle darstellt, die einen Trecker ihr Eigen nennen. Wie zum Beispiel Annegret. Ihr gehört ein alter, roter Fendt. Sie befreit schon seit Jahrzehnten, vermutlich seitdem es Automobile im öffentlichen Verkehr gibt, ebensolche aus ihrem sandigen Gefängnis.

Letztes Jahr hat Annegret sich selbst in den Ruhestand geschickt, und seitdem leiht sie mir ihren Trecker, und wir teilen uns die hundert Euro pro Einsatz. Unser Einsatzhandy, dessen Telefonnummer in riesigen Ziffern auf einem Schild am Strand aufgepinselt ist, wechselt wochenweise unter den Trecker-Besitzern im Ort.

»Ich bin gleich bei dir. Sag dem Festsitzenden, dass ich unterwegs bin.« Ich habe nämlich festgestellt, dass das aus psychologischen Gründen wichtig ist und die Wahrscheinlichkeit auf ein sattes Trinkgeld enorm erhöht. Annegret grunzt und legt auf. Ich verabschiede mich von Marijke, renne nach Hause, schubse Günther zur Seite und laufe rüber zu Annegret. Der Fendt läuft schon. Meine Nachbarin verlässt das Haus nicht mehr ohne Rollator, aber sie schafft es immer noch, in die Führerkabine des Fendt zu klettern, um den Motor anzulassen.

Jetzt lehnt sie lässig neben der Haustür und telefoniert. Ich schmeiße meine Tasche nach oben zum Fahrersitz und steige hinterher. Annegret hat ihr Gespräch beendet, hält den Daumen hoch und schreit: »Hab ihm gesagt, die Flut kommt gleich!«

»Du bist fies!«, brülle ich zurück. Die Flut kommt nämlich frühestens in drei Stunden, und selbst dann erreicht sie den sandigen Parkplatz nur in den seltensten Fällen. Ich lenke den Trecker vom Hof, schlage den Weg durch die Felder Richtung Strand ein und genieße den Fahrtwind auf dem Gesicht. Es ist lange her, dass der alte Trecker eine echte Windschutzscheibe hatte. Der Motor brummt angenehm um mich herum. Ich atme tief ein. Die Luft riecht jetzt im August wunderbar würzig.

Wenige Minuten später fahre ich über die Düne. Ein ansehnlicher Porsche 911 in Tiefschwarz hat in seinen verzweifelten Bemühungen, sich mit Heckantrieb aus dem viel zu lockeren Sand zu befreien, einen lustigen Berg hinter sich aufgetürmt. Der Besitzer des Schmuckstücks winkt mir wild entgegen, als würde auch nur ansatzweise die Gefahr bestehen, ihn zu verfehlen. Der Herr ist so dankbar über mein Auftauchen, dass er sich vermutlich gerne in den Sand geschmissen hätte und nur davon absieht, da der Fendt so laut und bedrohlich röhrt. Ich winke ihm freundlich von oben zu und entdecke seine Freundin oder Frau, die etwas abseits steht. Sofort mache ich mich daran, mein Abschleppseil am vorderen Haken zu befestigen. »Gang raus! Lenkrad gerade! Handbremse los«, rufe ich, und der Herr erfüllt alle meine Wünsche in Lichtgeschwindigkeit. Dann ziehe ich die Kiste langsam und mit viel Gefühl aus dem Sand. Ich bin echt gut. Viel besser als Manfred, der mit seinem John Deere die Autos hinter ihm fast zum Fliegen bringt und den Besitzern den Angstschweiß auf die Stirn treibt.

Ich ziehe den Porsche bis zum halbwegs befestigten Anfangsstück der kleinen Straße und stelle den Motor ab. Den Porsche lasse ich noch einen Moment am Haken, damit wir uns bezüglich der finanziellen Belange richtig verstehen.

»Danke!«, sagt die Dame inbrünstig.

»Gerne«, antworte ich und zücke den Quittungsblock, der immer unter dem Fahrersitz verwahrt wird. »Ich muss Ihnen leider einen Eil-Aufschlag berechnen«, sage ich bedauernd, und beide nicken eifrig. Die Idee mit dem Aufschlag stammt von Annegret, und sie ist sehr stolz darauf, weshalb sie sich jedes Mal freut, wenn ich ihn berechne.

»Das macht hundertfünfzig Euro«, rechne ich vor und reiche den beiden die Quittung entgegen. Die Frau zahlt, ohne mit der Wimper zu zucken, und legt sogar noch dreißig Euro obendrauf.

»Und wenn ich Ihnen etwas empfehlen darf?« Ich stecke das Geld in meine Hosentasche. »Fahren Sie am besten gleich zu Holger Hansen nach Bullbühl und lassen eine Unterboden- und Motorwäsche machen. So viel Sand und

Salz sind verdammt schlecht für so ein schönes Auto.«
Beide nicken, ich verabschiede mich per Handschlag und mache mich auf den Weg nach Hause.

4

Tom? Tom!« Keine Antwort. Ich laufe über den Hof in die Küche. Kein Kind. Ich renne weiter in die Scheune. Kein Kind. Ich laufe zurück und die Treppe hoch. Kein Kind. Das Muttertier in mir ist geneigt, sorgenvoll zu zucken, aber ich trete ihm in den Hintern. Tom ist sieben, und das hier nicht die Bronx. Hier kommt keiner weg.

»Hallo!«, brüllte ich schlussendlich einmal quer über den Hof. Holly bellt, Günther zischt. Sonst keine Reaktion. Ich stoße einen genervten Laut aus und renne in den alten Schuppen, der meinem Vater als Atelier dient. Und den Meerschweinchen als Haus. Und den Gartengeräten als Unterstand. Mein Vater sieht mich an. Er hat jetzt noch mehr grüne Farbe im Gesicht. Und in den Haaren. »Wo ist Tom?«, frage ich ihn.

Mein Vater sieht hoch, lächelt milde, und wedelt mit dem Pinsel in seiner Hand. »Tom?«, fragt er dann, als wäre er gerade aus einem Dornröschenschlaf erwacht.

»Dein Enkelsohn. Dunkle Haare, blaues Star-Wars-T-Shirt.«

»Ich habe ihm ein Brot gemacht. Es war sogar schon fertig, als er ankam.« Er lächelt zufrieden.

»Und wo ist er jetzt?«

»Vermutlich hat er irgendwas Wichtiges zu erledigen? Was man halt so macht in dem Alter. Auf Bäume klettern.

Sich mit Jungs prügeln. Weiß ich nicht. Aber ist es notwendig, dass du hier so reinplatzt? Ich bin mitten in einer Schaffensphase, die meine gesamte Aufmerksamkeit erfordert.«

»Ich hätte auch gerne mal wieder etwas, dem ich meine gesamte Aufmerksamkeit widmen kann. Und Tom ist erst sieben, es wäre schön, wenn irgendjemand wüsste, wo er ist«, fauche ich und lasse ihn stehen. Es ist völlig unnötig, unpassend und unangemessen, aber mir kommen die Tränen. Weil ich total erschöpft bin von der ganzen Rennerei. Und weil dieser Herr Holtenhäuser so gemein war. Und wo wir schon dabei sind, fallen mir zeitgleich noch das Waschbecken und das Türschloss von Dr. Ewald ein, und die Möbellieferung, die in der Scheune herumsteht und darauf wartet, zusammengebaut zu werden. Da höre ich Tom auf der Wiese hinter dem Haus lachen. Kurz darauf gibt meine Tante ein sonderbares Schnauben von sich, woraufhin Tom vor Lachen kreischt. Gut. Jetzt weiß ich, wo er ist. Und gehe zu den Hühnern.

Bei den Hühnern geht es mir immer schlagartig besser. Sie sind ganz offensichtlich die glücklichsten Wesen auf der Welt, und das scheint auf mich abzufärben. Sie sind ständig auf der Suche nach etwas zu fressen, und wenn sie fündig werden, dann freuen sie sich. Klar erkennbar und wirklich hübsch anzusehen.

Manche Menschen haben einen Biohof in Mecklenburg-Vorpommern, zu dem sie fahren, wenn sie Inspiration und Ruhe brauchen. Andere gehen ins Spa oder shoppen. Ich kannte auch mal jemanden, der behauptet hat, er müsse nur zwei Stunden mit seinem Auto ziellos in der Gegend herumfahren und wäre hinterher ein neuer Mensch. Für alle oben genannten Möglichkeiten fehlen mir das Geld und das Auto. Mein Auto fährt nur noch bis Tönning, und nach einer Stunde hat man einen beidseitigen Tinnitus, weil das alte Ding so laut ist wie ein Presslufthammer im Anschlag. Für mich hat ein Besuch bei den Hühnern den gleichen heilsamen Effekt. Dr. Ewald, der zuweilen eine skurrile esoterische Neigung hat, bezeichnet den Hühnerstall als meinen »Kraftort«. Was das wohl über mich aussagt?

Die Hühner picken geschäftig und glücklich vor sich hin, und Hahn Marco Polo behält sie dabei streng im Auge. Ich strecke im Busch hockend die Füße aus, lehne mich zurück, taste in meiner Hosentasche nach den Zigaretten und zünde mir eine an. Ich rauche nicht mehr. Zumindest nicht mehr offiziell. Genüsslich ziehe ich an der Zigarette und genieße für einen Moment die Stille und den Anblick der Hühner.

Im Gebüsch hinter mir raschelt es. Auf einmal ertönt ein intergalaktischer Kampfschrei, und Tom bricht aus dem Haselnussbusch hervor.

»Ha! Hab dich gefunden!«, brüllt er, woraufhin Marco Polo unwirsch seine Hühnerschar um sich sammelt, um sie zu sichern. »Ich habe Hunger!« Meinem Sohn stehen die dunklen Haare wirr vom Kopf ab, und er sieht dreckig aus. Ganzkörperdreckig, wie nur kleine Jungs es sein können. Er mieft leicht nach Kuhmist, und die Nase läuft.

»Hallo, Mama, schön dich zu sehen. Wie geht es dir?«, souffliere ich ihm müde, woraufhin er seinen ganzkörperdreckigen Leib zu mir auf den Plastikstuhl quetscht und mir einen Kuss gibt.

»Hallomamawiegehtesdir?«, flüstert er mir ins Ohr und kneift mich gleichzeitig in den Bauch.

»Danke. Gut. Mathehausaufgaben? Eintrag ins Hausaufgabenheft?«, erkundige ich mich so freundlich wie möglich. Es ist im Leben mit Tom absolut sinnvoll, rechtzeitig und konsequent auf bedeutende Dinge (Hausaufgaben/Mathe) hinzuweisen, denn diese (seiner Ansicht nach »total unwichtigen« Nebensächlichkeiten) würden sonst in seinem Leben nicht vorkommen. Er wäre ein kleiner, stinkender Matheelegastheniker, der dafür alle Figuren bei Star Wars benennen könnte. Manchmal fühle ich mich wie ein Dompteur im Zirkus. Tom denkt nach und zieht bei diesem Prozess die Augenbrauen so heftig zusammen, dass sie sich gegenseitig besuchen.

»Habe ich vergessen«, antwortet er dann wahrheitsgemäß.

»Dann lass uns nachgucken.« Ich seufze und schiebe ihn sanft von meinem Schoß.

Nachdem ich meine Zigarette in einem kleinen Marmeladenglas ausgedrückt habe, zerre ich mein klebriges Kind hinter mir her in die Küche. Dort liegt bereits das Hausaufgabenheft auf dem Tisch. Meine Tante steht mit sorgenvoll gefurchter Stirn darüber gebeugt und entziffert mühsam die wirre Handschrift von Toms Lehrerin.

»Klara, du bist ja noch da«, sage ich und schiebe Tom zum kleinen Gästebad.

»Hände waschen!«, raune ich, und Tom sagt »Jaaha!«, geht aber seinen Auftrag erfüllen. Zumindest sieht es so aus. Wissen kann man das nie.

Meine Tante blickt auf und sieht meiner Mutter für den Bruchteil einer Sekunde viel zu ähnlich.

»Wolltest du nicht abreisen? An einen Ort, an dem die Spinnen nicht handtellergroß sind?«

»Ich fahre morgen, vielleicht übermorgen«, antwortet sie hoheitsvoll. »Sankt Peter-Ording läuft mir nicht weg, und die Galerie ist sowieso bis nächste Woche geschlossen.« Meine Tante ist Töpferin und hat ihre eigene Galerie, in der sie ihre Kunstwerke an willige Touristen verkauft. Sie kommt uns oft besuchen, und schließt dafür dann kurzerhand den Laden, was sie sich offensichtlich leisten kann.

»Ich kann das nicht genau lesen«, sagt sie und deutet auf das Heft. »Aber offensichtlich ist mein Großneffe ein Störenfried.«

»Ist er«, antworte ich knapp. »Und rechnen kann er auch nicht«, füge ich in einem Akt der Selbstentblößung hinzu, woraufhin meine Tante die linke Augenbraue fast bis an die Stirn zieht.

Als wir endlich entziffert haben, was Toms Lehrerin in sein Hausaufgabenheft gekritzelt hat, ist mein Kind noch immer nicht wieder aufgetaucht.

»Sollte er nicht irgendwann mit Händewaschen fertig sein?« Klara starrt die geschlossene Badezimmertür an. Sicher versucht er seit vier Minuten das Wasser nur durch Anstarren zum Einfrieren zu bewegen. Oder er hat eine Ameise getroffen, mit der er gerade über eine mögliche Brüderschaft verhandelt. Vielleicht ist ihm aber auch aus Versehen die gesamte Klopapierrolle in die Toilette gefallen, und jetzt steht er knöcheltief im überlaufenden

Wasser und traut sich nicht raus. Alle drei Möglichkeiten sind durchaus wahrscheinlich.

»TOM!«, brülle ich.

»Jaaha!«, ertönt es hinter der Badezimmertür, die leider weiterhin geschlossen bleibt.

»Jetzt komm Hausaufgaben machen. Ich muss in einer Stunde wieder los!« Die Tür öffnet sich, heraus kommt Tom. Nass. So komplett. Es tropft sogar von seiner Hose. Meine Tante kichert. Sie findet alles, was Tom macht, witzig. Offenbar so lange, bis es in seinem Hausaufgabenheft von Dritten vermerkt wird. Dann soll gehandelt werden. Wenn er das gesamte Haus unter Wasser setzt, lacht sie nur.

»Was ist passiert?«, frage ich das Kind, das eine der Situation angemessen schuldbewusste Miene aufsetzt.

»Der Wasserhahn ist kaputt.«

»Was hast du gemacht?«, frage ich matt.

»Geh doch nicht gleich davon aus, dass er etwas gemacht hat!« Meine Tante ist empört. Sie kennt ja auch nicht die Conclusio, die sich aus der schuldbewussten Miene und der glatten Lüge stricken lässt. »Ich habe da nur dran gedreht.«

»Woran?«

»An dem Ding.«

So kommen wir nicht weiter. »Geh und zieh dir was Trockenes an.« Ich stehe auf und beschließe, die Sachlage im Gästebad mal selber zu begutachten.

Woran auch immer er gedreht hat, das Wasser sprudelt fröhlich kreischend unter dem Einhandhebelmischer hervor. Ich kreische ebenfalls und stürze an meiner Tante vorbei zum Hauptwasserhahn im Abstellraum, den ich mit aller Kraft zudrehe. Danach rase ich zurück, mache einen Schlenker durch die Küche, raffe alle verfügbaren Handtücher an mich und schmeiße sie ins Gästebad auf den alten Dielenboden. »Würdest du bitte von oben noch ein paar Handtücher holen?«, rufe ich meiner Tante zu, die sich aber nicht rührt und nur auf die Wasserkatastrophe vor ihren Füßen starrt. »Klara! Ich könnte Hilfe gebrauchen!«, stoße ich hervor, während ich auf dem Boden herumrobbe wie ein Trüffelschwein zur Hauptsaison.

»Wie hat er das gemacht?«, fragt sie mich ehrlich fasziniert.

»Tom könnte innerhalb von Sekunden ganze Stadtteile zum Einstürzen bringen«, schnaufe ich vom Fußboden aus. Meine Tante rührt sich immer noch nicht.

»Tom!«, brülle ich, und erstaunlicherweise erscheint mein Kind nur Sekunden später im Türrahmen. Trocken. »Hol Handtücher!« Tom sprintet los und taucht gleich darauf mit dem Arm voller Badehandtücher wieder auf. Gemeinsam kriechen wir in alle Ecken und rubbeln den kostbaren Dielenboden trocken. Der ist nämlich gerade frisch geölt und verträgt Feuchtigkeit ungefähr so gut wie ein Teufel das Weihwasser.

»Oh! Was ist denn hier passiert?« Mein Vater gesellt sich zu unserer illustren Runde. »Der Wasserhahn ist kaputt. Der Haupthahn ist jetzt abgestellt, also haben wir kein Wasser. Einmal Spülen pro Klo dürfte aber noch gehen. Papa, läufst du rüber zu Annegret und holst zwei Eimer Wasser?«

»Oh!«, sagt mein Vater, macht sich dann aber auf den Weg.

Und während ich weiter auf dem Dielenboden herumkrieche, muss ich plötzlich kichern. Zwar habe ich eben ein neues Problem dazu bekommen, dafür hat sich ein anderes gelöst. Um Dr. Ewalds verstopften Abfluss muss ich mir momentan zumindest keine Sorgen machen.

5

Am nächsten Tag hocken Marijke und ich hinter der Theke und versuchen gerade, nach einem Bienenstich-Wahnsinns-Montagvormittag wieder zu Kräften zu kommen, als Annegret ihren graubelockten Kopf über die Theke steckt.

»Wir haben einen Landstreicher!« Annegret scheint uns zu suchen.

»Du musst Stunden aufstocken, Lilly«, sagt Marijke leise. »Ich brauche dich ganztags. Zumindest in der Saison.« Dabei ignoriert sie Annegret gekonnt, die uns aufgrund ihrer geringen Körpergröße hinter der Theke nicht sehen kann.

»Das geht erst, wenn ich einen Ganztagesplatz in der Schule ergattert habe, und die sind seltener als kalorienfreie Schokolade«, sage ich, den Mund voller Franzbrötchen. Die wollte heute nämlich keiner haben, also esse ich sie. Alle.

»Hört ihr mich denn nicht! Einen LANDSTREICHER!«, brüllt Annegret.

»Hatten wir schon mal einen Landstreicher?«, fragt Marijke mich, und ich schüttle den Kopf.

»Ich muss die Backstube aufräumen. Du musst gucken gehen«, murmelt sie mit gerunzelter Stirn.

»Immer muss ich gucken gehen, wenn was ist«, murmle ich zurück und beiße erneut in mein Franzbrötchen.

»Also eine von euch MUSS jetzt mal gucken gehen! Sonst geht Herbert, und das wäre nicht schön.« Wo Annegret recht hat, hat sie recht. Herbert ist Jäger, Ortsbrandmeister und Neuem gegenüber grundsätzlich nicht sehr aufgeschlossen. Er nimmt dann gerne seinen giftigen Terrier und die Flinte mit, weswegen wir mit unseren »Mehr Touristen in Schönbühl«-Ambitionen ihn gerne zwangsumsiedeln würden. Ansonsten sind alle anderen Einwohner von Schönbühl um diese Uhrzeit entweder bei der Arbeit oder altersmäßig knapp unter hundert. Der Einzige, der nicht arbeitet und definitiv weit unter hundert ist, malt und fällt dementsprechend auch aus. Weswegen alles im Ort entweder Marijke oder ich regeln. Zumindest zu den gemeingültigen Arbeitszeiten.

»Ich komme!«, rufe ich und erhebe mich seufzend.

»Was um alles in der Welt macht ihr denn da unten?« Annegret betrachtet mich, wie ich plötzlich wie ein Pilz aus der Erde gewachsen vor ihr stehe.

»Wir haben einen Bienenstich-Koller«, antworte ich und binde meine lindgrüne Schürze ab. »Ein Landstreicher?«

Annegret nickt eifrig.

»Ein gut aussehender Knabe. Etwas abgerissen vielleicht. Aber nichts, was eine Dusche und ein gutes Essen nicht wieder richten könnten.« Sie grinst. Anzüglich. Eindeutig.

»Wo?«

»Am Weiher.« Wir wandern los. Annegret heute mit ihrem nagelneuen, knallroten Rollator, mit dem sie sogar fast ein wenig schneller ist als ich.

»Nun mal los, Mädchen. Sonst ist er vielleicht schon wieder weg.«

»Dann hätte sich das Problem doch von selbst gelöst«, keuche ich atemlos.

Hat es aber nicht. Als wir am Weiher ankommen, hockt der Landstreicher mit dem Rücken an eine der alten Weiden gelehnt und blutet wie ein abgestochenes Schwein.

»Er stirbt«, haucht Annegret und nimmt erst mal auf dem eingebauten Sitz ihres Rennrollators Platz.

»Halleluja«, hauche ich zurück und nähere mich dem großen Kerl vorsichtig. »Hallo?!«

Er blickt auf. Annegret hatte recht. Er ist ziemlich ansehnlich, wenn man von dem ungewaschenen und unrasierten Äußeren und der stark blutenden Wunde an seiner Seite mal absieht.

»Und wer sind Sie?«, knurrt er mich so unerwartet und heftig an, dass ich ganz schnell und unauffällig einen kleinen Schritt zurück mache.

»Die Dorfälteste? Kann ja eigentlich nicht sein. Ich dachte, das ist die da.« Sein Kinn ruckt zu Annegret, die hochinteressiert auf die sich ihr bietende Szene blickt.

»Ich bin die Vize-Dorfälteste. Und wer sind Sie? Was ist mit Ihnen passiert?«

»Der Stier wollte mich töten«, antwortet er, und Annegret gibt einen anerkennenden Pfiff von sich. Jedem Einwohner von Schönbühl ist natürlich bekannt, dass auf der Wiese am Weiher Hildes Jungbullen stehen. Ein Wissen, das die Kinder bei der Geburt durch genetische Verstrickungen erlangen und das sich so sicher in ihr Hirn einbrennt wie das Wissen, wo sich im Haus die Schokolade befindet. Bestenfalls macht man nämlich einen großen Bogen um die testosteronverseuchten Kerle. Nur jemand mit suizidalen Absichten würde versuchen, über diese Wiese zu laufen.

»Man kann vier Kilometer gegen den Wind erkennen, dass das Bullen sind. Sie sind da nicht wirklich raufgegangen, oder?«, erkundige ich mich ungläubig. Er verdreht die Augen. Sehr blaue Augen. Aber wer einen Bullen nicht von einer Milchkuh unterscheiden kann …

»Das muss ärztlich versorgt werden«, sage ich und deute auf das Blut, das durch seine auf der Wunde liegende Hand sickert.

»Das ist nichts«, sagt er kalt.

»Es blutet. Nichts blutet meistens nicht.«

»Okay, hören Sie: Lassen Sie mich einfach in RUHE!« Die letzten Worte zischt er. Er ist ein klein wenig furchteinflößend. Und ich habe auch wirklich ganz viele andere Dinge zu erledigen. Allerdings wäre es schlechte Publicity, wenn er hier an unserem idyllischen Weiher verbluten würde. Ein gefundenes Fressen für Herrn Holtenhäuser. Wo er unseren Ort doch so mag.

»Ich rufe dann mal den Notarzt. Dauert aber, bis der hier ist. Würde schneller gehen, wenn wir mit dem Auto in den Nachbarort zum Hausarzt fahren würden.«

»Lassen Sie mich in RUHE!«

»Kann ich nicht. Helfersyndrom, Sie wissen schon. Also? Wie hätten Sie es gerne?«

Er schluckt. Ganz offenbar ebbt gerade der Schock durch den Stierangriff etwas ab, und der Schmerz setzt ein. Er murmelt etwas, das ich nicht verstehe.

»Bitte?«, frage ich nach, und er wiederholt sich etwas lauter.

»Ich bin nicht krankenversichert, und ich habe zurzeit kein Geld bei mir, um das zu bezahlen.« Ehrlich gesagt sieht er aus, als hätte er schon seit einer ganzen Weile kein Geld mehr bei sich.

»Lassen Sie mich mal sehen«, sage ich und trete näher. Vielleicht ist es ja gar nicht so schlimm und ein Pflaster reicht aus. Er hebt ein wenig die Hand und offenbart mir eine Wunde, die selbst mir als hartgesottenem Landei und Mutter eines Jungen einen Schauer über den Rücken jagt. Aber wenigstens rinnt das Blut nicht mehr in Strömen aus ihm heraus. Mit einem umgehenden Ableben seinerseits ist also nicht zu rechnen.

»Das muss ärztlich versorgt werden. Und zwar zügig. Über das Geld sprechen wir später. Ich hole mein Auto.« Ich renne an Annegret vorbei. »Pass auf, dass er nicht wegläuft! Und sag dann meinem Vater Bescheid, dass er sich um Tom kümmern muss!«

Ein paar Minuten später hole ich meinen Verbandskasten aus dem Kofferraum, streife mir Handschuhe über und drücke sterile Gaze auf die Wunde, was er mit einem Schnaufen quittiert. Dann schmeiße ich seinen ramponierten Rucksack in den Kofferraum und quetsche den riesigen Kerl in mein winziges Auto. Wir brettern über den Schleichweg bis nach Bullbühl (unserem Nachbarort mit der erhöhten Arschlochdichte), und ich halte verbotenerweise direkt vor der Hausarztpraxis von Dr. Kettler. Kaum bin ich aus meinem kleinen Wagen geklettert, der mit der blutenden Fracht definitiv Schlagseite hat, da keift auch schon eine der Sprechstundenhilfen aus dem Fenster: »Das ist kein Parkplatz!«

»Ich habe einen Notfall an Bord!«, rufe ich über das Autodach, was ihr nur ein genervtes Seufzen entlockt. Unsere Landärztin spricht fünf Sprachen fließend und schließt ihre Praxis einmal im Jahr, um vier Wochen unentgeltlich für Ärzte ohne Grenzen zu arbeiten, aber sie schafft es nicht, Menschen einzustellen, die ein Mindestmaß an empathischen Fähigkeiten aufweisen. Trotzdem kommt die Dame kurze Zeit später die Eingangstreppe herunter, offenbar jetzt doch gewillt, mir bei meinem Notfall, den ich mir ja auch nicht ausgesucht habe, behilflich zu sein. Im selben Moment klettert selbiger allerdings eigenständig aus meinem Auto.

»Der Notfall kann stehen und atmen. Der ist KEIN Notfall. Parken Sie um!«, schnauzt die Sprechstundenhilfe. Mein Notfall blickt mich über das Autodach hinweg an und raunt: »Soll ich eine Ohnmacht vortäuschen? Dann können Sie hier stehen bleiben?«

»Haha«, sage ich. »Gehen Sie schon mal rein. Ich komme nach.« Ich schwinge mich wieder in mein Auto und fahre um drei Straßenecken, bis ich den Wagen vor einem Supermarkt abstellen kann. Als ich zurückkomme, hockt mein Notfall auf den Stufen und sieht nicht gut aus. »Hey, was ist los?« Ich hocke mich neben ihn. »Mir ist ein wenig schwindelig. Das geht gleich wieder.« Er atmet tief durch und blinzelt wie eine kurzsichtige Eule.

Plötzlich tut der Kerl mir leid. Erst wird er von einem wilden Bullen fast umgebracht, dann fällt er mir in die Hände, und zu guter Letzt wird ihm auch noch deutlich gesagt, dass er kein Notfall ist. Und das alles ohne Krankenversicherung und einen einzigen Cent in der Tasche.

»Wir kriegen das schon wieder hin.« Ich tätschle ihm etwas unbeholfen das Knie. Er guckt mich an und betrachtet dann mit einem seltsam verlorenen Gesichtsausdruck meine Hand auf seinem Bein.

»Geht wieder«, sagt er und kommt schwerfällig auf die Beine. Wir müssen noch zehn Minuten warten, dann ist er an der Reihe. Ich habe es mir gerade mit einer aktuellen Ausgabe der *Auto Motor Sport* gemütlich gemacht, als Frau Dr. Kettler ihren dunklen und fürchterlich praktischen Bubikopf ins Wartezimmer steckt. »Frau Pfeffer, kommen Sie mal!« Gehorsam erhebe ich mich und folge ihr ins Behandlungszimmer, wo mein persönlicher Notfall mit einem Verband um den Oberkörper auf der Liege sitzt und mufflig guckt.

Dr. Kettler sammelt diverse vollgeblutete Kompressen ein und bedeutet mir, näher zu kommen. »Was für einen unverschämten Bericht der Holtenhäuser da wieder geschrieben hat. Journalisten sind doch wirklich die Pest der Neuzeit«, sagt sie und wirft alles schwungvoll in den Mülleimer.

»Oh. Äh. Ja«, sage ich. Den hatte ich doch glatt vorübergehend vergessen, komme aber gar nicht dazu, ihren hübschen Vergleich wirken zu lassen, denn sie spricht schon weiter. Zeit ist ja gerade in einer Arztpraxis Geld.

»Seine Wunde muss morgen noch einmal verbunden werden.« Sie deutet auf den Mann auf der Liege. »Außerdem muss man das in den kommenden Tagen im Auge behalten, damit es sich nicht entzündet. Im Großen und Ganzen war es aber nicht so schlimm, wie es auf den ersten Blick aussah.« Dr. Kettler sieht mich an, als wäre ich diejenige, die das Ganze im Auge behalten sollte. Vielleicht kann ich diesen Job an Annegret abtreten? Eigentlich hat die ihn ja gefunden.

»Wie sieht es mit Ihrer Tetanus-Impfung aus, junger Mann?«, fragt Dr. Kettler den gefundenen Mann. Er räuspert sich und scheint nachzudenken. »Also wissen Sie es nicht, deswegen gibt es gleich noch einen Piks.«

Dann wendet sie sich wieder mir zu. »So kann er nicht im Freien schlafen. Wie sieht es mit Ihrer Scheune aus?«

Ach du Schreck. Sie will wirklich, dass ich ihn wieder mitnehme.

»Ich kann Sie übrigens hören. Und ich bin kein Hund. Oder so«, wirft er in diesem Moment ein.

»Sie haben kein Geld. Da kann man keine Ansprüche stellen. In einigen Ländern dieser Welt wären Sie Frau Pfeffer jetzt für diese Rettung bis zum Ende ihrer Tage verpflichtet. Seien Sie froh, dass sie es war, die Sie gefunden hat. Vielleicht können Sie ja Ihre Schulden bei Frau Pfeffer abarbeiten, sobald Sie wieder gesund sind.«

Vor meinem geistigen Auge tauchen die vielen unausgepackten Kartons auf. Und der Abfluss. Und der Zaun.

»Was sagen Sie, Frau Pfeffer?« Dr. Kettler sieht mich an. Ich nicke zögerlich. Immerhin sind meine Gäste ja noch nicht da. Platz habe ich also.

»Frau Pfeffer hat einen scharfen Hund auf dem Hof, und ihr Nachbar schläft mit einer geladenen Waffe neben dem Bett. Wagen Sie also lieber keine Eskapaden.«

»Ich werde mich hüten«, murmelt er und zieht eine Augenbraue in die Höhe.

»Frau Pfeffer.« Die Sprechstundenhilfe guckt zur Tür

rein. »Sie müssen bar bezahlen. Wir können das sonst nicht abrechnen.«

»Das ist mir jetzt ziemlich unangenehm«, murmelt mein neuer Hausgast, und als Dr. Kettler ihm daraufhin auch noch die erstaunlich muskulöse Schulter tätschelt, als sei er tatsächlich ein armer Straßenhund, brummt er unüberhörbar missbilligend.

»Könnten Sie das bitte lassen?«, fragt er für einen Straßenköter erstaunlich akzentuiert und rückt ein wenig ab. Dr. Kettler ist völlig unbeeindruckt von dieser Reaktion und zieht in stoischer Ruhe eine Spritze auf.

»Ihre Situation entbindet Sie nicht von Ihrer Verantwortung. Ein Ausstieg ist doch keine Lösung! Sie können wahlweise auch nach Tönning aufs Revier. Vielleicht lassen die Sie in ihrer Ausnüchterungszelle schlafen, bis die Wunde verheilt ist. Dann stelle ich Ihnen eine Rechnung, Sie können nicht zahlen, da Sie keinen festen Wohnsitz haben und, na, den Rest kennen Sie.« Übergangslos drückt sie ihm die Nadel in den Arm, und er zuckt kurz zusammen.

»Nein, den Rest kenne ich nicht«, erwidert er, aber da ist Dr. Kettler schon verschwunden.

»Miststück«, sagt er halblaut, und mir kommen Zweifel, ob ich diesen riesigen, offenbar ziemlich mies gelaunten Kerl ohne Krankenversicherung wirklich bei mir auf dem Hof haben möchte. Ich habe immerhin ein Kind. Und einen Vater. Kartons hin oder her. Aber im nächsten Moment reibt er sich mit seinen blutigen Fingern durch das Gesicht, und diese Geste wirkt so unbeholfen und müde, dass ich beschließe, ihm eine Chance zu geben.

Günther wird heute Nacht einfach vor dem Eingang der

Gästewohnung schlafen, und die Tür des Haupthauses schließe ich ab. Dahinter ist dann ja auch noch Holly. Und zur Not rufe ich Herbert an. Das ist der mit dem Gewehr und dem bösen Hund. Klingt nach einem Plan. »Ich bin Lilly«, sage ich und nicke meinem Gast zu. Er räuspert sich, und es hat den Anschein, als müsse er erst seine Stimme suchen, bevor er mir antworten kann.

»Gerome«, sagt er dann sehr leise und schenkt mir etwas, das vermutlich als Lächeln durchgehen könnte. Wenn es seine Augen erreicht hätte.

Ich bezahle 53,21 Euro und hole meinen Wagen. Schweigend fahren wir nach Hause. Mir ist gerade siedend heiß eingefallen, dass ich das Wasserproblem noch nicht gelöst habe. Und die Frage, wie ich Dr. Ewald unseren wildfremden und gefährlich aussehenden Gast erkläre, ist auch noch nicht beantwortet.

»Was wollten Sie eigentlich auf der Weide?«, frage ich, kurz bevor wir zur Scheune einbiegen. Ich muss mich von den vielen Gedanken in meinem Kopf ablenken.

»Ich habe Löwenzahn gesucht.« Er guckt starr aus dem Seitenfenster.

»Wofür?«

»Zum Essen.«

»Ich mache Ihnen gleich ein paar Eier. Aber vorher müssen Sie sich etwas Vernünftiges anziehen. Mein Sohn ist zu Hause«, sage ich mit einem Seitenblick auf seinen zerrissenen und blutverschmierten Pullover.

Das gestaltet sich allerdings schwieriger als erwartet. Zwar hat er ein relativ frisches T-Shirt in seinem Rucksack, aber erst will Günther ihm in den Hintern beißen, und dann bekommt er wegen seiner Wunde die Arme nicht hoch, um aus dem alten und in das neue Kleidungsstück zu schlüpfen.

Ich helfe ihm und gebe dabei leider ein so beängstigend genervtes Geräusch von mir, dass Gerome entsetzt einen Satz nach hinten macht. »Ich bin mir nicht sicher, ob ich es nicht doch vorziehe, am Weiher zu schlafen«, erklärt er hoheitsvoll, nachdem er mich kurz, aber sehr intensiv betrachtet hat.

»Hören Sie. Ich hatte für heute verdammt viele Dinge auf meiner Liste stehen. Die stehen da jetzt immer noch, weil Sie der Rettung bedurften. Mein Kind wartet, muss noch Hausaufgaben machen, und es ist schon fünf Uhr, und das Wasser im Haus läuft nicht. Was eigentlich ganz prima ist, weil der Abfluss auch verstopft ist.«

Gerome betrachtet mich kühl.

»Dr. Kettler hat gesagt, dass Sie heute nicht im Freien schlafen können. Also kommen Sie jetzt mit«, sage ich ungeduldig und drehe mich um. Als er sich nicht rührt, füge ich hinzu: »Wenn Sie hier stehen bleiben, wird Günther sich in Ihrem Hintern verbeißen, und noch einmal fahre ich Sie nicht zum Arzt.« Dieses Argument scheint so überzeugend, dass er sich umgehend in Bewegung setzt und mir folgt.

6

Holly begrüßt uns freudig auf dem Hof. »Wo ist der scharfe Hund?«, fragt Gerome argwöhnisch, während er Holly den Kopf krault. »Im Keller festgekettet«, antworte ich und schließe die Haustür auf.

»Papa!«, brülle ich. »Tom!« Keine Reaktion. »Kommen Sie rein«, sage ich zu Gerome und schiebe die Günther-Abwehr-Regenschirme zur Seite.

»Viel Regen hier in Schönbühl?«, fragt er spitz, aber ich gucke ihn nur böse an. Unser neuer Hausgast schweigt und sehnt sich wohl wieder an seinen Weiher zurück. Ich laufe ins Wohnzimmer und sehe meinen Sohn wie hypnotisiert vor dem Fernseher hocken. Ein abstrakt gezeichneter Roboter kreischt schrill und versucht einen anderen, noch abstrakter gezeichneten Roboter zu eliminieren. Toll, was so tagsüber alles im Fernsehen läuft. »Was soll das? Guckst du schon die ganze Zeit?«, frage ich wütend, und Tom nickt auch noch. »Opa hat's erlaubt«, murmelt er, völlig gebannt vom bunten Schwachsinn, der ihm das Gehirn umnebelt. Fernsehen hat auf Toms Synapsen eine ähnliche Wirkung wie vermutlich Haschisch oder Pilze oder so etwas. Deswegen darf er nur wohldosiert gucken. Und am liebsten auch nur und ausschließlich das Sandmännchen. Auch wenn er sich dafür zu alt findet, für diesen Blödsinn ist er zu jung. Ich schalte den Fernseher aus, und Tom grunzt wie aus einem tiefen Schlaf erwacht. Er blinzelt einmal und sagt dann: »HalloliebsteMamaderWelt!«

»Hallo«, sagt es leise hinter mir, und Tom guckt mir über die Schulter.

»Wer bist du?«, fragt er.

»Gerome. Deine Mama hat mich heute vor einem Stier gerettet.«

Das entspricht zwar nicht ganz der Wahrheit, aber es ist durchaus schmeichelhaft, und ich kann förmlich sehen, wie ich auf der Skala der coolen Mütter unglaubliche fünfzig Prozent nach oben steige. »Krass! Wo war der Stier? Wie hat sie das gemacht? Hatte sie ein Schwert?«

Ich unterbreche ihn. »Tom. Hausaufgaben. Jetzt!«

»Jaaha«, leiert das Kind, steht aber auf und läuft zum Küchentisch, auf dem zumindest schon mal seine Bücher und Hefte in einem bunten Durcheinander herumliegen.

»Ah! Lilly! Da bist du ja wieder!« Mein Vater kommt die Treppe hinuntergepoltert, bleibt vor Gerome stehen, sieht ihn kurz an, vergisst ihn wieder und sagt dann zu mir: »Wir haben kein Wasser!«

»Das ist übrigens Gerome, und er wird ein paar Tage in einer der Gästewohnungen schlafen.«

»Ah ja.« Nun hat Gerome es bis in seine Wahrnehmung geschafft und bekommt ein knappes Nicken. »Und das Wasser?«

»Ich kümmere mich drum. Tom soll nachmittags nicht fernsehen«, füge ich hinzu.

»Du warst ja nicht da«, antwortet er empört. »Und deine Tante lebt irgendein wichtiges Bedürfnis aus und streunt durch die Wälder. Sie war hier auch keine Hilfe.«

»Ich habe ihn da gerettet«, sage ich schärfer als beabsichtigt, und deute auf Gerome, der aussieht, als würde er sich gerne umgehend in Luft auflösen.

»Soll ich vielleicht draußen warten?«, fragt er, und ich poltere: »Nein! Ich habe gesagt, dass ich Ihnen noch Eier brate.« Das hier ist mir alles zu kompliziert. Wieso können nicht einfach alle tun, was ich sage.

»Frau Pfeffer. Mit Verlaub. Sie sind wohl ein wenig überspannt.« Mit diesen Worten dreht Gerome sich um, entschwindet durch die Haustür und ist drei Sekunden später wieder da. »Der Ganter wollte mich auch umbringen. Heute ist wohl nicht mein Tag.«

»So wie Sie aussehen, hatten Sie schon länger keinen Tag mehr, der so richtig gut war«, stellt mein Vater erstaunlich trocken und erstaunlich böse fest.

»Papa!« Jetzt bin ich doch peinlich berührt, und Gerome schluckt. »Wo er recht hat, hat er recht. Also verfügen Sie über mich. Wo soll ich hin? In die Scheune? In die Gästewohnung? In den Keller zum Hund an die Kette? Ich werde mich fügen. Tun Sie, was Sie wollen.«

»Ich mache Ihnen jetzt ein paar Eier«, sage ich und bemühe mich, einen freundlichen Unterton in meine Stimme zu pressen. Es gelingt mir zwar nur bedingt, aber Gerome wandert gesetzten Schrittes an mir vorbei und setzt sich kurzerhand zu Tom an den Tisch.

»Bist du jetzt unser Gefangener?«, fragt Tom begierig.

»Jep«, antwortet Gerome.

»Blödsinn! Er bleibt ein paar Tage, um sich von dem Stierangriff zu erholen«, sage ich schneidend. Ich öffne den Wasserhahn, um mir ein Glas Wasser zu nehmen, aber es gluckert mir nur trocken entgegen. Scheiße. Das hatte ich ja schon wieder vergessen. Ich grunze und stelle das Glas hart auf die Arbeitsfläche. »Kennen Sie sich mit Wasserhähnen aus?«, frage ich unseren Zwangs-Gast. Er zuckt mit den Schultern, was nun wirklich alles bedeuten könnte, aber als ich in Richtung des kleinen Badezimmers deute, verschwindet er.

Ein paar Minuten später ist er wieder da. »Ist repariert«, sagt er und setzt sich wieder an den Tisch.

Ich stürze zum Hauptwasserhahn und drehe ihn voll auf. Dann renne ich ins Gästebad. Und siehe da: Alles trocken.

»Juhu!«, brülle ich und laufe zurück in die Küche. »Wie haben Sie das gemacht?« Er zuckt erneut nur die Achseln, und zum zweiten Mal, seit ich ihn aufgesammelt habe, grinst er. Diesmal erreicht das Lachen seine Augen.

»Okay!« Ich deute mit dem Zeigefinger auf ihn. »Sie bekommen jetzt Eier!« Damit mache ich mich ans Werk. Während ich die Eier brate, gehe ich im Kopf all die Arbeiten durch, die auf meiner Liste stehen. Offenbar habe ich unfassbares Glück gehabt, und mein persönlicher Notfall ist überraschend nützlich. Das ist wunderbar. Ich greife mir den frischen Schnittlauch, der immer auf der Küchentheke steht, schneide einen Büschel ab und streue das würzig duftende Zeug über die Eier. Zum Schluss füge ich noch eine Prise Meersalz hinzu und kredenze meinem immer noch leicht verstört dreinblickenden Hausgast sein Abendessen. Er hatte wirklich Hunger, denn kaum steht der Teller vor ihm, ist die Hälfte des Rühreis auch schon in seinem Mund.

Er kaut, schluckt und sagt dann: »Frau Pfeffer, das ist das beste Rührei, dass ich jemals gegessen habe.«

»Ich weiß«, antworte ich seufzend und bin tief in meinem Innersten erfreut, dass diese Tatsache jemandem auffällt, und das ausgerechnet Gerome, seines Zeichens Landstreicher und Notfall. »Sie schlafen in der Gästewohnung. Die ist zwar noch nicht fertig, aber um dort zu übernachten, reicht es sicherlich.« Gerome nickt mit vollem Mund.

Im nächsten Moment kreischt Günther, dann brüllt meine Tante, die Haustür klappert, und schon steht sie in der Küche. Mit kühlem Blick mustert sie den Mann, der neben Tom am Küchentisch sitzt. »Wer sind Sie?«, fragt sie argwöhnisch, und zum ersten Mal betrachte ich ihn, wie ich ihn wohl betrachtet hätte, wenn er nicht kurz vor dem Ableben durch ein Bullenhorn gewesen wäre und akuter Handlungsbedarf bestanden hätte. Seine langen schwarzen Haare gehen nicht als Frisur durch, er ist unrasiert und absolut riesig. Selbst im Sitzen. Er sieht aus wie jemand, dem man nur ungern im Dunkeln begegnen würde. Und er sitzt an meinem Tisch. Neben meinem Sohn. Es ist verständlich, dass Klara irritiert ist.

Er räuspert sich und sagt: »Ich bin Gerome.« Plötzlich fällt mir auch der krasse Unterschied zwischen seinem Äußeren und seiner kultivierten Stimme auf. »Warum sitzt dieser Herr an deinem Tisch?«, fragt Klara nun mich, nachdem die Informationsausbeute nicht besonders ergiebig war. Ich erzähle ihr stichwortartig von dem Weiher, dem Bullen und dem Besuch bei Frau Dr. Kettler. »Wir sind hier doch kein Auffanglager für gefallene, ungeduschte

Männer«, sagt Klara entrüstet und starrt Gerome weiterhin vernichtend an.

»Er kann aber nicht im Freien schlafen und muss morgen noch einmal zum Arzt«, wende ich ein. Geromes Kopf dreht sich derweil von meiner Tante zu mir und wieder zurück. »Und er wird seine Schulden abarbeiten.«

»Und wenn er ein irrer Meuchelmörder ist und uns heute Nacht alle im Schlaf meuchelt?«, zischt Klara.

»Was ist meucheln?«, fragt Tom.

»Ich kann Sie hören«, mischt Gerome sich ein, aber niemand reagiert. »Sie können direkt mit mir sprechen. Ich kann reden.« Er schiebt den Teller mit Eiern von sich.

»Ich finde, wenn er tatsächlich hier schlafen muss, dann in der Scheune bei Günther. Der hält ihn in Schach.« Meine Tante scheint äußerst zufrieden mit diesem Plan zu sein.

»Oh ja! Ich schlafe dann auch in der Scheune!«, schreit mein Sohn.

»Natürlich nicht«, sagen meine Tante und ich wie aus einem Mund, und Gerome legt den Kopf auf die Tischplatte.

»Was ist denn jetzt?« Meine Tante macht einen langen Hals und beäugt ihn. Ich befürchte, unser Notfall hat angesichts des hitzigen Wortgefechts über seine potenziell bösartigen Absichten schlappgemacht. Nicht, dass wir jetzt doch noch den Notarzt rufen müssen.

»Hey!« Ich beuge mich über ihn und stupse ihn an die Schulter.

»Soll ich einen kalten Lappen holen?«, fragt Tom, und ich nicke. Kalte Lappen sind im Leben meines mit Nasenbluten gebeutelten Sohnes die Rettungsmaßnahme der

Wahl. Mit einem kalten Lappen kann man seiner Meinung nach auch die Welt retten. Oder knapp vor der Bewusstlosigkeit stehende Landstreicher. Ein paar Sekunden später reicht er mir ein mit eiskaltem Wasser getränktes Geschirrtuch, und ich lege es vorsichtig in Geromes Nacken. Der zuckt augenblicklich zusammen und hebt den Kopf wieder.

»Ich muss mich hinlegen«, murmelt er undeutlich. Wenn jemand so etwas ohne jede weitere Erklärung sagt, muss er sich vermutlich wirklich hinlegen.

»Auf das Sofa«, sage ich.

»Doch nicht auf dein Sofa!«, ruft meine Tante. »Er hat bestimmt Läuse!«

»Der hat keine Läuse«, erklärt Tom fachkundig. »Der kratzt sich nicht am Kopf. Also keine Läuse.«

»Danke«, murmelt Gerome in seine Richtung.

»Können Sie aufstehen?«, frage ich. Gerome schüttelt erst den Kopf, doch dann nickt er und erhebt sich. Falls er just in diesem Moment doch noch beschließen sollte, bewusstlos zu werden, wird er auf dem Fußboden liegen bleiben müssen. Den riesigen Kerl wird keiner von uns jemals wieder in die Senkrechte bekommen, aber irgendwie schaffen wir es, Gerome wenigstens auf das Sofa zu bugsieren. Wo er erst mal bewegungslos liegen bleibt. Holly legt sich vor ihm auf den Teppich und bewacht ihn. Zumindest macht es den Anschein. Und ich sehe zu, dass ich die kleine Gästewohnung vorbereite.

Da die Möbel ja allesamt noch in der Scheune herumstehen, schnappe ich mir nur die eingerollte Matratze und zerre sie in einer schweißtreibenden Aktion quer über den

Hof, was Günther beinahe einen Herzinfarkt beschert. Dann breche ich mir beim Versuch, die dicke Plastikfolie abzumachen, sämtliche Fingernägel ab, um mir schlussendlich noch beim Ausrollen und Plattlegen den Kopf an der Wand zu stoßen.

Meine heutige Glücksbilanz ist wirklich eher dürftig. Seufzend sinke ich auf die am Boden liegende Matratze, die zurzeit noch eher an eine Schaukel denn an eine Schlafgelegenheit erinnert. Dabei fällt mein Blick auf die frisch gestrichenen Wände. Ein zartes Hellblau. Die hübschen alten Sprossenfenster habe ich in einem cremigen Weiß überarbeitet, und der alte Dielenfußboden glänzt matt im Schein der Stehlampe, die ich auf dem Flohmarkt gekauft habe.

Obwohl der Raum fast leer ist, fühlt er sich plötzlich besonders an. Ich freue mich darauf, die schönen Möbel hier aufzubauen und sie an ihren vorgesehenen Platz zu stellen. Ich freue mich darauf, bald Gäste zu empfangen und ihnen einen wunderbaren Urlaub zu ermöglichen. Und ich freue mich darauf, endlich Geld zu verdienen.

Ich ziehe die Beine an, umschlinge sie mit den Armen und genieße die Stille und Leere des Raums. Bald ist es so weit, und bei dem Gedanken daran schlägt mein Herz vor Vorfreude ein klein wenig schneller.

7

Depp im Sand!« Annegret steht zufrieden lachend vor meiner Haustür. Deppen im Sand und verletzte Obdachlose sind das Salz in ihrer Suppe. »Und wir sind noch in der Bereitschaftswoche!«, frohlockt sie und schwenkt schon den Schlüssel für den Fendt. »Was guckst du so? Hast du keine Zeit? Dann muss ich Herbert bitten.« Das Glitzern in ihren Augen lässt nach. Sie bittet Herbert nur äußerst ungern. Nein, eigentlich habe ich keine Zeit. Eigentlich müsste ich in meinem Büro-Kabäuschen sitzen und eine Homepage erstellen. Aber in einer halben Stunde fünfzig Euro zu verdienen ist natürlich eine extrem lukrative Sache. Da kann man sich nichts vormachen. Mit meinem persönlichem Hausgast muss ich eh erst am späten Nachmittag zum Arzt. Und Tom kommt auch erst in zwei Stunden aus der Schule.

»Okay! Ich zieh mir nur schnell was anderes an!« Plötzlich habe ich sogar große Lust, zum Strand zu fahren. Die Sonne lacht von einem strahlend blauen Himmel, und es ist richtig warm draußen. Ich drücke Annegret noch schnell einen Schirm in die Hand, für den Fall, dass Günther auftaucht, und laufe nach oben. Dort schlüpfe ich in mein geblümtes Sommerkleid und die Flipflops, binde mir die Haare zu einem Pferdeschwanz und schon bin ich strandfein, wie meine Mutter immer zu sagen pflegte.

»Oh! Du hast dich aber schick gemacht!« Annegret ist verzückt. Ich nehme ihr den Schlüssel für den Trecker aus der Hand und tuckere langsam durch die Felder. Es ist herrlich. Die Felder glitzern in der Sonne, und wäre der Fendt nicht so laut, könnte man den Vögeln zuhören. Fünfzehn Minuten später arbeitet der alte Trecker sich die kleine geteerte Straße über den Deich hinauf. Es ist Ebbe, was bedeutet, dass ich das Meer nicht wirklich sehen kann, aber zumindest weiß ich, dass es da ist. Irgendwo da draußen. Ungefähr da, wo ein einsamer VW-Bus herumsteht. Auf dessen Dach jemand hockt und winkt.

Der Strand ist für das herrliche Wetter erstaunlich leer. Aber in Schönbühl ist sowieso nie sonderlich viel los. Noch nicht einmal in der Hochsaison. Ich nehme also Kurs auf den Bus mit Hamburger Kennzeichen, der in einem aparten Sonnengelb lackiert ist, das im Sonnenschein ein wenig aussieht wie frisches Eidotter.

Ich manövriere den Fendt direkt vor den Wagen und schalte den Motor aus.

»Cool«, sagt der Typ, der immer noch auf dem Dach des gilligelben Gefährts mit diversen Surfbrettern an der Seitenhalterung sitzt.

»Hallo!«, sage ich und klettere vom Fahrersitz.

»Wer bist du denn?«

»Lilly«, antworte ich brav. Ich bin es gewohnt, dass Surfer alles duzen, was über einen Namen verfügt. »Du musst da runterkommen. Sonst kann ich dein Auto nicht rausziehen.« Geschwind klettert der Kerl vom Dach. Da oben sah er aus wie ein durchschnittlich durchgeknallter Surfer.

Jetzt sieht er aus wie ein durchschnittlich durchgeknallter Surfer in den mittleren Jahren. Er hat wilde blonde Haare und ist braun gebrannt. Und unter dieser Bräune ist er mindestens zehn Jahre älter als ich. Ein Senior-Surfer sozusagen. Und zwar ein extrem gut aussehender.

»Der Trecker steht dir gut.« Er grinst und bleckt strahlend weiße Zähne, die sehr ordentlich in seinem Mund stehen.

»Und was ich alles mit dem Trecker anstellen kann«, antworte ich und gönne mir ein lasziaves Lächeln. Das findet er gut. Er reicht mir seine Hand und strahlt mich an. »Lukas Matthiesen.«

»Hallo, Lukas. Dann wollen wir dich mal aus dem Sand befreien.« Neben dem Auto liegen zwei Gummimatten. Ein verzweifelter Versuch, die bis zu den Felgen eingesackten Räder allein zu befreien.

»Willst du vorher noch eine Waffel? Oder ein Bier? Oder beides?« Herr Matthiesen scheint es nicht eilig zu haben. Und mir ist bei solch einer Aktion noch nie eine Waffel oder ein Bier angeboten worden. »Ich hätte sonst auch noch kalten Kaffee und zwei matschige Erdbeeren«, führt Lukas den weiteren Inhalt seiner Kühltasche auf.

»Beeindruckend«, sage ich. Wieder lacht er. Offenbar habe ich Alleinunterhalter-Qualitäten. »Erst mal sollten wir dich befreien.«

Er macht eine allumfassende Geste mit seinen muskulösen Armen und sagt inbrünstig: »Du bist die Fachfrau!« Ich hole das Seil und befestige es am Trecker und an seinem Bus. So weit vorne am Wasser ist der Sand recht fest, und es ist ein bisschen verwunderlich, wie der Mann mit den schönen Zähnen es geschafft hat, sich ausgerechnet hier festzufahren.

»Ich habe mich noch nie festgefahren. Und ich bin viel am Strand mit dem Wagen«, sagt er, als hätte er meine Gedanken gelesen.

»Der Sand ist hier heimtückischer als am Strand von Sankt Peter-Ording. Das kann man aber auch durch rhythmisches Hingucken erkennen.«

»Heimtückisch?« Zweifelnd lässt er den Blick über den goldenen Strand gleiten.

»Heimtückisch«, bestätige ich und besteige den Fendt, um den Senior-Surfer endlich zu befreien. Das Ganze dauert keine fünf Minuten, danach ist der Mann förmlich außer sich und hat offenbar beschlossen, mich umgehend zu ehelichen. Mindestens.

»Toll!«, ruft er zum x-ten Mal. »Wie kann ich das nur wiedergutmachen?«

»Mit hundert Euro.«

»Ein stolzer Preis.« Er grinst mich an. »Aber jeden Cent wert.«

Und dann tue ich etwas, was ich sonst nie tue. Ich vertrödle meine Zeit. Gnadenlos. Indem ich zwei matschige Erdbeeren esse, sehr kalten Kaffee trinke, von einem Bier nippe (muss ja noch fahren) und mich hervorragend unterhalte. Lukas hat wirklich Humor. Und er sieht gut aus. Und leider sind ihm diese Eigenschaften selbst hinreichend bekannt. Er scheint sie intensiv zu pflegen. Seine Schmeicheleien sind fast schon professionell. Und obwohl mir das bewusst ist, genieße ich es, dass ein Mann mir derart den

Hof macht. So sehr, dass ich völlig die Zeit vergesse, bis irgendwann mein Telefon klingt.

»Wo bist du?« Mein Vater.

»Am Strand«, antworte ich schuldbewusst und springe auf.

»Was machst du da?«

»Rettung der Festgefahrenen.«

»Das dauert so lange? Annegret ist schon ganz aufgeregt. Sie glaubt, du bist verschleppt worden. Aber ich konnte sie beruhigen. Ich habe ihr gesagt, wer dich klaut, bringt dich wieder.«

»Danke, Papa. Du bist der Beste. Ich mache mich jetzt auf den Weg.«

»Du kannst noch bleiben. Ich bin doch hier, wenn Tom kommt.«

Ich spiele für ein paar Sekunden tatsächlich mit dem Gedanken, einfach wieder in den warmen Sand zurückzusinken und den Tag an mir vorbeiziehen zu lassen. Aber mit gut aussehenden Männern am Strand herumhängen steht nicht auf meiner Liste der zu erledigenden Dinge. Leider.

»Gib mir deine Telefonnummer.« Lukas steht direkt vor mir und sieht mich an. Seine Augen blitzen, und er hat ausgeprägte Lachfalten.

»Niemals«, sage ich skeptisch. Das hier war ja ganz nett, aber Männer wie Lukas sind nichts für mich. Männer wie Lukas sammeln Frauen. Meistens viele und zeitgleich. Mich gibt es nur exklusiv. Und eigentlich gibt es mich gar nicht. Punkt.

»Bitte!« Er ist noch ein Stückchen näher gerückt. Seine Augen sind braun, was im Kontrast zu seinen blonden

Haaren steht. Wahrscheinlich ist er gar nicht blond. Zumindest nicht in echt.

»Ich muss weg.« Mit diesen Worten schwinge ich mich auf den Fendt und tuckere über den Strand. Kurz vor der Überfahrt über den Deich werfe ich einen Blick zurück. Lukas Matthiesen steht auf dem Dach seines Autos und blickt mir hinterher.

Ich würde gern noch ein wenig schwelgen, doch die Realität holt mich schnell wieder ein. Meine Tante empfängt mich mit einer gepackten Reisetasche im Hausflur. »Dein Pflegefall wurde von Günther gebissen. Seitdem hat er schlechte Laune und wartet bei den Hühnern auf seinen Transport zum Arzt. Und dein Vater singt seit einer halben Stunde irgendwelche komischen Arien.«

»Du willst fahren?«

»Na, irgendwann muss ich ja mal wieder zurück. Und der Landstreicher scheint in der Tat ungefährlich zu sein. Ihr braucht also keine weitere Beaufsichtigung.«

»Was hat er getan, um sich so spontan dein Vertrauen zu erarbeiten?«

Sie räuspert sich und zupft sich einen imaginären Fussel vom Ringelpullover. Ich seufze. »Was hast du gemacht?« Meine Tante ist zuweilen ein wenig sonderbar. Das ist nicht schlimm, schließlich ist sie eine Pfeffer. Alle Pfeffers sind sonderbar. Selbst die angeheirateten.

»Sein schamanisches Krafttier ist ein Rabe. Das ist gut«, raunt sie mir zu.

»Das hat er dir erzählt?«, frage ich irritiert.

Sie lacht auf. »Natürlich nicht. Das habe ich durch eine indirekte Form der Kontaktaufnahme herausgefunden.«

Ich möchte das Thema an dieser Stelle beenden und keinesfalls in Kenntnis gesetzt werden, wie diese Form der indirekten Kontaktaufnahme ausgesehen haben könnte. Zum Glück beginnt in diesem Moment draußen ein Riesengebrüll. Und Geschnatter. Tom ist da. Und er kämpft seinen täglichen Kampf mit Günther.

»Tom! Wie schön!« Als er es ins Haus geschafft hat, küsst ihn meine Tante auf den Scheitel. »Ich fahre jetzt.«

»Komm bitte ganz bald wieder!«, flüstert Tom, und Klara umschließt seinen kleinen Kopf mit ihren starken Künstlerhänden. Sie lächelt ihr Lächeln, das nur für meinen Sohn reserviert zu sein scheint, dieses liebevolle Lächeln, das mich wieder an meine Mutter erinnert. Ich spüre einen kurzen Stich im Herzen. Obwohl es schon so lange her ist, tut es immer noch weh.

Dann bin ich an der Reihe. Klara nimmt mich in den Arm und drückt mich. So fest, dass ich ihren Herzschlag spüre. »Tschüs, meine Große. Gut machst du das hier alles! Viel Glück!«

»Glück?«, frage ich vorsichtig nach.

»Na, mit dem Landstreicher.« Sie bedenkt mich mit einem listigen Grinsen. »Und der Pension«, fügt sie noch hinzu. Dann küsst sie mich auf die Wange, schultert ihre große, blaue Reisetasche, schnappt sich einen Günther-Abwehrschirm und geht.

»Los, Mama! Lass uns zocken!« Ungeduldig zupft Tom an meinem Pulli.

»Bitte, was?«, frage ich.

»Ich mache ganz schnell meine Hausaufgaben, wenn ich erst eine Stunde Wii spielen darf.« Das listige Kind.

»Das ist Erpressung«, sage ich.

»Bitte, liebste Mama der Welt. Außerdem hatte ich einen anstrengenden Tag und muss erst mal chillen.« Er schenkt mir einen gar liebreizenden Augenaufschlag und hat mich augenblicklich.

»Okay. Zehn Minuten Autorennen. Aber ich fahre mit!«

»Ha! Cool! Gebongt!«

Es werden dann doch achtzehn Minuten draus, was daran liegt, dass Yoshi und ich die Bahn rocken. Wenn man ein Kind alleine großzieht, muss man ein ziemliches Allround-Talent sein und alle Seiten des Elternseins abdecken. Dazu gehört auch, mit kleinen grünen Fröschen auf einem grellgünen Motorrad über die Rennstrecke zu jagen, während Kühe oder Bananenschalen versuchen, sich einem in den Weg zu stellen.

»So, und jetzt setzt du dich an deine Hausaufgaben. Ich suche deinen Opa und fahre dann mit unserem Gast zum Arzt.«

»Der ist noch da?« Tom ist plötzlich ganz aufgeregt. »Kann ich mitkommen?«

»Natürlich nicht!«

»Aber wenn du Hilfe brauchst!«

»Wobei genau?«

»Ich könnte dich beschützen! Falls er doch gefährlich ist.« Er meint das ernst. Ironie kann er zum jetzigen Zeitpunkt seiner Entwicklung weder erkennen noch anwenden. Mein Sohn ist einfach zauberhaft.

»Ich bin hier für das Beschützen zuständig, und du für die Spinnen und die Hausaufgaben.«

»Blöhoongnarf«, sagt mein Kind, schultert seinen Ranzen und stapft damit in die Küche.

Ich mache mich auf die Suche nach unserem Hausgast, treffe aber erst mal nur auf meinen Vater, der mitten auf dem Hof herumsteht und in den blauen Himmel starrt. Holly sitzt neben ihm und tut es ihm gleich.

Ich stelle mich dazu und gucke ebenfalls in den Himmel.

»Ich glaube«, sagt er langsam und ohne mich anzusehen, »manchmal schaut Irene von da oben runter. Und dann sagt sie leise zu der Wolke, auf der sie sitzt: ›Mein lieber Bernhard ist ein ziemlicher Nichtsnutz.‹«

»Papa. So ein Blödsinn. Sie sagt: ›Da ist mein lieber Bernhard. Und ich möchte, dass er ganz bald die Bäckerin zu einem Glas Wein einlädt.‹«

Mein Vater guckt mich an, die Lippen zusammengekniffen, die Stirn gerunzelt.

»Hast du die Bäckerin gegrüßt?«

»Natürlich. Und sie grüßt herzlich zurück.« Es besteht eine klitzekleine Anziehungskraft zwischen meiner verwitweten Chefin und meinem verwitweten Vater. Leider tauschen die beiden zum jetzigen Zeitpunkt immer nur herzliche Grüße aus. Über mich. Jegliche Versuche, die Sache hier mal ordentlich voranzutreiben, sind bis jetzt an übermäßiger Schüchternheit auf beiden Seiten gescheitert.

»Ist der Landstreicher immer noch bei den Hühnern?«, frage ich, um das Thema zu wechseln.

Mein Vater nickt. »Ich denke. Er ist recht still und zurückhaltend. Aber nicht unangenehm. Allerdings hat Günther ihn gebissen. Soll ich noch etwas machen?« So künstlerisch mein Vater auch veranlagt sein mag, stets versucht er sich am Haushalt zu beteiligen. Nicht immer erfolgreich, aber zumindest stets bemüht.

»Du kannst die Wäsche zusammenlegen. Und Tom sitzt an den Hausaufgaben. Er darf erst spielen, wenn er fertig ist.«

Mein Vater nickt und wendet sich schon zum Gehen, hält aber noch einmal inne. »Weißt du, ich bin mir ganz sicher, dass Mama unendlich stolz auf dich ist. Weil du endlich ihren großen Traum verwirklichst und ihre Pension eröffnest. Und weil du das alles anpackst und so toll hinbekommst!«

Mir fehlen die Worte, und ich schlucke trocken.

»Es geht nicht nur um ihren Traum. Es geht auch darum, endlich Geld zu verdienen«, sage ich nachdrücklich.

»Ach, Lilly. Wieso hast du nur immer solche Angst? Wir werden schon nicht verhungern, und der Himmel wird uns auch nicht auf den Kopf fallen.«

»Davon habe ich auch nichts gesagt!«, entrüste ich mich. Der Himmel wird uns vermutlich nicht auf den Kopf fallen. Aber das mit dem Verhungern ist real und wird in nicht allzu weiter Zukunft definitiv stattfinden. Mein Vater nickt aber nur noch einmal in meine Richtung, dann gen Himmel, streichelt Holly über den Kopf und läuft ins Haus, während ich mich aufmache, den stillen Hausgast zu suchen.

8

Gerome sitzt auf meinem Plastikstuhl im Haselnussbusch und starrt trübsinnig auf die emsige Hühnerschar. Er ist immer noch recht blass um die Nase und blickt nicht auf, als ich das Gatter öffne. Erst als die Mädels mit Marco Polo laut gackernd auf mich zugeschossen kommen, zuckt er erschrocken zusammen.

»Wo kommen Sie denn her?«

»Durch die Tür. Wie immer. Ich falle eher selten vom Himmel.«

Unschlüssig bleibe ich vor ihm stehen. Er macht keine Anstalten aufzustehen. »Wie geht es Ihnen?«, frage ich schließlich.

Er sieht mich kurz an. »Geht so. Die Gans hat mich gebissen.«

»Das passiert jedem. Nehmen Sie einen von den Schirmen.«

»Der ist gefährlich. Den können Sie doch nicht einfach so auf dem Hof rumlaufen lassen. Sie haben ein Kind.«

Was glaubt der eigentlich? Dass ich mein Kind absichtlich gefährde? Was für eine Unverschämtheit. Das Muttertier in mir zischt gereizt auf. Es ist wesentlich gefährlicher als Günther. Besonders bei ungerechtfertigter Kritik seitens kinderloser Weltverbesserer.

»Danke für den Hinweis. Das Kind nimmt es ohne

Probleme mit dem Ganter auf. Gänse sind übriges weiblich.«

Jetzt guckt er mich endlich an und sagt plötzlich: »Sie sind betrunken.« Woraufhin mir tatsächlich für ein paar Sekunden nichts mehr einfällt.

Was hat der Mann denn bitte für eine Nase? Arbeitet er nebenberuflich als Trüffelschwein? Ich habe vier Mal am Bier genippt, das der Surfer mir spendiert hat. Außerdem kaue ich seitdem enthusiastisch Kaugummi.

»Ich bin eine ganze Menge. Unter anderem genervt. Nur betrunken nicht. Nein, definitiv nicht«, stelle ich sachlich fest.

Der Kerl ist auch eine Menge, aber still und zurückhaltend gehört nicht dazu. Nicht unangenehm? Dieser Mann ist die Pest. Offenbar stand er gestern noch unter Schock. Der ist jetzt allerdings überstanden. Jetzt zeigt sich sein wahres Gesicht. »Soll ich Sie jetzt zum Arzt fahren oder nicht?«

Er brummt. Es ist keine wirkliche Antwort, mehr so ein Urlaut, der zwischen »Ja, klar, machen wir« hin zu »Lösen Sie sich bitte sofort in Luft auf, Sie nerviges Weibsbild« alles bedeuten könnte. Ich bin genervt, nicht betrunken und ganz klar ein Freund deutlicher Worte.

»Was heißt das?«, frage ich und schaffe es, in diesem Satz ebenfalls einen genervten Urlaut unterzubringen.

»Das heißt Ja. Ich habe versucht, das Pflaster selber zu wechseln, aber es hat wieder angefangen zu bluten.«

So fahren wir höchst genervt und mit ausgesprochen schlechter Laune nach Bullbühl zum Verbandswechsel bei der zauberhaften Dr. Kettler, die auch gleich noch feststellt, dass die Wunde nicht gut aussieht. Gerome soll sich schonen.

Der ist unleidlich. Ich auch. Nur dass es mir zusteht, ihm nicht. Zumindest sehe ich das so.

Als wir wieder in der Scheune parken, werden wir von Dr. Ewald und Tom begrüßt, die offenbar in ein intensives Gespräch vertieft sind. Als Gerome aussteigt, erstarrt Dr. Ewald. Er sieht aus, als versuche er, sich in Luft aufzulösen. Ich werfe einen Blick auf Gerome und verstehe augenblicklich die Gesamtsituation. Er sieht aus wie ein Rockerkönig, dem nur vorübergehend die Harley verreckt ist. Seine Haare sind lang und ungepflegt. Er ist unrasiert. Nur geduscht scheint er zu haben. Die Klamotten sind allerdings auch von gestern. Vielleicht sollte ich ihm anbieten, meine Waschmaschine zu benutzen.

Dr. Ewald wirft mir einen hilfesuchenden Blick zu. Ich rechne ihm hoch an, dass er sich schützend vor Tom stellt.

»Das ist Gerome. Ein Gast.« Ich sage das ganz ruhig in der Hoffnung, meinen ängstlichen Dauermieter zu beruhigen.

»Hat die Pension schon geöffnet? Sie haben gesagt, dass nur ältere Damen kommen, die im Watt wandern wollen.«

»Nein. Gerome bleibt nur ein paar Tage und hilft beim Aufbau der Möbel.« Ich kann jetzt ja schlecht sagen, dass ich ihn gefunden habe.

»Ich glaube, er ist doch unser Gefangener«, lässt Tom hinter Dr. Ewalds schmalem Rücken verlauten.

»Ich bin Gerome Legrand, und ich bin nicht Frau Pfeffers Gefangener. In ein paar Tagen bin ich wieder verschwunden, und Sie brauchen keinen Gedanken mehr an mich zu verschwenden.« Gott, was für ein wohlklingender Nachname. Beides sehr französisch.

»Ah«, sagt Dr. Ewald und scheint unsicher zu sein, ob er Tom noch weiteren Schutz angedeihen lassen sollte, oder ob es jetzt an der Zeit ist, sich vor seine Vermieterin zu schmeißen. Er entscheidet dann aber, nichts dergleichen zu tun, und sagt stattdessen schüchtern und ohne Gerome aus den Augen zu lassen: »Frau Pfeffer, das Waschbecken ...«

»Ich werde mich sofort darum kümmern!«

»Das wäre fein!«, freut sich mein Mieter.

»Tom? Hausaufgaben?«

»Alles fertig. Opa hat gesagt, dass ich es gut gemacht habe. Darf ich jetzt zu Yannick?«

»Bis sechs. Dann bist du wieder hier.« Mein Kind verschwindet in Blitzgeschwindigkeit, Gerome lässt verlautbaren, dass er sich hinlegen müsse, und ich schnappe mir meinen Pümpel und folge Dr. Ewald in seine Wohnung.

Die kleine Wohnung habe ich vor sieben Jahren renovieren lassen, als feststand, dass ich vorerst relativ einkommenslos wieder zu Hause auf dem Hof meiner Eltern leben würde. Alleinerziehend und ohne den Opa in der Nähe war es ziemlich schwierig, ein sanftes Studentenleben zu leben, in dem die Herausforderung des Tages daraus bestand, ein paar Stunden zu kellnern oder hin und wieder als Pizzafahrerin zu arbeiten, ganz abgesehen davon, endlich einen der drei begonnenen Studiengänge zu Ende zu bringen.

Mit den zwei Gästezimmern haben wir bald noch eine zusätzliche kleine Einnahme-Quelle, die auch bitter nötig ist, seit ich aus Hamburg zurückgekommen bin. Deswegen ist die Pflege Dr. Ewalds unerlässlich. Aber er fühlt sich grundsätzlich sehr wohl bei uns. Die Wohnung ist wirklich schön geworden, und die Abgeschiedenheit kommt ihm gelegen. Die Dielen sind weiß lackiert, die Sprossenfenster haben tiefe Fensterbänke, alles ist neu und hell. Es sieht aus wie in einer Zeitschrift, auch wenn Dr. Ewald das Gesamtbild mit einer unbequemen schwarzen Ledercouch und dem Hochglanz-Superflatscreen-Fernseher an der Wand ein klein wenig torpediert.

Ich begebe mich ins Badezimmer und beginne umgehend mit der Beseitigung der Verstopfung im Abfluss. Dabei steht Dr. Ewald im Türrahmen und beobachtet mich genau bei meiner Aufgabe »Pümpeln für Fortgeschrittene«.

Keine drei Minuten später ist der Abfluss frei und mein Mieter wie immer beeindruckt von meinen handwerklichen Fähigkeiten.

»Sie sind die ungekrönte Pümpelmeisterin.« Er nickt anerkennend. »Aber ich muss noch einmal nachfragen, wer genau dieser Gerome ist?«

Ich seufze. Was soll ich ihm denn jetzt bitte sagen? Eventuell könnte Dr. Ewald etwas irritiert reagieren, wenn ich ihm die Wahrheit erzähle. Was ich dann trotzdem tue. Ich bin ziemlich schlecht im Unwahrheiten-Erzählen. Was auch der Grund ist, warum ich endlich mal etwas mehr über den Mann in meiner Gästewohnung in Erfahrung bringen sollte. Trotzdem versichere ich Dr. Ewald, dass Gerome ungefährlich ist. Und ich erzähle ihm von der Entdeckung meiner Tante. Das mit dem schamanischen Tier und all diesen Dingen. Danach entspannt er sich sichtlich.

Er hält große Stücke auf meine Tante und ihre Bewertung des Lebens und der Menschen.

Als ich ein paar Minuten später aus der Wohnung trete, treffe ich direkt auf Gerome.

»Was haben Sie vor?«, frage ich. Er steht mit geschultertem Rucksack und grimmiger Miene vor mir.

»Ich gehe.«

»Wohin?«

»Was geht Sie das an?«

»Äh.« Ich bin etwas überrumpelt. Auch von der plötzlichen Wut, die von meinem Gegenüber ausgeht. Es ist keine aggressive Wut. Er wirkt eher hilflos.

»Ich bin selten so unwillkommen gewesen. Ich möchte niemandem zur Last fallen ...« Ich versuche ihn zu unterbrechen, doch er schneidet mir mit einer ungeduldigen Handbewegung das Wort ab. »Und ich möchte auch nicht, dass Ihr Sohn glaubt, dass ich Ihr Gefangener bin.«

»Er ist sieben. Er meint das nicht so«, versuche ich zu beschwichtigen.

»Aber Sie meinen das so. Ich bin Ihnen lästig. Und das ist okay. Nur dass ich nicht um Herberge gebeten habe.«

Ich schlucke. Unwillkommen. Noch nie hat sich jemand bei mir so gefühlt. Meine Mutter hat mir beigebracht, herzlich und gastfreundlich zu sein. Wie konnte es passieren, dass ich einen Menschen so behandle, dass er sich unwillkommen fühlt?

»Tut mir leid«, sage ich sehr leise. »Muss es nicht«, antwortet er kalt. Seine Wut ist verschwunden. Geblieben ist eine kühle Distanziertheit. »Es war ja eigentlich nur ehrlich. Ist doch so, oder?«

Ich kann ihn nicht ansehen. Bevor ich noch den Mund aufmache, geht er an mir vorbei über den Hof. Günther guckt aus dem Scheunentor und zischt ein wenig, zieht sich dann aber erstaunlicherweise wieder zurück. Er scheint den Ernst der Situation zu erkennen und lässt mich das hier lieber alleine ausbaden.

»Jetzt warten Sie doch mal!« Ich eile Gerome hinterher und überlege kurz, ob es erlaubt ist, fremde Menschen am Jackenärmel festzuhalten. »Sie sollen nicht draußen schlafen!«, rufe ich, aber Gerome schnaubt nur einmal kurz auf. Dann fällt das Hoftor hinter ihm ins Schloss, und er ist verschwunden.

»Blödmann!«, knurre ich und stemme die Hände in die Hüften. »Es tut mir leid!«, rufe ich dem Hoftor zu. »Mist.« Großer Mist. Was bin ich für eine egoistische, selbstsüchtige Kuh! Ganz besonders blöd ist diese bittere Selbsterkenntnis, wenn man nichts mehr daran ändern kann.

Langsam gehe ich über das alte Kopfsteinpflaster, um wenigstens die Tür zur Gästewohnung wieder zu schließen. Die steht nämlich immer noch sperrangelweit offen. Ich werfe einen Blick hinein.

Die Matratze liegt noch an Ort und Stelle. Aber daneben steht plötzlich der kleine Nachtschrank, den ich auf dem Sperrmüll gefunden habe. Er ist in dem zarten Mintgrün gestrichen, das ich auch für die Innenseite der Eingangstür verwendet habe. Ich hatte ihn probeweise mit einigen Pinselstrichen verziert und wollte ihn bei Gelegenheit komplett streichen. Auch die neue Kommode ist aufgebaut. Zumindest zum größten Teil. Vermutlich war es für

Gerome schwierig, mit seiner Verletzung die schweren Teile an Ort und Stelle zu bugsieren.

Und auch die Fußleisten sind endlich gestrichen. Auf dem Boden liegen noch Reste vom zusammengeknüllten Abklebeband.

Gerome war hochproduktiv in den zwei Tagen, die er hier verbracht hat, obwohl er verletzt ist. Und ich habe mich ihm gegenüber fürchterlich benommen. Mein schlechtes Gewissen zwingt mich fast in die Knie, was allerdings eher kontraproduktiv wäre. Also drehe ich mich auf dem Absatz um und laufe über den Hof. Der Himmel hat sich offenbar entschlossen, meine Gefühle durch einen netten kalten Sommerregen mit auffrischenden Windböen eindrucksvoll zu untermalen. Ich mache einen Abstecher ins Haus, um mir einen der Günther-Abwehrschirme zu schnappen. So ausgerüstet laufe ich auf die Dorfstraße und mache mich auf die Suche nach meinem vertriebenen Hausgast. Mittlerweile gießt es in Strömen, und ich bin trotz Schirm innerhalb von wenigen Sekunden nass. Der große Bruder des Regens ist nämlich hier im Norden der Wind, und der ist in der Lage, die Tropfen aus allen Richtungen fliegen zu lassen. Das ist, wenn man nicht mittendrin steht, fast beeindruckend. Wenn man mittendrin steht, ist es vor allem nass. Ich renne erst mal links herum, Richtung Ortsausgang. Das Rennen stelle ich dann allerdings auch zügig ein. Genau in dem Moment, als ich den Schirm zuklappe. Ich bin nass. Nasser als nass geht ja nun nicht. Der Wind pfeift mir um die Ohren und peitscht mir die Haare ins Gesicht. Von Gerome keine Spur. Also drehe ich am Ortsschild wieder um und durchkämme systematisch sämtliche Straßen von Schönbühl. Was recht zügig erledigt ist. Ich treffe lediglich eine missmutige Katze, die sich unter einem Baum Deckung verschafft hat, und Helmut, der mich fragt, ob ich keine anderen Hobbys hätte, als im Regen umherzuirren.

Ich statte dem Weiher noch einen Besuch ab und laufe dann zurück. Gerome hat sich offenbar in Luft aufgelöst. Als ich um die Ecke mit dem blühenden Flieder biege, sehe ich jemanden auf den Stufen vor dem Hoftor sitzen. Dieser Jemand ist ziemlich groß und mindestens so nass wie ich.

»Ich habe Sie gesucht!« Es sollte nicht vorwurfsvoll klingen, tut es aber.

»Und mir ist eingefallen, dass ich Ihnen noch Geld schulde. Allerdings musste ich noch darüber nachdenken, ob es wirklich ratsam ist, einfach so auf den Hof zu gehen. Ist ja nicht ungefährlich bei Ihnen.«

»Da wäre zur Not auch eine Glocke, die man läuten kann. Wollen Sie nicht mit reinkommen?«

Er sieht mich nachdenklich an. Zumindest scheint der Regen seine Wut weggespült zu haben. »Ich verspreche Ihnen, dass Sie nicht mein Gefangener sind.« Missmutig zieht er eine Augenbraue in die Höhe. »Sie sind auch wirklich herzlich willkommen«, füge ich ein wenig kleinlaut hinzu. Das scheint die ausschlaggebende Aussage gewesen zu sein, denn er erhebt sich und öffnet das Tor. Um mich vor ihm auf den Hof zu lassen. Vielleicht, weil er Angst vor Günther hat. Vielleicht hat er aber auch einfach nur Manieren.

9

Nachdem alle ihr Abendessen bekommen haben, muss ich umgehend wieder los. Es ist Elternabend. Das gesellschaftliche Event im Jahr.

Vor der Schule angekommen, parke ich zwischen zwei SUVs in der Größenordnung von Reihenmittelhäusern und renne die letzten Meter bis in den Klassenraum. Alle sind schon da. Ich bin zu spät. Was nicht ganz so schlimm ist, weil ich so meinen Ruf als sonderbare alleinerziehende Mutter festigen und ausbauen kann.

»Frau Pfeffer«, begrüßt mich Frau Hummelbrot. Ich mag sie. Sie mag mich. Auch meinen Sohn mag sie. Zumindest theoretisch. Nur leider geht er ihr die meiste Zeit gehörig auf die Nerven. Sie lotst mich per Handzeichen zu einem der letzten freien Kinderstühle, und ich bemühe mich, meinen für dieses Möbel zu großen Hintern möglichst elegant darauf zu platzieren. Ich sitze in der Ecke der Einheimischen, der Aborigines sozusagen, die meisten davon sehr normale Menschen mit sehr normalen Kindern. Sogar mich, die vorübergehend nach Hamburg Ausgewanderte, haben sie wieder in ihrer Mitte willkommen geheißen.

Uns gegenüber sitzen die Zugezogenen, die aus den Metropolen dieser Welt zu uns eingekehrt sind, um unseren schönen Norden zu genießen und das Leben der Einheimischen bunter und aufregender zu machen.

Leider gibt es zwischen den Einheimischen und den Zugezogenen nicht so viele Berührungspunkte, außer bei diesen wunderbaren Elternabenden.

Was mir aber auch nicht viel mehr Kontakt bringt, weil ich mit dem Status »ohne Mann« sowieso als lilafarbenes Wesen vom anderen Stern gelte und von den SUV-Müttern mit intensiver Sorgfalt beäugt werde. Es besteht wohl die diffuse Angst, ich könnte mich hinterrücks an die Hennings, Martins oder Maltes heranmachen. Dass ich männerlos durchaus zufrieden bin, kann ja keiner ahnen.

Patricia, die Mutter von Ben, winkt mir strahlend aus dem anderen Lager zu. Ben und Tom sind Kumpels erster Güte. Das heißt, sie teilen ihre Star-Wars-Karten, ihre Leidenschaft für Lichtschwertkämpfe und ihre Unfähigkeit im Umgang mit Zahlen. Leider trägt Patricia ausschließlich Prada und Gucci, und als sie Ben das letzte Mal bei uns abholen wollte, ist ihr tonnenschwerer Mercedes-Geländewagen im Schlamm der Auffahrt stecken geblieben. Ich musste ihn mit dem Trecker meiner Nachbarin befreien. Dadurch kam Ben zu spät zum Klavierunterricht nach Tönning, was sich sehr ungünstig auf Bens Klavierspiel-Fähigkeiten ausgewirkt hat, womit jetzt zu vermuten ist, dass eine Weltkarriere als Pianist unerreichbar geworden ist. Und meine Auffahrt ist schuld. Deswegen winkt Patricia nur noch. Aus der Ferne. Zum Glück musste ich hier keine Freundinnen finden. Meine Freundin Karo wohnt gleich um die Ecke vom Pfeffer'schen Hof, hat mir während meiner Zeit in Hamburg die Treue gehalten, mir bei der Pension gut zugeredet und zwischendurch viele Kinder bekommen. Sie ist ein äußerst normaler Mensch.

»Herzlich willkommen zum Elternabend der Klasse 1b, der Maulwurfklasse!«, ertönt Frau Hummelbrots fröhliche Stimme über das Gemurmel hinweg.

Kein Mensch weiß, warum unsere Kinder in die Maulwurfklasse gehen müssen. Sie können alle hervorragend gucken und wühlen auch selten in der Erde. Also wird es wohl einen pädagogischen Grund geben, der sich mir nur noch nicht erschlossen hat.

Stille senkt sich über das alte Klassenzimmer, in dem schon Annegret die Schulbank gedrückt hat.

»Die einzelnen Punkte habe ich Ihnen ja schon mitgeteilt, deswegen fangen wir am besten gleich an.« Frau Hummelbrot freut sich. Ich glaube, sie ist insgeheim lieber mit Menschen zusammen, die sich nicht hauen, die deutsche Grammatik zumindest in Grundzügen beherrschen und nicht alle fünf Minuten aufs Klo müssen, nicht mehr vom Klo zurückfinden und dann jämmerlich weinend im Schulkeller aufgefunden werden.

Frau Hummelbrot öffnet gerade den Mund, als die Tür aufgeht und mit einem Rums wieder ins Schloss fällt. Pauls Vater ist eingetroffen. Mit dem Handy am Ohr. Er bedeutet uns pantomimisch, ruhig mit der Veranstaltung fortzufahren, während er auf Englisch auf seinen Gesprächspartner einredet. Vermutlich muss er noch schnell die Welt retten oder ein paar Millionen verdienen. Nur das könnte ich als Entschuldigung gelten lassen, warum er uns mit seinem Handy am Ohr belästigt. Pauls Vater quatscht derweil ungerührt weiter. Es gibt Dinge, die interessieren ihn nicht. Elternabende im Allgemeinen und wir links vom Klassenzimmer im Besonderen gehören dazu. Frau Hummelbrot ist aus dem Konzept geraten und wackelt ein wenig mit dem Kopf. Ich glaube auch, dass sie das tut, wenn Tom sie aus dem Konzept bringt, nur da hat sie die Möglichkeit, mir eine unleserliche Mitteilung ins Hausaufgabenheft zu schreiben.

»Fangen wir mit der Frage an, die freundlicherweise von Frau Hegenbrethel-Döse aufgeworfen wurde. Wir könnten den Kindern zusätzlich zum Sprudelwasser noch eine Kiste mit stillem Wasser hinstellen.«

Frau Hegenbrethel-Döse unterbricht Frau Hummelbrot energisch: »Nicht stilles Wasser. Es ist ein Heilwasser aus der Sonnenschein-Tautropfen-Quelle und hilft gerade Kindern mit einem Konzentrations-Defizit ganz hervorragend, sich zu fokussieren.«

Frau Hummelbrot wirkt ein wenig angestrengt, und ihre Augen huschen von links nach rechts. Vielleicht sucht sie nach dem Hausaufgabenheft von Frau Hegenbrethel-Döse, um eine Mitteilung über akute Klugscheißerei hinein zu formulieren. Ich möchte lachen, atme stattdessen aber lieber tief durch.

»Ich finde, das ist eine wunderbare Idee«, ergreift Patricia das Wort. »Wir haben dieses Wasser auch, und es hilft Ben sehr, konzentriert zu bleiben.« Sie lacht fröhlich. »Ein Kasten kostet zweiunddreißig Euro. Ich könnte den Transport und die Abrechnung übernehmen.«

Jetzt lacht Hilde.

Sie klingt dem altmodischen Namen nach, als wäre sie mindestens 80, ist aber jünger als ich. Ihr Name ist der Tatsache geschuldet, dass alle Frauen in ihrer Familie Hilde heißen. Entweder waren die alle sehr unkreativ oder hatten zu wenig Zeit, sich mal was Neues zu überlegen. Hilde hat den Teufelskreislauf der sich ständig wiederholenden Namensvergabe gebrochen und ihre Tochter gegen alle Widerstände Nina genannt. Und dann hat sie auch gleich noch das väterliche Milchvieh übernommen und den Hof komplett auf Bio umgestellt. Ihre Jungstiere waren es, die meinen persönlichen Notfall aufs Horn genommen haben. Hilde ist der kompetenteste Mensch, den ich kenne, und niemand im Umkreis von zwanzig Kilometern würde sich mit ihr anlegen. Das weiß Frau Hegenbrethel-Döse allerdings noch nicht. Die wohnt nämlich erst seit drei Monaten in einem Bunker oder, wie sie sagen würde, einem architektonisch hochwertigen Flachdachbungalow in Bullbühl, unserem Nachbarort.

»Hier wird der Grundstein für die Karrieren unserer Kinder gelegt. Das sollte uns schon etwas wert sein«, sagt sie streng zu Hilde, die immer noch lacht.

»Meine Tochter braucht kein zweiunddreißig Euro teures Wasser, um denken zu können. Die entstammt einer Dynastie von Milchbauern. Die kann denken. Ich zahl das nicht. Die Kinder können unser hervorragendes Leitungswasser trinken«, bescheidet Hilde knapp, und jetzt muss ich lachen.

»Ich sehe das auch so«, pflichte ich ihr bei, woraufhin Frau Hegenbrethel-Döse die geladene Knarre zieht und abdrückt. Sinnbildlich gesprochen, versteht sich.

»Bei Ihrem Sohn wäre es allerdings recht hilfreich, Frau Pfeffer. Der stört hier ja nur die lernwilligen Kinder im Unterricht, weil er eben nicht in der Lage ist, sich zu konzentrieren.«

Arsch. Krampe.

»Mein Sohn ist ein ganz normaler siebenjähriger Junge, der es schafft, sich fünfzehn Minuten am Stück zu konzentrieren. Das ist normal.«

»Er singt ABBA im Unterricht.« Frau Hegenbrethel-Döse lehnt sich zurück, verschränkt die Arme und sieht mich geringschätzig an.

»Ja, und das macht er ganz toll«, pflichtet Frau Hummelbrot ihr bei und lächelt mir freundlich zu. »Er freut sich immer auf den Musikunterricht.« Klar. Da muss man nicht rechnen und schreiben. »Ein Schöngeist«, fügt Frau Hummelbrot noch hinzu und nimmt so Frau Hegenbrethel-Döse, die bereits erneut durchlädt und anlegt, den Wind aus den Segeln. Toms Lehrerin mag ihre Schwierigkeiten mit meinem Sohn haben, aber sie hält zu ihm. Was ich ihr hoch anrechne.

»Ich werde also einen Krug mitbringen und den Kindern auch Leitungswasser bereitstellen.« Sie macht einen großen Haken auf ihrer Liste, und dann kämpfen wir uns noch durch die Fragen nach der korrekten Tischhöhe für Siebenjährige, den nächsten Projekttag und warum zwei Pinsel besser sind als einer. Bevor wir gehen, nimmt Hilde mich zur Seite.

»Wann geht es los?«, fragt sie mich in verschwörerischem Ton.

»Was?«, frage ich zurück.

»Deine Gästezimmer!«, sagt sie, offenbar verwundert, dass ich dieses bedeutende Ereignis vergessen habe.

»Oh! Äh ... Mitte September kommen die ersten Gäste.« Oh Gott. Beim letzten Elternabend habe ich ihr noch erzählt, dass die große Eröffnung Anfang März stattfindet. Ich brauche einfach immer länger als geplant. Toms Geburt war in meinem Leben bisher das Einzige, das pünktlich stattgefunden hat.

»Ich habe diesen Artikel gelesen«, sagt Hilde weiter.

Auch das noch.

»So etwas müssen wir ignorieren. Vielleicht erhält dieser Herr Holtenhäuser vom großen Hotel in Tönning irgendwelche Schmiergeldzahlungen. Oder er hat Verdauungsstörungen oder keinen Sex. Oder beides.«

»Ich bin zumindest immer noch sauer!«

»Reg dich ab. Das ist total unwichtig. Auch negative Presse ist Presse. Und deine Gäste lesen das eh nicht. Es wird Zeit, dass unser kleiner Ort auf der Landkarte der Tourismusbranche verzeichnet ist. Lass uns bei Gelegenheit noch mal über einen möglichen Synergieeffekt sprechen, okay?« Ich nicke schwach. »Kühekuscheln, frische Landmilch, einen Flyer. So was in der Art. Melde dich einfach. Ich bin die meiste Zeit im Stall.« Sie drückt mir einen Kuss auf die Wange und verschwindet.

In Schönbühl leben exakt 192 Einwohner. Wir haben einen Bäcker, aber kein einziges Gästezimmer. Dabei würden alle im Ort gerne ein paar Touristen mehr auf unseren fünfzehn Straßen sehen. Meine Nachbarin möchte Blumen verkaufen, Frau Binge frische Eier und Herbert, unser Bürgermeister, hat ein kleines landwirtschaftliches Museum eröffnet, in dem er für einen Euro pro Person Führungen anbieten möchte.

Nur Dr. Ewald möchte nichts von alledem, ihm wäre es lieb, wenn wir sogar das Ortsschild abmontierten.

Ich setze mich in mein Auto und schmeiße schwungvoll meine Handtasche auf den Beifahrersitz. Dann umklammere ich das Lenkrad und warte angsterfüllt, bis die beiden großen SUVs neben mir ausgeparkt haben. Die Dinger sind so groß, dass ich aus meiner Perspektive nur die verchromten Zierleisten an der unteren Türseite sehe. Mit aufbrüllenden Motoren rasen die Frauen, die in Bunkern wohnen und ihren Kindern hirnaktivierendes Wasser für zweiunddreißig Euro verabreichen, vom Parkplatz.

Ich gebe Gas und brause hinterher. Kaum zu Hause angekommen, sehe ich zu, dass ich ins Bett komme. Das ist allerdings schon belegt. Holly liegt davor und Tom darin. Wohlig seufzend kuschle ich mich zu meinem Sohn und genieß es, endlich in meinem Bett zu liegen. Und für einen klitzekleinen Moment vergesse ich diesen langen, anstrengenden Tag und bin einfach nur glücklich und zufrieden.

10

Noch zehn Tage, bis die ersten Gäste kommen. Langsam macht sich in mir die Vorfreude breit. Bei meinen Gästen offenbar auch, denn sie sind ziemlich neugierig. Sie wollen wissen, ob es einen Föhn gibt. Und ob die Handtücher flauschig sind. Und ob sich Daunen in den Kopfkissen befinden. Und ob ich auch laktosefreie Milch zum Frühstück anbiete. Nach einem anstrengenden Tag in der Bäckerei habe ich mich in meiner Abstellkammer verkrochen, um ihnen zu antworten, als es an die Tür klopft.

»Lilly?«

Als ich öffne, sehe ich meinen Vater und etwas Sonderbares hinter ihm im Flur.

»Was ist das, Papa?«

»Die Wäsche.«

Skeptisch betrachte ich das Gebilde. Es könnte die Wäsche sein. Eventuell ist es aber auch ein Meteorit aus Baumwolle, der aus Versehen in unserem Flur notgelandet ist.

»Was hast du mit ihr gemacht?«

Mein Vater blickt mich scharf an und stemmt die Fäuste in die Hüften. »Sie zusammengelegt.«

»Hm«, gebe ich von mir und hoffe, dass es nur unverbindlich klingt. Mein Vater ist wirklich bemüht. Leider reicht das nicht immer. Zumindest nicht in den dringenden Angelegenheiten des Haushalts. Tom kommt auf dem Weg zur Toilette an uns vorbeigeschlendert.

»Mann, Opa.« Er bleibt stehen und betrachtet ebenfalls das Wäscheungetüm im Flur. »Dafür gibt es kein Sternchen. Dafür gibt es nix.«

»Du bist ein Klugscheißer! Geh wieder ins Bett«, sagt mein Vater liebevoll.

»Das sagt man nicht«, antwortet Tom streng.

»Aber weshalb ich geklopft habe: Da ist ein junger Mann vor dem Hoftor. Er will mit dir sprechen.«

»Hä? Jetzt?« Ich werfe einen Blick auf die Uhr. Es ist mittlerweile zehn. Um diese Uhrzeit begeben die Menschen in Schönbühl sich üblicherweise zur Nachtruhe, und niemand belästigt mehr seinen Nachbarn durch Anwesenheit auf fremden Höfen.

»Ich kenne ihn nicht.« Mein Vater grinst. »Aber du solltest mal gucken gehen.«

Unschlüssig stehe ich auf. Mein Vater hingegen ist weniger zögerlich. Er zupft ein wenig an meiner Frisur herum und schiebt mich vor sich her über den Flur. »Soll ich die wilden Tiere wegsperren?«, fragt er.

»Das mache ich schon. Geh Nachrichten gucken. Oder malen. Ich habe keine Ahnung, wer das ist, aber ich werde ihn vermutlich nicht heiraten«, antworte ich nachdrücklich. Mein Vater wiegt nur den Kopf und lächelt sein für diese Situationen vorbehaltenes weises Lächeln. Er hat Angst, dass ich meine zurzeit eher männerlose Existenz auf mein restliches Leben ausdehnen könnte.

»Du wirst die Liebe schon noch finden«, sagt er, dreht

sich um und geht ins Wohnzimmer. Vermutlich um uns durchs Fenster zu beobachten.

Auf dem Hof finde ich Holly und Günther in trauter Eintracht das Tor bewachen. Ich schicke Holly ins Haus, der nach dreimaliger Aufforderung dann auch endlich geht, und zwicke Günther in den Hals. Empört guckt er mich an, dreht dann aber ab und watschelt zurück in die Scheune, vermutlich um seinen Harem zu zählen und dort noch ein wenig schlechte Stimmung zu verbreiten.

Vor dem Tor hockt Lukas. Der Surfer mit dem zitronengelben Bus und den strahlend weißen – garantiert gebleichten – Zähnen.

»Ich wollte dich besuchen«, sagt er. »Und noch ein Bier mit dir trinken. Leider bin ich fast den wilden Kreaturen auf deinem Hof zum Opfer gefallen.«

»Du bist Surfer. Ihr seid doch sonst nicht so zimperlich.« Am Fenster gegenüber bewegt sich eine Gardine. Annegret scheint zu interessieren, was sich zu so später Stunde hier auf der Dorfstraße tut. Lukas hält mir ein Bier entgegen und grinst. So breit, dass ich nicht umhinkomme, ihn ebenfalls anzugrinsen.

»Komm rein«, sage ich. »Die wilden Kreaturen sind alle weggesperrt.«

Er folgt mir über den Hof bis zur Scheune. Hier biegen wir links ab zur Obstwiese, die etwas oberhalb des Hühnergeheges liegt. Einige der alten Apfelbäume beherbergen Grillen, und so klingt dieser Teil des Gartens immer, als wären wir tief im Süden. Die kleinen Insekten singen uns ein Abendständchen. Unter dem Finkenwerder Prinzenapfel steht ein verwitterter Holztisch, an dem wir im Sommer im Schatten der Bäume frühstücken. Ich lasse mich auf einen der Stühle sinken und atme tief durch. Es ist schon eine Weile her, dass ich mit einem Mann ein Bier trinken war. Wenn ich es mir recht überlege, muss das sogar in einem anderen Jahrhundert gewesen sein.

»Was macht eine schöne Frau wie du in so einem Kaff?«, eröffnet Lukas das Gespräch und prostet mir zu.

»Das ist kein Kaff, das ist mein Zuhause. Wie hast du mich denn gefunden?«

Er trinkt einen Schluck Bier und zögert seine Antwort offenbar nicht ohne Genuss ein wenig heraus. »Ich finde jeden«, sagt er dann geheimnisvoll. Er ist ganz schön von sich überzeugt. In gewissem Maße kann das durchaus attraktiv sein. Nur leider ist das Maß immer recht schnell voll.

»Klingt durchaus wie eine Drohung«, sage ich und harre der Dinge, die noch kommen mögen.

Er lacht auf. »Keinesfalls. Ich habe im Nachbarort nach einer schönen Traktorfahrerin im Sommerkleid gefragt, und du warst die Einzige, die dem Tankwart eingefallen ist. Ich habe ihm erzählt, du hättest bei deinem gefährlichen Einsatz etwas Wichtiges verloren, was ich dir dringend zurückgeben muss.« Klarer Fall: Ich muss mit Holger Hansen ein ernstes Wort zum Thema Datenschutz reden.

»Und was willst du mir zurückgeben?« Ich habe es für einen Vorwand gehalten, aber er kramt tatsächlich in seiner Hosentasche und hält mir etwas entgegen. Als ich den Gegenstand erkenne, greife ich mir unwillkürlich ans linke Handgelenk.

»Oh!«, ist das Einzige, was mir dazu einfällt.

»Es gehört dir, richtig?«

Ich nicke. Eigentlich gehört es meiner Mutter. Sie hat es mir vor Toms Geburt als Talisman gegeben. Dabei hätte sie es ganz offensichtlich dringender gebraucht.

»Danke.« Vorsichtig nehme ich ihm das Armband mit den kleinen Perlen aus der Hand und lege es über mein linkes Handgelenk.

»Der Verschluss hatte sich ein wenig verbogen, vermutlich ist es dir deshalb vom Arm gerutscht. Ich habe es repariert.«

»Danke«, sage ich noch einmal und meine es aus tiefstem Herzen. Dieses Armband bedeutet mir so viel.

»Also? Was macht eine so schöne Frau ausgerechnet hier in der Einöde?«, fragt Lukas und grinst mich an.

Das hier ist keine Einöde. Das ist meine Heimat. Hier bin ich geboren und aufgewachsen. Hier kenne ich jeden, und was ich fast noch wichtiger finde: Hier kennt mich jeder. Aber wie soll ich das dem jungdynamischen Hamburger erklären? Also beschränke ich mich auf ein geheimnisvolles Lächeln.

»Mama, hier bist du!« Ich zucke zusammen. Mittlerweile ist es ziemlich dunkel, aber der Spiderman auf Toms Schlafanzug ist ja ein Superheld und leuchtet deswegen ein wenig um sich herum. Außerdem ist der Regenschirm, den Tom sich ausgesucht hat, orange.

»Ja, hier bin ich«, antworte ich und werfe Lukas einen Seitenblick zu. Damit hat er vermutlich nicht gerechnet. Trotzdem sind ihm nicht die Gesichtszüge entglitten. »Warum schläfst du nicht?«, frage ich mein Kind streng.

»Opa hört so laut Musik, Holly pupst, und unter dem Bett ist ein Monster.«

Okay, das sind viele gute Gründe, nicht zu schlafen.

»Wer bist du?«, nimmt Tom mir die geplante Vorstellungsrunde ab.

»Ich bin Lukas. Schön, dich kennenzulernen!« Lukas reicht Tom die Hand, und der schlägt beherzt ein.

»Kommst du?«, fragt Tom mich und setzt seinen Mütterherzen-erweichenden Sohn-Blick auf.

»Ich kann auch gut Monster einfangen«, sagt Lukas leise zu mir.

»Das ist nett, aber für die Monster meines Sohnes bin ich allein zuständig«, antworte ich und stehe auf. Lukas folgt uns.

»Danke für das Armband«, sage ich, als wir vor der Haustür angekommen sind. Tom hibbelt schon im Flur auf und ab, während Holly neben ihm düster guckt. »Mama! Das Monster!«, erinnert er mich uncharmant.

»Darf ich dich noch einmal auf ein Bier einladen?« Lukas lächelt fragend.

»Jaaha, darfst du, aber jetzt muss Mama das Monster erlegen!«

»Ja. Darfst du«, antworte ich fest. Lukas drückt mir eine Visitenkarte in die Hand, einen flüchtigen Kuss auf die Wange und verschwindet.

11

Nachdem ich das Monster unter Toms Bett verscheucht habe, sitze ich auf dem Sofa und denke nach. In meinem Leben als Mutter sind Männer bislang nur sporadisch vorgekommen. Ich war irgendwie immer beschäftigt. Alleinerziehende haben nämlich sehr wenig Zeit für sich allein. Und zahnende Kleinkinder sind keine sonderlich gute Begleitung beim ersten Date. Auch nicht beim zweiten. Als ich dann endlich eine vertrauenswürdige Kinderbetreuung fand, gab es keine Männer mehr, mit denen ich mich hätte verabreden können. Die waren alle noch in Hamburg, ich dann aber hier, denn besagte Kinderbetreuung besteht aus meinem Vater. Hier sind alle Männer ab dreißig entweder verheiratet, sonderbar oder nur auf Urlaub. Alles keine guten Voraussetzungen für eine Beziehung. Ich lege die Füße auf die weiß gestrichene Europalette, die uns als Couchtisch dient. Ich habe schon lange nicht mehr so intensiv über meine Situation nachgedacht. Für diese Tätigkeit brauche ich nämlich Ruhe. Da ich die viele Jahre nicht hatte, habe ich viele Jahre nicht besonders intensiv nachgedacht. Jetzt komme ich langsam wieder dazu und verfalle gerne in den Status »grübelnd herumsitzend«. Heute erfreue ich mich aber vor allem daran, dass ein Mann wie Lukas ein Bier mit mir trinken wollte. Und nach Toms Erscheinen auch immer noch will. Keine

Selbstverständlichkeit. Alleinerziehende Frauen scheinen auf der Skala der Attraktivität ungefähr zwischen Krätze und Magen-Darm-Grippe angesiedelt zu sein. Lukas ist durchaus attraktiv. Von den weißen Zähnen mal abgesehen. Es ist nicht so, dass ich dem völligen Liebeswahn verfallen wäre, aber er ist nicht uninteressant.

In meiner Hosentasche rappelt mein Handy und stört mich beim Denken. Ich grunze genervt. Es ist weit nach elf. Eine Uhrzeit, zu der entweder schlechte Nachrichten überbracht werden oder der Kindsvater anruft. Jep. Auf dem Display steht »Marius, der nervige Pilot«.

»Hallo, Marius«, begrüße ich ihn.

»Lilly. Wie geht es dir?« Marius' Stimme ist voll und tief.

»Danke, gut. Und dir?« Immer diese höflichen Floskeln. Selbst heute habe ich noch manchmal das intensive Verlangen, ihm mit dem nackten Hintern ins Gesicht zu springen. Weil er so ist, wie er ist.

»Sehr gut. Ich bin gerade aus Rio zurückgekommen. War ein heftiger Flug. Viele Turbulenzen.«

Aha. Gut so. Leiden sollst du. Hoffentlich war dir schlecht. Marius hat einen sehr sensiblen Magen. Ziemlich unangenehm für einen Piloten.

»Oh. Das tut mir leid.«

»Ich komme euch am Wochenende besuchen!«

Heißa juchhe! Bitte nicht! »Wie? So spontan?«

»Ich muss danach nach München. Wird sonst alles zu eng. Sag Tom, ich freu mich.« Und zack! Aufgelegt. Ich muss mit den Zähnen geknirscht haben oder sonst ein düsteres Geräusch von mir gegeben haben, denn Holly guckt fragend um die Ecke.

»Geh weiterschlafen. Das war Marius.«

Holly wedelt bei diesem Namen mit der Rute. Natürlich tut er das. Alle mögen Marius. Sogar ich, dabei habe ich dazu keinen wirklichen Grund, außer dass seine Gene in Kombination mit meinen ein wunderbares Kind hervorgebracht haben. Wie ich es geschafft habe, mich ernstlich in ihn zu verlieben, ist mir schleierhaft.

Holly brummt. »Er kann nichts dafür, Holly. Er ist Pilot. Die müssen eine sonderbare Charakterstruktur aufweisen. Dafür hat Tom auch nur seine positiven Eigenschaften geerbt. Den Rest hat Marius nämlich noch.«

Ich werfe mein Handy auf das Sofa und schließe kurz die Augen. Ich habe überhaupt keinen Bock auf ein Wochenende mit Marius.

»Marius kommt am Wochenende«, verkünde ich zwei Tage später beim Frühstück. Die Information gilt eigentlich meinem Sohn und meinem Vater, was Dr. Ewald nicht daran hindert, entsetzt von seinen Eiern aufzusehen. »Der redet immer so viel«, murmelt er, während Tom laut grölend um den Tisch herumhüpft. Schon sonderbar, dass allein schon die Erwähnung seines Vaters zu anstrengendem Verhalten führt.

Mein Vater brummt etwas, kratzt sich am Kopf und frühstückt weiter.

»Setz dich wieder hin und iss. Yannick kommt gleich«, befehle ich meinem Sohn streng, aber der kann gerade nicht auf mich hören. Er ist mit Vorfreude beschäftigt. Und seine Vorfreude ist leider immer sehr geräuschvoll.

Kaum sind alle gegangen, steht Gerome vor der Tür.

Schweigend sehen wir uns einen Moment an, während Günther unterhalb der Treppe einen wahren Veitstanz aufführt. Exakt so lange, bis Gerome sich umdreht und dem Ganter zuzischt: »Reiß dich zusammen, Gans! Sonst dreh ich dir den Hals um!«

Es ist nicht so, dass noch keiner versucht hätte, Günther auf diese Weise unter Kontrolle zu bringen. Nur dass es bei Gerome klappt. Verblüfft starre ich den plötzlich schweigenden Ganter an.

Gerome schenkt mir ein siegessicheres Grinsen. »Ha!«

»Selber ha!«, antworte ich verdutzt.

Er räuspert sich. »Bekomme ich Frühstück?« Als ich nicht sofort reagiere, fügt er etwas leiser hinzu: »Alle bekommen doch bei Ihnen Frühstück.«

Da hat er recht. Bisher habe ich ihm morgens nur frische Croissants an die Tür gehängt. Aber warum soll er kein richtiges Frühstück bekommen?

»Ja, klar. Kommen Sie rein.« Ich trete zur Seite, um ihn hereinzulassen, und registriere mit einer gewissen Verwunderung, dass Holly um die Ecke kommt, um den weiteren morgendlichen Besucher freundlich zu begrüßen. Gerome beugt sich mit einem leisen Ächzen zu ihm herunter und streicht ihm mit beiden Händen über den Kopf, woraufhin Holly sich noch mehr freut. Holly mag nicht jeden. Er hat schlimme Erfahrungen mit Menschen gemacht und hält jeden Fremden für eine potenzielle Gefahr. Da er aber über keinen Funken Aggression verfügt, tritt er normalerweise die Flucht unter das Bett an, um dort ängstlich ein wenig herumzupupsen. Vor Gerome scheint er keine Angst zu haben. Warum auch immer. Die beiden folgen mir in die Küche.

Mein unfreiwilliger Hausgast bekommt heute ein großes Frühstück. So aus Prinzip. Und als Trainingsdurchlauf für meine ersten Pensionsgäste.

Er scheint diese Tatsache nicht nur zu erkennen, er würdigt sie auch, indem er mich von Dr. Ewalds Hocker aus interessiert bei den Vorbereitungen beobachtet und anschließend schweigend isst. Und das mit einem gesegneten Appetit.

»Tut es noch weh?« Er schüttelt zwischen zwei Bissen den Kopf.

»Die Marmelade ist übrigens der Hammer und sollte für irgendeinen Preis nominiert werden. Was machen Sie hier eigentlich?«

»Erdbeere mit einem Hauch Holunder.« Die Frage, was ich hier mache, werde ich einfach nicht beantworten. Warum wollen das neuerdings alle von mir wissen? Ich scheine hier ja herzupassen wie ein aus der Galaxis gestürzter Außerirdischer.

»Und? Was machen Sie hier?«, fragt er noch mal und hört sogar auf zu essen. Warum ist der Kerl so hartnäckig? Kann er nicht voller Dankbarkeit über das Frühstück und die Herberge still und unauffällig sein? Offensichtlich nicht.

»Leben«, antworte ich karg. Was ich hier mache, außer Brötchen zu verkaufen, weiß ich nämlich selbst nicht so ganz genau.

»Sie kommen nicht von hier. Sie umgibt eine Aura der Andersartigkeit.«

»Ich bin hier geboren. Und was ist bitte eine Aura der Andersartigkeit?«, frage ich spitz.

Er sieht mich direkt an. »Na ja, Sie scheinen hier die Vize-Dorfälteste zu sein und somit voll integriert. Aber irgendwie …« Er bricht ab und betrachtet mich mit zusammengekniffenen Augen. »Egal. Wir sind ja eigentlich nie das, was wir scheinen.«

»Ich muss zur Arbeit«, sage ich. Weil mich dieser philosophische Exkurs in meiner aktuellen Lebensführung stört.

»Was arbeiten Sie denn?«

»Ich verkaufe Backwaren.«

»War das schon immer Ihr Beruf?«

»Können Sie auch mal die Klappe halten?«, entfährt es mir. »Ich muss jetzt gehen, aber heute Nachmittag werden Sie mir mal aus *Ihrem* Leben berichten.«

»Sie sind immer sehr schnell ziemlich aufgebracht«, stellt Gerome fest und guckt mich wieder mit diesem sonderbar durchdringenden Blick an. Ich greife mir seinen Teller und stelle ihn in die Spüle. Dann schlüpfe ich in meine weißen Leinenschuhe und schnappe mir meine Handtasche. Auffordernd sehe ich ihn an. Er erhebt sich auch, wie vorgesehen, fragt aber: »Kann ich vielleicht noch ein paar Tage bleiben? Ich baue die Möbel fertig auf und könnte mit dem Hund spazieren gehen.« Holly taucht wie aufs Stichwort auf und wirft ihm einen schmachtenden Blick zu. »Um meine Schulden abzuarbeiten«, fügt er hinzu, als ich nicht sofort reagiere. »Nicht als Gefangener, mehr als Ihr persönliches Mainzelmännchen.« Ich fange an zu lachen. Herzhaft und laut. Weil er genau das ausspricht, was ich vor ein paar Tagen gedacht habe.

»Die Leine hängt am Treppenpfosten. Aber Sie dürfen

ihn nicht losmachen. Und wenn einer der lästigen frei laufenden Dorfhunde kommt, müssen Sie sich dazwischenstellen und Holly beschützen.«

»Er sieht mehr aus, als müsse ich die anderen Hunde beschützen.« Gerome krault Holly hinter dem linken Ohr, und der Hund schließt genüsslich die Augen.

»Er ist nicht das, was er zu sein scheint«, sage ich kryptisch und befördere die beiden auf den Hof. Dann renne ich die Dorfstraße hinunter, weil ich schon wieder zu spät dran bin, und hechte in letzter Sekunde in den Verkaufsraum der kleinen Bäckerei. Gähnende Leere erwartet mich.

»Marijke?«

»Hinten!«

Ich laufe um die Ecke in die Backstube. »Wo sind die Kunden?«

Sie blickt vom Arbeitstresen hoch, auf dem sie gerade einen Kuchen mit Zuckerguss versieht.

»Die Kundenströme sind unergründlich.«

»Aber gestern standen um acht schon zehn Camper vor der Tür und wollten sämtliche Brötchen aufkaufen.«

»Das war gestern. Die vergangenen Wochen waren einfach zu gut. Auf Sonne folgt immer Regen. Jetzt ist wieder eine Regenphase. Verkaufstechnisch betrachtet.«

»Es ist Hochsaison!«, sage ich entrüstet.

»Wir leben von den Urlaubern, die hier durchfahren. Wir bräuchten einfach auch mal ein paar Urlauber, die hier Urlaub machen.«

»In ein paar Tagen geht es los.« Beim Gedanken daran erhöht sich augenblicklich mein Puls.

»Das ist auch zwingend notwendig. Alle Dörfer ringsum

bestehen nur noch aus Ferienwohnungen und Pensionen. Nur wir haben nichts.«

»Jaaha, bald geht es los.« Seufzend verstaue ich meine Handtasche unter dem kleinen Tisch, an dem wir unseren Kaffee trinken und die Dinge essen, die wir nicht verkauft haben. Heute könnte das eine ziemliche Zuckerorgie werden.

»Ich werde die Ruhe nutzen und hier hinten mal die Fenster putzen«, sage ich und suche mir einen Eimer.

»Großartig!«, ruft Marijke. Erstaunt drehe ich mich um.

»Dass ich beabsichtige, die Fenster zu putzen?«, frage ich.

»Ja!« Sie strahlt mich an.

»Wenn ich gewusst hätte, dass dich das so glücklich macht, hätte ich schon viel früher damit angefangen.«

So werkeln wir eine ganze Weile herum, bis Marijke mir einen Kuchen unter die Nase hält. Ich wische mir eine entflohene Haarsträhne aus dem Gesichtsfeld und betrachte das Kunstwerk in ihren Händen.

»Ob ihm das gefällt?«

»Wem?« Ich bemerke, dass der Kuchen nicht wie üblich auf einem Pappteller aus dem Großhandel liegt, sondern auf einem hübschen weißen Porzellanteller mit Goldrand.

Marijke verdreht die Augen. »Deinem Vater. Walnuss und Apfel.«

»Du hast ihm einen Kuchen gebacken«, fasse ich zusammen, was ich sehe.

»Ich kann nichts anderes. Bis auf Backen bin ich total talentfrei.«

»Dann tretet ihr also endlich in die nächste Phase ein.«

»Den nimmst du ihm nachher mit.« Sie lächelt mir verschwörerisch zu.

»Nie im Leben. Den bringst du ihm heute Abend vorbei.« Die beiden müssen diese indirekte Kommunikation über mich endlich sein lassen, aber meine patente, schafenskräftige Chefin wird rot wie ein Hummer mit Sauerstoffnot. Ich seufze. Sie ist genauso schüchtern wie mein Vater.

Draußen bimmelt die kleine Glocke, die über der Eingangstür hängt.

»Kundschaft. Und du bringst ihm den höchstpersönlich vorbei!«, raune ich ihr zu und stürme um die Ecke.

»Morgen!«

»*Hi darling!*« Vor dem Verkaufstresen steht Schönbühls Drag-Queen. Olivia Jones, nur ein bisschen kleiner und weniger bunt.

»Jack Rideback. Was darf es sein?« Jack kommt aus Soho und vereint gleich zwei Randgruppenmerkmale in einer Person, was ihn zu etwas Besonderem macht. Er ist schwul, und er trägt gerne Frauenkleider. Darüber hinaus ist er ausgesprochen nett.

»Ein Brötchen.«

»*Ein* Brötchen?«

Er nickt, und seine blonden Locken wippen bei dieser Bewegung. Jack ist mit Michael, dem Steuerberater, zusammen. Michael, der üblicherweise mit Strickjacke und Nickelbrille unterwegs ist, hat sich lange unauffällig ins Dorfgeschehen eingefügt, bis er nach London fuhr, ein halbes Jahr dort blieb und Jack mit zurückbrachte. Jack trägt vorzugsweise Rosa, schminkt sich die Lippen Chanel-rot und hat Haare, um die ihn jede Frau zwischen sechs und neunundneunzig beneiden würde.

Exakt vier Wochen lang tobte ein wahrer Spekulations- und Tratschwahnsinn im Ort. Bis Jack ein Informationsblatt an alle Einwohner verteilte, in dem er forderte, wie ein normaler Mensch behandelt zu werden. Andernfalls würde er den Ort umgehend verlassen und Michael gleich mitnehmen. Nun macht Michael aber für alle Einwohner von Schönbühl die Steuererklärung. Seit diesem Tag wird Jack zu jeder Veranstaltung eingeladen und hat die Gelegenheit genutzt, alle mit seinem Charme für sich einzunehmen.

»Das mit den Körnern, *honey*.« Jack schenkt mir sein strahlendstes Lächeln und deutet hinter mich auf die Vollkornbrötchen.

»Und was noch?« Ein Brötchen? Jack kommt nie im Leben den langen Weg vom Ortsrand bis zu uns, nur um ein läppisches Brötchen zu kaufen. Da ist doch was im Busch.

»Äh. Dein Hund ist mit einem Mann spazieren gegangen.« Aha. Jack ist einfach nur die Vorhut der interessierten Dorfbevölkerung.

»Ist das der *homeless* vom Weiher? Der mit dem Bullen gekämpft hat?«

Ich nicke und reiche ihm sein Brötchen. »Er sieht gut aus.« Jack zwinkert mir vielsagend zu, zahlt und zieht mit seiner Information von dannen.

Ich bleibe gleich im Verkaufsraum, denn im nächsten Moment rollt der alte Polizeigolf vor. Ihm entsteigt Jörg, mein Lieblings-Polizist – wobei er nicht viel Konkurrenz hat, er ist nämlich der einzige in unserer Gemeinde. Und er sieht ein wenig aus wie Robbie Williams. Zumindest finden Marijke und ich das.

»Moin, Lilly!«

»Moin, Jörg. Kaffee?«

»Ja. Gerne. Und eine Frage.«

Ich schenke ihm einen Pott Kaffee ein. »Wurde dein Hund gekidnappt?«

Ich reiche ihm den Kaffee über den Tresen und kann mir jetzt nur noch mit größter Not ein Grinsen verkneifen.

»Wer schickt dich?«

»Ein anonymer Hinweis. Die Identität kann ich leider nicht preisgeben. Dein Hund wurde erkannt, der Kerl am Ende der Leine nicht. Außerdem gehen Gerüchte über einen angeblichen Landstreicher um. Ich wollte nur schauen, ob bei dir alles okay ist.«

»Du bist nett. Aber alles ist okay.« Während Jörg seinen Kaffee trinkt, setzen wir uns auf die tiefe Fensterbank. Ich erzähle Jörg von meinem unfreiwilligen Hausgast, und er zeigt sich entrüstet.

»Lilly. Du weißt nicht, wer das ist. Du kannst ihn nicht einfach so aufnehmen.«

»Ich bin mir sicher, dass er harmlos ist.«

»Das denken bestimmt alle, bevor die Kettensäge zum Einsatz kommt«, sagt er. »Ich werde heute Abend mal vorbeikommen und ihn mir ansehen. Kleine Ausweiskontrolle, Identitätsfeststellung, Drogentest, so was.«

»Meine Tante hält ihn für ungefährlich.«

»Ah. Okay.« Die Meinung meiner Tante zählt in ganz Schönbühl viel. »Und Holly mag ihn auch. Sogar Günther hält sich auf Abstand.«

»Ich komme trotzdem vorbei. Schließlich habe ich eine Fürsorgepflicht den Bürgerinnen und Bürgern gegenüber und bin für die Einhaltung der öffentlichen Sicherheit zuständig.«

»Okay«, sage ich. Ich kann ihn sowieso nicht davon abhalten. Früher dachte ich, Jörgs Fürsorge sei eine spezielle Art des Flirtens. Mittlerweile weiß ich, dass er mich mag. Und ich ihn auch. Nur dass zwischen uns nichts als eine wirklich gute Freundschaft ist, in der man sich umeinander kümmert. Und ich freue mich, einfach so gemocht zu werden.

12

Zwei Stunden später ist die öffentliche Sicherheit leider nicht mehr gewährleistet. Tom und ich haben einen Streit, dass die Fensterscheiben beben und Holly vor Angst so viel pupst, dass es schon in den Augen brennt.

»Mach jetzt diese Seite fertig!« Meine Stimme vibriert, und ich könnte mir durchaus vorstellen, dass ich in spätestens drei Minuten weiterer Arbeitsverweigerung meines Kindes anfange, Feuer zu spucken.

»Nein. Das ist blöd!« Tom hat die Unterlippe vorgeschoben und die Arme verschränkt. »Immer darf ich nie das machen, was ich will!«

Ich werfe mich mit Inbrunst in den allerletzten Versuch, diese Diskussionsrunde mit Argumenten zu befrieden. Danach steht dann nur noch Feuerspucken an.

»Wir haben gesagt, du machst eine Stunde Pause und danach die Hausaufgaben! So war es abgesprochen.« Ich atme tief ein und versuche das innerliche Zittern unter Kontrolle zu bringen. Ausflippen ist keine Option. Nie. Leider flippe ich trotzdem regelmäßig aus.

»Radier das weg.« Ich deute auf die 4. Weil 2 + 5 nicht 4 ergibt.

»Der Radierer ist weg.« Tom guckt zur Decke.

»Dann such ihn.« Ich glaube, meine Stimme ist eine

ganze Oktave nach unten gerutscht. Ich hasse Hausaufgaben. Aus tiefstem Herzen.

Tom schubst mit einer Hand unmotiviert ein paar Bleistifte über den Tisch. Dann steht er auf und macht Anstalten, zu verschwinden.

»Wohin?« Ich packe ihn gerade noch am Oberarm.

»Ich muss mal.«

»Du musst immer, wenn du Hausaufgaben machen sollst. Ungefähr hundertmal. So viel passt gar nicht in deine Blase!«

»Du hast gesagt, ich soll gehen, wenn ich muss.«

»Du musst nicht!«

»Wooohol!« Ist es ethisch vertretbar, seinem Kind den Toilettengang zu verwehren? In dieser Situation schon, befinde ich und zische: »Setz. Dich. Hin!«

Mein Kind setzt sich, bricht aber augenblicklich in lautes Jammern aus. »Immer muss ich so viel denken. Ich will spielen!«, schluchzt er.

»Ich auch!«, sage ich und ziehe das Heft vor seine Nase. »Wie viel ist 2 + 5?«

»Weiß ich nicht!«

»Denk nach!«

»Nein!«

»Sieben«, kommt von der Tür. Ich fahre herum. Gerome steht dort. »Äh. Die Tür war auf.«

»Und dann kommen Sie einfach rein?«

»In diesem Fall dachte ich, einer der Anwesenden hier benötigt vielleicht Rettung.«

»Ich brauche Rettung!«, brüllt Tom.

»Ich auch«, seufze ich.

»Soll ich vielleicht weitermachen?«, fragt Gerome, und Tom bricht augenblicklich in zustimmendes Gebrüll aus.

»Nein!«, sage ich fest, woraufhin er anfängt zu heulen. Aber es ist völlig indiskutabel, dass ich einem fremden Mann, der zwar durchaus über Mainzelmännchen-Qualitäten, aber offenbar über keinen festen Wohnsitz verfügt, die Hausaufgaben meines Sohnes überlasse.

»Jetzt stellen Sie sich doch nicht so an!«

Er macht das Ganze hier nicht besser, denn Tom ist natürlich absolut seiner Meinung und drückt dies auch aus. Lautstark.

»Würden Sie jetzt bitte samt Ihrer spektakulären Ignoranz meine Küche verlassen!«, fauche ich und deute zur Tür. Gerome schenkt mir einen Blick aus seinen unergründlichen Augen, zuckt die Achseln und sagt zu Tom: »Wir können es ja morgen noch einmal probieren. Vielleicht lässt sie uns dann. Ich bin gut in Mathe.«

Und dann geht er. Aus meiner Küche. Nach weiteren zehn Minuten mit der Diskussion über das Ergebnis von 2 + 5 muss ich einmal so schreien, dass das Zäpfchen gegen meine Schneidezähne schlägt. Davon ist Tom dann auch so beeindruckt, dass er tatsächlich die restlichen Aufgaben ohne weitere Widerworte rechnet, mich dabei aber fest im Blick hat, als ob er glaubte, mir könnte gleich ein Drachenkopf wachsen.

Er geht spielen, ich zu den Hühnern, wo ich gleich zwei Zigaretten nacheinander rauche, was mich aber auch nur rein äußerlich beruhigt.

Deswegen erkennt mein Lieblingspolizist Jörg auch

nicht umgehend, in welcher Stimmung ich mich befinde, als er plötzlich auf der anderen Seite des Zauns auftaucht.

»Hiho, Lilly!« Die Hennen würdigen ihn keines Blickes, aber Marco Polo schießt sofort heran, um in Erfahrung zu bringen, ob der Besucher Futter oder Gefahr mit sich bringt.

»Hiho«, grüße ich zurück und drücke schnell meine Kippe im Marmeladenglas aus. Dann schiebe ich noch rasch ein Pfefferminz in den Mund und klettere aus dem Haselnussbusch.

»Du sollst nicht bei den Hühnern rauchen. Du sollst gar nicht rauchen«, sagt er streng.

»Musst du gerade sagen«, antworte ich düster. Jörg raucht starke Zigaretten für echte Kerle, und das eigentlich immer, wenn er sich nicht gerade in geschlossenen Räumen aufhält.

»Na, einer muss ja auf dich aufpassen«, sagt er und legt den Arm um mich. Gemeinsam laufen wir zurück zum Hof. Es wäre doch ein Leichtes, sich schlagartig und augenblicklich in Jörg zu verlieben. Denke ich. Wie jedes Mal, wenn wir uns treffen. Jedes Mal befehle ich dem Teil in mir, der für das Verlieben zuständig ist, jetzt mal loszulegen, und jedes Mal tut sich nichts.

Bei mir funktioniert das wohl ausschließlich nach dem Dachziegel-Prinzip. Der muss einen treffen, und zack. Verliebt! Mann fürs Leben gefunden! Diese Entwicklungsnummer klappt bei mir nicht.

In Marius habe ich mich damals genauso verliebt. Leider kam der Dachziegel noch einmal und hat alles wieder rückgängig gemacht.

»Ich möchte ein paar Worte mit deinem Gast ohne festen

Wohnsitz wechseln«, sagt Jörg und bleibt stehen. »Und das mache ich besser alleine.« Er richtet sich auf, lässt mich los und setzt seinen Ordnungshüter-Gesichtsausdruck auf. Suchend blickt er sich um.

»Er wohnt zurzeit in einem der neuen Gästezimmer. Vermutlich ist er dort.«

»Ah. Bis gleich!«

Es gibt aber kein Gleich. Das Gleich verschiebt sich auf zwei Stunden später. Ich bin fast schon geneigt, mir Sorgen zu machen. Um wen der beiden, ist mir noch nicht klar, das würde ich dann spontan entscheiden. Um sechs mache ich mich auf die Suche und werde im Apfelgarten fündig, wo die beiden auf der Bierbank hocken und offenbar in ein intensives Gespräch vertieft sind. Zumindest gucken sie mich ganz erschrocken an, als ich verkünde, dass die offiziellen Besuchszeiten auf dem Pfefferhof sich jetzt dem Ende zuneigen. Das war natürlich nur Spaß, trotzdem springt Jörg wie angestochen auf. »Ich muss zu meiner Mutter. Die wartet jetzt schon seit über zwei Stunden auf mich.«

»Du hattest eben einen wichtigen Einsatz!«, rufe ich ihm hinterher und bedaure es gleichzeitig, dass ich jetzt ja gar keine Information über den Ausgang seiner polizeilichen Ermittlungsarbeiten bekomme.

Gerome bleibt derweil ungerührt sitzen und beobachtet mich mit zusammengekniffenen Augen, was dem großen Kerl ein etwas verwegenes Aussehen verleiht. Wir öffnen beide gleichzeitig den Mund, um etwas zu sagen, aber Tom ist schneller: »Maaaamaaaa!«

Ich seufze. »Hier! Im Apfelgarten!« Keine zwei Sekunden später stürmt Tom über die Wiese. Er ist so erhitzt, dass ich die ihn umgebende Wärme bis in mein Herz spüren kann.

»Können wir draußen essen? Gibt es Hamburger? Oder Nudeln? Oder Käsespätzle? Bitte!« Trotz seiner Gier nach spontan nicht verfügbaren Nahrungsmitteln drückt er sich an mich und umschlingt meine Taille mit seinen kleinen, starken Armen.

»Wir können draußen essen, wenn du hilfst, alles herzutragen. Und zu essen gibt es Arme Ritter. Oder Salat.« Ich schiebe ihn ein wenig von mir weg und betrachte die dunklen Dreckschlieren, die sein Gesicht zieren. Außerdem riecht das Kind nach Kuhstall.

»Warst du bei Hilde im Stall?« Tom nickt, wobei sich ein paar Dreckflocken aus seinem Haar lösen und zu Boden segeln. »Hilde hat gesagt, wir sollen uns alle noch einmal über den Boden wälzen, damit wir viel Kontakt zu Bektorien haben. Damit wir keine Algerien bekommen.«

Irgendjemand lacht. Mir ist zwar auch nach Lachen zumute, aber das Lachen aus dem Off kommt mir zuvor. Gerome grinst immer noch breit, als ich zu ihm rübersehe. Ich bin ein wenig erstaunt, denn das Lachen war ausgesprochen angenehm. So ein Lachen habe ich ihm gar nicht zugetraut. »Es gibt Studien darüber: Landkinder haben weniger Allergien«, sagt er dann trocken, immer noch grinsend.

»Essen Sie mit?« Die Frage verlässt meinen Mund, ohne dass ich drüber nachdenke. Ich habe Gerome angeboten, sich in der Küche zu bedienen, solange er bei uns wohnt.

Warum bin ich bisher noch nicht auf die Idee gekommen, ihn einfach zu unserem Abendessen einzuladen?

Er zögert kurz, nickt dann aber. Gemeinsam schleppen wir Teller, Gläser und Brot in den Apfelgarten. Auch mein Vater gesellt sich zu uns. Und, oh Wunder: Er trägt stolz den Apfel-Walnuss-Kuchen von Marijke vor sich her. Offenbar hat sie sich getraut, ihn persönlich abzugeben. Leider konnte sie nicht zum Essen bleiben, zu dem mein Vater sie auch gleich spontan eingeladen hat.

Es gibt Partys, die sind gut vorbereitet, aber öde, weil unter den Gästen keine Stimmung aufkommt. Das sind Partys, auf denen man nach spätestens einer Stunde anfängt, einen Grund für den vorzeitigen Aufbruch zu suchen.

Und manchmal gibt es Partys, die fallen einfach vom Himmel. Wie mein Liebesdachziegel. Oder unser gemeinsames Abendessen. Es entwickelt sich innerhalb kürzester Zeit zu einer kleinen, aber sehr feinen Party. Vielleicht ist es der Duft der reifen Äpfel oder die wunderbare laue Luft. Vielleicht ist es auch mein Vater, der uns auf so witzige Art von seinem Tag erzählt, dass ich mir zwischendurch den Bauch halten muss vor Lachen. Vielleicht liegt es an Tom, der so fröhlich und albern ist, oder an mir. Denn von irgendwo hat mich plötzlich ein Schub gute Laune erfasst, und der schüttelt mich förmlich durch.

So sehr, dass ich es sogar in Erwägung ziehe, dass Gerome der Grund für die gute Stimmung sein könnte. Er hat nämlich, kurz nachdem er die Teller und Gläser auf dem Tisch verteilt hat, seinen mir bisher unbekannten Charme angeknipst. Und davon hat er eine Menge. Zum

Schluss verbrüdern wir uns alle mit einem Schluck Weißwein, der zwar laut Gerome billigster Fusel ist, aber dafür erstaunlich gut schmeckt. Unser unfreiwilliger Hausgast kennt sich aber nicht nur mit Wein aus. Er hat zu allem eine Meinung. Es juckt mir in den Fingern herauszufinden, was es mit diesem Kerl auf sich hat. Ich muss ihm unbedingt auf den Zahn fühlen, sobald Tom mal außer Hörweite ist. So charmant Gerome plötzlich auch sein kann, er hat einen Schuss Dramatik in sich. Ich finde, man merkt es einem Menschen an, wenn etwas Dunkles sein Leben gekreuzt hat. Um diesen Gedanken zu verscheuchen, nehme ich den letzten Schluck Weißwein und stehe auf.

»Leider müssen wir diese wunderbare Versammlung an dieser Stelle aufheben, denn das Hofkind muss ins Bett, und die Mutter des Kindes muss ihn vorher noch vom Kuhstalldreck und den Bakterien befreien. Ihr tragt alles in die Küche!«

Ich manövriere das protestierende Kind über den Hof und denke fast wehmütig, wie lange ich nicht mehr einen so schönen Abend gehabt habe.

»Ich will nicht duschen!«

Ich schiebe Tom die Treppe ins Obergeschoss hoch. Ob es normal ist, dass kleine Jungen eine Wasseraversion haben? Und legt sich das bis zu dem Zeitpunkt, an dem er auszieht? Tom würde freiwillig nie duschen. Niemals nie, um genau zu sein. Wasser ist gefährlich, nass und entweder zu heiß oder zu kalt.

»Ausziehen!«, befehle ich und lege schon mal ein großes Handtuch bereit. Bevor Tom sich aber ausziehen kann, muss er erst von seinem großen Streit mit Yannick berichten. Und dass er von Frau Hummelbrot ein Gummibärchen für schnelle und störungsfreie Mitarbeit bekommen hat. Kurz schließe ich Frau Hummelbrot gedanklich in die Arme, dann muss ich das Kind zur Eile treiben.

»Tom. Sprich mit mir, aber zieh dich nebenbei aus.«

»Okay«, sagt er und spricht weiter. Ohne sich auszuziehen. Inhaltlich geht es jetzt um Drachen und Dinosaurier.

»Ausziehen!«, wiederhole ich mein Anliegen.

»Jaaha!« Tom erzählt mir jetzt Anekdoten von seiner morgendlichen Busfahrt in die Schule. Seine linke Hand zerrt dabei wie ferngesteuert am rechten Socken. Leider in die falsche Richtung.

»Oh Mann«, murmle ich und sinke vor meinem Sohn auf die Knie. Ich ziehe ihn aus. Es ist fast neun. Er muss dringend ins Bett. Hätte schon seit zwei Stunden im Bett liegen müssen. Das Wasser ist zu kalt, zu heiß, zu kalt und schlussendlich, als die Temperatur endlich stimmt, zu nass. Trotzdem schrubbe ich mein Kind erbarmungslos ab. Am Boden der Wanne sammelt sich ein dunkler Rinnsal. Ob auch andere Kinder so dreckig sind?

Haare waschen ist noch einmal sehr dramatisch, weil das feindliche Wasser über das Gesicht läuft, dann steht er endlich auf dem Badvorleger und ist in das flauschige Handtuch gehüllt, das ich nur für ihn in den Trockner stecke. Alles andere kommt auf die Leine. Aber nicht dieses Handtuch. Weil ich finde, dass in ein weiches, warmes Handtuch gehüllt zu sein eine der schönsten Kindheitserinnerungen ist, die man haben kann. Ich rubble Tom ab und stecke ihn in Windeseile in seinen Schlafanzug.

Dann schrubben wir die Zähne, auf der Suche nach bösen Bektorien.

»Darf ich im großen Bett schlafen?«, flüstert mein Kind und schenkt mir sein schönstes Zahnpastalächeln.

Das große Bett gehört mir. Ich bin ja auch groß. Und ich finde, auch Mütter brauchen ein eigenes Bett. Aber manchmal gibt es eine Ausnahme.

Froh über die Ausnahme, kriecht Tom unter die kühlen Laken und kuschelt sich ein. Dabei ruckelt er um sich rum, schlingt seine Füße um die Bettdecke und rollt sich hin und her, bis er eine einzige Bettdeckenmumie ist.

Er seufzt, und ich gönne mir den Luxus, mich für ein paar Minuten dazuzukuscheln.

»Mama. Er ist sooo lustig!«, flüstert Tom unter der Bettdecke hervor.

»Wer?«, frage ich und ziehe die Decke ein wenig zur Seite, weil ich Angst habe, dass mein Kind keine Luft mehr bekommt.

»Gerome!«

»Ja. Ist er wirklich.« Ich lache.

»Können wir ihn behalten?«

Verdutzt gucke ich auf den kleinen Ausschnitt seines Gesichts. »Wie kommst du denn darauf?«

»Weil er so lustig ist! Viel lustiger als Dr. Ewald.«

Na ja, sogar Günther ist lustiger als Dr. Ewald.

»Er hat doch kein Zuhause, und bei Katze Matze Miau war das auch so, und der durfte doch auch hierbleiben«, murmelt Tom. Katze Matze Miau war ein streunender Kater, der seinen Lebensabend bei uns verbracht hat.

»Gerome ist aber kein Kater, sondern ein Mensch.«

»Trotzdem!« Tom grinst mich an, und Mutterliebe überflutet mich. Niemand kann mir so sehr auf die Nerven gehen wie er. Und niemanden liebe ich so sehr wie ihn.

»Ich bin sicher, auch Gerome hat irgendwo ein Zuhause«, sage ich leise und drücke meine Nase fest gegen das nasse Haar meines Sohnes, der bereits eingeschlafen ist.

13

Heute wird ein guter Tag. Das habe ich beschlossen. Deswegen lasse ich ihn mir auch nicht von einem unkooperativen Briefkasten vermiesen, der jegliche Post wie ein Terrier festhält, weil die Klappe sich nicht mehr richtig öffnen lässt, und außerdem noch ein Leck hat, was bedeutet, dass ich heute eine ziemlich nasse und zerfetzte Frühstückszeitung vor mir liegen habe. Auf der Küchentheke versuche ich das nasse Bündel zu entwirren und stoße dabei auf einen Zettel, der sich wohl aus Platzmangel (zu klein ist der Briefkasten nämlich auch) mitten in die Zeitung geflüchtet hat.

»Wunderschöne Treckerfahrerin«, steht darauf, »erweist du mir die Gunst, dich heute Abend um neun zum Essen am Strand einzuladen?« Darunter steht schwungvoll der Name Lukas und eine Handynummer.

Na, da wird der Tag doch gleich noch besser! Bevor sich die Küche mit meinen Frühstücksgästen füllt, schnappe ich mir mein Handy und tippe eine Nachricht zurück. Ich hatte schon ausgesprochen lange kein Date mehr. Und wenn mich die Möglichkeit noch vor dem Frühstück ereilt, werde ich doch sicherlich nicht absagen. Zumal ich Lukas' Hartnäckigkeit recht schmeichelhaft finde.

Nachdem ich die sonderbare Klamottenwahl meines Sohnes begutachtet habe und alle, einschließlich der Hühner, abgefüttert sind, setze ich mich in mein altes kleines Schrottauto und fahre fröhlich nach Husum. Zu meinem Termin. Einmal im Monat habe ich meinen Termin. Einen absoluten Luxustermin. Andere Frauen lassen sich die Bikinizone wachsen oder die Augenbrauen zupfen, und ich gehe zu meinem Osteopathen. Nicht weil ich unter irgendwelchen Beschwerden leide. Einfach so. Weil mein Osteopath toll ist und mich mindestens so glücklich macht wie meine Hühner.

Ich bin ein wenig beschwingt, was durchaus an meinem abendlichen Date liegen könnte, als ich den Wagen durch die Stadt lenke und mir einen freien Parkplatz am Hafen suche. Die Praxis von Elmar Hinsöter liegt nur wenige Minuten entfernt, und kurz darauf sitze ich schon in seinem leeren Wartezimmer. Seitdem ich regelmäßig zu ihm komme, habe ich hier noch nie jemanden warten sehen. Vielleicht hat er außer mir gar keine Patienten. Vielleicht hat er aber auch einfach nur ein gutes Praxismanagement.

Ich blättere ein wenig durch die herumliegenden Zeitschriften, bis Elmar Hinsöter persönlich um die Ecke lugt. »Guten Morgen, Frau Pfeffer!« Er hat rote Locken und Sommersprossen und trägt immer Weiß. Das muss so sein. Das macht nämlich ebenfalls das Gesamtkonzept aus, in dem ich mich so wohlfühle. Genauso wie die sphärischen Klänge im Hintergrund, die mir außerhalb dieser Praxis Tränen des akustischen Schmerzes in die Augen treiben würden. Oder die Blumengestecke mit den Callas, die überall herumstehen. Hier passt es einfach.

Ich folge ihm in sein Behandlungszimmer, das komplett in einem zarten Lavendel gehalten ist. Flugs ziehe ich die

Schuhe aus, deponiere meine Tasche auf dem kleinen Hocker und springe auf die Liege.

»Haben Sie Beschwerden?«, fragt er wie jedes Mal und sieht mich dabei ganz intensiv an. Manchmal glaube ich, er kann bis auf den Grund meiner Seele gucken. Und manchmal glaube ich auch, dass er ein komplettes Blutbild nur durch dreimal Hingucken erstellen könnte. Der Typ ist einfach großartig.

Ich schüttle den Kopf und rolle mich auf den Bauch, damit er mit unserer üblichen Choreografie anfangen kann. Seine warmen Hände fahren auf der Suche nach Unstimmigkeiten über meinen Körper. Manchmal findet er welche, die ich noch gar nicht kannte, und behebt sie einfach, indem er ganz sanft herumdrückt. Genau weiß ich nicht, was er tut. Aber ich weiß, dass ich Rückenschmerzen bekomme, wenn ich Herzschmerz habe. Und mir der rechte große Zeh wehtut, wenn ich zu viele fette Sachen gegessen habe. Weil dann meine Leber protestiert, anschwillt und auf einen Nerv drückt, der im Zeh endet. Nach der Geburt von Tom taten mir fast zwei Jahre lang die Knie weh. Elmar Hinsöter hat damals fünf Minuten an meinem Becken herumgedrückt, und danach war alles weg. Beckenfehlstellung. Behoben in fünf Minuten. Es ist nicht weiter verwunderlich, dass ich regelmäßig hierherkomme. Außerdem ist es die einzige legitime Möglichkeit, dass ein durchaus ansehnlicher Mann meinen Körper anfasst.

Mein Körper braucht nämlich hin und wieder freundliche Zuwendung.

Wir sprechen nie viel. Ich liege herum, und er taucht ab in seine Osteopathen-Welt, in der alle Zellen des Körpers miteinander verbunden sind und im Einklang schwingen. Vielleicht nimmt er aber auch Kontakt zu einer höheren Macht auf und bespricht mit ihr meinen aktuellen Gesundheitszustand. Was er genau tut, ist mir allerdings ziemlich egal.

Denn das ist exakt der Moment, den ich so mag. Ich linse dann immer seitwärts zu ihm hoch, was ich vermutlich nicht tun sollte, aber er hat ja die Augen zu. Sein Gesichtsausdruck ist immer ganz verzückt. Ich bin mir ziemlich sicher, dass Elmar Hinsöter mindestens erleuchtet ist, wenn nicht sogar ein heißer Anwärter auf einen Heiligenschein.

Zufrieden registriere ich, wie er in stiller Hingabe, die Hände auf meinem Becken, das Gesicht hebt. Er ruckelt und drückt ein wenig herum, fragt mich leise und immer noch mit geschlossenen Augen nach meiner Verdauung (jedes Mal aufs Neue, aber da gibt es wirklich keine Überraschungen zu vermelden), und dann bin ich nach zwanzig Minuten auch schon wieder fertig. Er verabschiedet mich mit einem festen Händedruck und einem intensiven Blick, und ich verlasse die Praxis mit einem warmen Glücksgefühl im Bauch.

Keine drei Minuten später sitze ich schon wieder in meinem Auto. Wo dann auch prompt mein Handy klingt.

Es ist mein Lieblingspolizist, dem eingefallen ist, dass er mir noch gar nichts von seiner investigativen Ermittlung im Fall Gerome erzählt hat.

»Der ist ganz in Ordnung, Lilly. Keine Vorstrafen, und mein Arschloch-Radar hatte überhaupt keinen Ausschlag.«
Ja, Jörg verfügt über ein gut funktionierendes Arschloch-Radar. Wenn sich das muckt, ist Ärger im Anmarsch. Wie

beruhigend, dass das bei Gerome nicht der Fall ist. Allerdings wusste ich das nach dem netten Abend mit ihm schon von selbst.

Der nächste Anrufer ist mein Vater. »Schatz!«, ruft er ins Telefon.

»Papa?« Wenn mein Vater mich auf dem Handy anruft, ist immer irgendwas passiert. Das letzte Mal hatte Holly Durchfall. Im Haus. Ich brauche nur daran zu denken, und es schüttelt mich.

»Was ist los?«, frage ich atemlos.

»Ich glaube, das Kind hat Läuse.« Da weiß man spontan nicht, was besser ist. Hundedurchfall oder Kinderläuse.

»Och nee«, sage ich. Der Tag hatte doch so gut angefangen.

»Er kratzt sich die ganze Zeit, und offenbar haben zurzeit alle Kinder in der Schule Läuse. Mich juckt es auch schon.«

Ja, danke. Jetzt, wo du es sagst, kann ich dem Drang, mit der freien Hand die plötzlich wie wild juckende Stelle über meinem linken Ohr zu kratzen, kaum noch standhalten.

»Bist du ganz sicher?«

»Nein. Aber ziemlich. Du hattest als Kind auch mal Läuse. Ich hatte was auf dem Finger, das hätte eine Laus sein können.« Mein Vater kann allerdings ziemlich schlecht gucken.

»Und wo ist das hin, was du auf dem Finger hattest?«.

»Runtergefallen. Tom sucht noch. Vermutlich hat Holly die Laus gefressen«, antwortet er trocken.

»Ich bin unterwegs.«

Jeder Mutter ist klar, dass sie und die Brut früher oder

später mal von Läusen heimgesucht werden. Aber wenn es dann tatsächlich so weit ist, ist man doch überrascht. Ich rufe meine Freundin Karo an, die sich mit Läusen auskennt, lasse mich von ihr in die Materie einführen, steuere die nächste Apotheke an und kaufe ein biologisch wertvolles Anti-Läusemittel und einen Nissenkamm.

Dermaßen ausgerüstet für den Läusekampf treffe ich zu Hause ein. Tom trägt trotz nicht unerheblicher Außentemperaturen von 27 Grad eine Mütze. Er sitzt auf einem der alten Korbstühle im Schatten unter dem Baum im Hof und hat ziemlich schlechte Laune. Wie auch mein Vater, der neben Tom sitzt. Ebenfalls mit Mütze. Sogar Holly liegt matt mitten auf dem Hof herum und wedelt nur ganz kurz mit dem Schwanz, als ich um die Ecke komme. Vor Menschenläusen ist er sicher.

Günther sitzt hinter dem Tor zum Apfelgarten und gibt giftig zischende Geräusche von sich.

»Gerome hat ihn dort eingesperrt. Der Ganter ist heute furchtbar aggressiv. Und ich bin mir nicht sicher, ob wir noch ins Haus können«, erklärt mein Vater trübsinnig.

»Wieso sollten wir nicht ins Haus können?«, frage ich fassungslos und hoffe inbrünstig, dass nicht noch mehr schlimme Dinge passiert sind außer dem potenziellen Läusefund. Ich stelle die Tüte mit dem Shampoo auf den Tisch und kratze mich am Kopf.

»Ich bin mir nicht sicher. Wegen der Läuse. Vielleicht muss man das ganze Haus dekontaminieren!« Trotz aller widrigen Umstände muss ich lachen.

14

Das Lachen vergeht mir schnell. Denn sobald ich die Mütze von Toms Kopf nehme, entdecke ich, ohne in seinem dichten Haar wühlen zu müssen, eine Laus. Die Laus scheint mich anzustarren, dann zieht sie sich unverzüglich ins Dickicht von Toms Haaren zurück, in denen überall kleine weiße Pünktchen kleben.

»Bäh«, sage ich und ziehe Tom die Mütze sofort wieder über den Kopf.

»Was sollen wir tun?«, fragt mein Vater, der mich genau beobachtet hat.

»Ich gehe Läuse googeln. Ich muss wissen, wie der Feind tickt«, antworte ich, woraufhin Tom gluckst. »Dann werden wir uns alle die Haare waschen, und auch alle Kissen, Decken und Kuscheltiere.«

»Nicht Goldlöckchen!«, protestiert Tom, und ich gebe ihm einen Schubs an die Schulter. »Die gerade. Auf der schläfst du doch immer!« Goldlöckchen ist ein lilafarbenes Kamel. Sie gehörte mal mir. Meine Mutter hat sie mir geschenkt.

»Oh nein! Sie wird in der Waschmaschine ertrinken!« Tom ist aufgesprungen und sieht mich an. Mit Tränen in den Augen.

»Nein. Kuscheltiere können nicht ertrinken«, antworte ich und versuche, überzeugt zu klingen, obwohl ich einfach nur erschöpft bin. Im Geiste sehe ich mich schon den restlichen Tag Bettlaken und Kissenbezüge herumschleppen und maschinenweise Wäsche waschen, während das Kind vor der Waschmaschine hockt und weint.

»Wir werden Goldlöckchen in einen Kissenbezug stecken. Dann sieht sie nicht, dass sie in einer Waschmaschine ist, und hat auch keine Angst. Und ertrinken kann sie wirklich nicht«, sagt mein Vater und nimmt Tom fest in den Arm. Ich schenke ihm einen erleichterten Blick und laufe zu meinem Computer.

»Die gute Nachricht«, verkünde ich zehn Minuten später der auf dem Hof ausharrenden Sippe: »Läuse können nicht springen!«

»Cool!«, sagt Tom.

»Das ist gut!«, sagt mein Vater.

»Die schlechte: Wir sind offenbar alle schon ziemlich verlaust, denn Toms Kopf ist voller Nissen. Lauseier. Deswegen müssen wir umgehend anfangen, sie zu bekämpfen. Wo ist Gerome?«

»Auf der Wiese. Er repariert den Zaun.«

»Er repariert den Zaun?«

»Ich habe ihm gesagt, dass er immer umkippt, und er hat gesagt, er geht mal gucken. Seitdem ist er weg. Also nehme ich an, dass er ihn repariert.« Was für eine logische Schlussfolgerung.

»Er muss auch entlaust werden«, sage ich, wobei mich der Gedanke, einem Wildfremden in den Haaren zu wühlen, alles andere als froh macht.

»Ich hole ihn.« Ich lasse meine verlauste Familie auf

dem Hof sitzen und renne auf die Straße. Von hier sind es nur drei Minuten bis zur anderen Seite des Hofes, wo sich die verpachteten Wiesen befinden. Die Schafe haben sich in einem Halbkreis vor dem Zaun postiert und scheinen mit großem Interesse zu verfolgen, was mein Hausgast dort treibt. Er buddelt ein Loch und scheint die Welt und die Schafe um sich herum vergessen zu haben.

Ich trete an den Zaun. »Was machst du da?«

Erschrocken zuckt er zusammen und starrt mich ein paar Sekunden lang an wie eine Erscheinung.

Dann streicht er sich eine Haarsträhne aus dem Gesicht und sagt: »Ich repariere den Zaun.«

»Und vorher bohrst du noch nach Erdöl?«

»Na, der Pfosten wackelt!«, antwortet er ungeduldig. »Den grabe ich jetzt wieder ein.«

Schlagartig wir mir klar, dass Gerome vom Zäunereparieren ungefähr so viel Ahnung hat wie ich vom Rechnen.

»Der Pfosten ist morsch und muss ausgetauscht werden. Und dann rammt man den neuen mit einem großen Gummihammer in die Erde.« Ich weiß zumindest theoretisch, wie es geht. Am Ende des Pfahls herumzubuddeln ist jedenfalls wenig zielführend.

»Ach«, sagt Gerome gereizt, setzt sich auf den Hintern und funkelt mich an.

»Du weißt von den Läusen?« Passenderweise muss ich mich gleichzeitig am Kopf kratzen, weil es plötzlich fürchterlich juckt.

»Dein Vater hat mich ins Bild gesetzt.«

»Dann sollten wir mal zur Tat schreiten«, sage ich, aber er macht keine Anstalten aufzustehen.

»Viel Spaß«, sagt er stattdessen.

»Nee. Du auch!«

»Was habe ich damit zu tun?«

»Du bist unser Gast. Und ich werde es nicht riskieren, dass du unentlaust bleibst und die Viecher bei dir eine Mordspopulation auf dem Kopf entwickeln, damit du sie hinterher an uns zurückgeben kannst. Kommt nicht infrage.«

»Mich juckt es aber nicht«, sagt er. Um sich im selben Moment diskret am Kopf zu kratzen.

»Das soll ja wohl ein Scherz sein!«

Er grinst unerwartet und kommt auf die Beine. »Vermutlich hast du recht«, sagt er versöhnlich und klettert umständlich durch den Zaun auf meine Seite.

»Was macht die Verletzung?«, frage ich.

»Alles super«, sagt er, hält sich aber die linke Seite. Sieht ehrlich gesagt nicht so super aus.

»Müssen wir noch mal zum Arzt?«

Er hält inne und sieht mich an. Er hat wirklich komische Augen. Sehr groß und sehr dunkel. Aber sie sind schön, daran lässt sich nichts deuteln.

»Wir?«, fragt er und zieht eine Augenbraue in die Höhe.

Energisch drehe ich mich um und lasse das unkommentiert.

Zu Hause versammeln alle Verlausten sich in der Diele, wo ich die Gebrauchsanweisung des Anti-Läuse-Shampoos laut vorlese.

»Und dann sind die Läuse alle tot? Wenn wir alle uns dreimal die Haare gewaschen haben?«, fragt Tom und kratzt sich beidhändig am Schädel, womit mir die Dringlichkeit unseres Vorhabens noch einmal deutlich vor Augen geführt wird. Sofort kratzen auch Gerome und mein Vater sich. Ich würde gerne, habe aber die Hände voll. Kopfkratzen scheint wie Gähnen ansteckend zu sein.

»Nein. Also ja. Irgendwie schon, und dann müssen wir uns die Nissen vom Kopf klauben.«

»Wie die Affen!«, grölt Tom und erntet seitens der Volljährigen im Raum nur eisernes Schweigen. Ja. Wir werden uns lausen wie die Affen. Das stärkt sicherlich das Gemeinschaftsgefühl innerhalb der Gruppe. Ich wasche uns die Haare, bis auf Geromes, der tut das alleine. Dann warten wir alle ab, bis der kleine Küchenwecker uns sagt, dass das stinkende Zeug auf unseren Köpfen eine halbe Stunde lang sein Werk verrichtet hat. Dann waschen wir erneut und warten erneut. Mein Vater läuft in die Scheune und holt eine Flasche sehr staubig aussehenden Rotwein. Also die Flasche ist zumindest äußerlich staubig, der Inhalt ist großartig, und so trinken wir drei in der zweiten Wartezeit ein Glas Wein. Tom bekommt ein Glas Fanta, sein Heiligtum, das es nur zu besonderen Anlässen gibt, weil bei häufigerem Konsum ein umgehender Zuckerschock zu erwarten ist, aber ich finde, eine groß angelegte Entlausungsaktion geht definitiv als besonderer Anlass durch. Nach dem nächsten Waschdurchgang schnappe ich mir den kleinen Kamm, den es zu dem Shampoo dazugab, platziere mein Kind auf dem Boden vor einem Stuhl und beginne die offizielle Lausjagd. Mein persönlicher Assistent dabei ist nicht mein Vater, der fix noch seine Lesebrille suchen gegangen ist, sondern Gerome. Der reicht mir Taschentücher an, auf denen ich die gefangenen Untiere sammle. Geschickt assistiert er mir dann beim Abstreifen der Nissen aus Toms Haaren, und nach kurzer Zeit wird mir klar, dass unsere nächsten Verwandten, die Affen, einiges richtig machen. Lausen als gemeinschaftliches Event, zur Stärkung der sozialen Bindungen.

Wenn man so gemeinschaftlich über einem gluksenden Kinderkopf hängt, kommt man sich nämlich zwangsläufig ziemlich nah. Mein Vater, der seine Lesebrille immer noch nicht gefunden hat, sitzt in seinem Ledersessel und beobachtet uns. Nicht ohne sich offenbar köstlich zu amüsieren.

»Guck!« Gerome hält mir auf dem ausgestreckten Zeigefinger eine Laus entgegen. »Ich will auch gucken!«, kräht Tom eine Etage tiefer, und Gerome hält ihm seinen Fang ebenfalls entgegen.

»Halali!«, sagt mein Vater.

Nach zwanzig Minuten vollen Einsatzes ist das Kind lausfrei. Meinen Vater unterziehe ich dieser Prozedur in weniger als acht Minuten, weil er einfach nicht mehr so viele Haare hat, an denen sich die Läuse festklammern können. Nachdem zumindest schon mal die Hälfte der Anwesenden wieder gesellschaftsfähig ist, erklärt mein Vater, dass er nun Tom ins Bett bringt, um danach noch ein wenig dem künstlerischen Tun in seinem Atelier zu frönen.

»So. Dann setz dich mal in Position«, sage ich und deute vor mich auf den Boden. Gerome hockt sich hin und zieht die Knie an.

Meine Hände schweben über seinem Kopf, aber plötzlich bin ich befangen. Vermutlich weil ich noch nie einem nahezu fremden Mann in den Haaren gewühlt habe. Meistens durchwühlt man das männliche Haupthaar doch in eindeutigen Absichten, und nicht mit einem Nissenkamm in den Fingern.

Außerdem hat Gerome tolle Haare. Dicht, glatt und voll. So aus der Nähe sind sie sogar zweifarbig. Ein sattes Ebenholz und ein leichtes Goldbraun. Frauen müssten für so eine Farbenpracht viel Geld ausgeben.

Vorsichtig beginne ich, den Kamm an den Schläfen durch seine Haare zu ziehen, und er dreht leicht den Kopf.

»Lilly, du bist doch sonst so ein Feldwebel. Also sei nicht so zimperlich.«

»Jaaha«, antworte ich, kann aber gerade nicht energischer sein. Das männliche Haar unter meinen Fingern hemmt mich. Viel sanfter als geplant, kämme ich Strähne um Strähne. Finden tue ich nichts. Außer dass plötzlich der sonderbare Drang von mir Besitz ergreift, meine Nase in Geromes Haar zu drücken. Erschrocken rücke ich ein wenig nach hinten, damit mehr Platz zwischen seinem Kopf und meinem Körper ist. Die jahrelange Enthaltsamkeit rächt sich jetzt. Da hilft auch der regelmäßige Osteopathen-Besuch nicht.

Während ich immer angespannter werde, entspannt Gerome sich zunehmend, was deutlich daran zu erkennen ist, dass er seinen Kopf auf den Knien ablegt und ganz ruhig atmet. Ich tauche tiefer ab in die Untiefen seiner dichten Haare und finde nichts. Noch nicht mal eine Schuppe.

»Du hast keine Läuse«, sage ich nach zehn Minuten. Ich klinge ganz normal. Nur fühle ich mich nicht so. Mein Herz hämmert nämlich heftig in meiner Brust, und ich muss wirklich auf meine Finger aufpassen. Die wollen nämlich weiterwandern. Tiefer. Weg von den Haaren, hin zu Schultern, Rücken, Armen. Schnell lege ich den kleinen Kamm auf den Tisch und verschränke die Hände in meinem Schoß.

»Der ganze Aufwand umsonst«, murmelt Gerome, der sich irgendwann während des Entlausens mit dem Rücken an meine Beine gelehnt hat. Ich seufze innerlich auf. Noch mehr Körperkontakt vertrage ich jetzt nicht. Leider kommt der schwierige Teil der ganzen Angelegenheit erst noch.

»Du bist dran!«, sagt Gerome und dreht leicht den Kopf, um zu mir hochzublicken.

»Klar«, sage ich viel leiser als beabsichtigt. Ich wollte cool klingen. Bin es aber leider überhaupt nicht. Dieser völlig undurchsichtige Kerl, der aus dem Nichts aufgetaucht ist, bringt mich total durcheinander.

Wir tauschen die Plätze, und kaum berühren seine Finger meine Haare, durchrieselt mich ein wohliger Schauer, den ich durch konsequentes Geradesitzen zu überspielen versuche.

Gerome laust nicht nur strukturiert und zielführend, er wird auch fündig, was mich zum Glück schlagartig wieder auf eine fast normale Betriebstemperatur abkühlt.

Igitt, kann ich da nur sagen. Er sammelt die kleinen Biester von meinem Kopf, und ich bemühe mich, das Ganze hier als das zu sehen, was es ist: eine zwingende Notwendigkeit, um wieder unter Menschen gehen zu können.

Leider gelingt mir das nur bedingt, denn Geromes Hände sind sehr sanft. Unfassbar sanft, um genau zu sein. Und leider gehört mein Kopf auch zu den haupterogenen Zonen meines Körpers. Sobald mir jemand über das Haar streicht, möchte ich anfangen zu schnurren. Oder Schlimmeres. Wovon ich natürlich in dieser Situation absehe. Trotzdem bin ich total aus dem Konzept gebracht, woraufhin ich schnell noch ein Glas Rotwein trinke, das mir augenblicklich zu Kopf steigt und meine Sinne umnebelt. Deswegen entgeht mir fast, als Gerome zufrieden »Erledigt!« sagt und augenblicklich von mir ablässt. Der Nähe so plötzlich beraubt, brauche ich ein paar Sekunden, um mich zu sammeln, während mein Blick an der alten Wanduhr hängen bleibt, die ständig kaputt ist. Ich will meinen Blick schon weiterschweifen lassen, weil diese Uhr normalerweise keinerlei zuverlässige Informationen liefert, bis mir einfällt, dass ich sie gestern repariert habe. (Durch heftiges Schlagen mit der Handkante. Man höre und staune!) Es ist zehn nach neun, und schlagartig wird mir bewusst, dass ich seit zehn Minuten ein Date habe. Und nasse Haare. Und keinen Föhn, weil ich den verloren und bisher nicht wiedergefunden habe.

»Mist!« Ich springe so abrupt auf, dass Gerome hinter mir fast vom Stuhl fällt.

»Ich muss weg!«

Geromes irritierter Blick entgeht mir nicht, aber er hat ja auch nicht das erste Mal seit ungezählten Jahren ein echtes Date. Zu dem er leicht angeschäkert mit klitschnassen Haaren zwanzig Minuten zu spät und emotional verwirrt erscheinen wird.

15

Ich rase mit meinem Fahrrad den kleinen Feldweg zum Strand entlang. Alles an mir weht. Die Haare, weil das Zopfgummi sich verabschiedet hat, der Rock, in den ich mich noch schnell gestürzt habe, und um mich herum der bestialische Gestank des Entlausungsmittels. Als ich den Deich überquere, muss ich anhalten und erst mal suchend das Auge schweifen lassen, bis ich endlich Lukas' gelben Bus zwischen den Campern und Autos entdeckt habe. Dass hier plötzlich so viel los ist, muss dem ungewöhnlich warmen Wetter geschuldet sein.

Ich schlüpfe aus den Leinenschuhen und schiebe mein Rad in einem Mordstempo durch den Sand.

Lukas sitzt hinter seinem Bus auf einem von zwei altmodischen Campingstühlen. Vor ihm steht ein ebenso antiquierter Tisch, der wirklich nett gedeckt ist. Sogar mit einer brennenden Kerze. Schlagartig erhält Lukas zehn Romantiksternchen.

»Tut mir leid!«, schnaufe ich, als ich um die Ecke biege.

»Oh!« Er steht auf. »Ich dachte schon, du kommst nicht mehr!«

»Tut mir leid«, wiederhole ich mich. Ich sollte vielleicht nicht direkt von den Läusen erzählen. Läuse sind vermutlich ein probates Mittel, um jemanden in die Flucht zu schlagen. Nur wie erkläre ich diesen Gestank, der mich umgibt?

»Hast du Hunger?«, fragt er und grinst mich an unter Einsatz seiner vielen strahlend weißen Zähne an.

»Klar!«

Er macht eine einladende Geste, und ich setze mich. Dann verschwindet er im Inneren seines Busses und kehrt ein paar Minuten später mit einem Topf zurück. Schwungvoll stellt er ihn in die Mitte des Tisches.

»Nudeln mit Tomatensauce. Die Küche ist zu klein, und kochen kann ich eh nicht.«

»Nudeln sind großartig«, sage ich und nehme den gefüllten Teller entgegen. Und dann unterhält Lukas sich. Also mich. Er kann essen und sprechen. Gleichzeitig. Was ich ein wenig befremdlich finde, weil eine meiner Hauptaufgaben zurzeit darin besteht, Tom durch intensives pädagogisch wertvolles Einwirken genau daran zu hindern.

Das »Sprich nicht mit vollem Mund!« liegt mir einige Male auf der Zunge. Schreckliche Angewohnheit. Aber da ich esse und schweigend zuhöre, habe ich Zeit, diesen Drang zu unterdrücken.

»Die Nudeln sind lecker«, versuche ich nach einigen Minuten auch mal etwas zu sagen, woraufhin Lukas mich intensiv ansieht. So intensiv, dass mir ein wenig komisch zumute wird. Hängt mir eine Nudel an der Nase? Unauffällig reibe ich mir durch das Gesicht, kann aber keine Nudel erspüren.

»Lach mal!«, sagt Lukas in nächsten Moment, ohne sein forsches Starren zu unterbrechen. Wie, jetzt? Ich soll lachen? Ob er zu viel Zahnbleichmittel geschluckt hat? Weil ich doch neugierig bin, was als Nächstes passiert, grinse ich ihn breit an.

»Ist dir mal der Schneidezahn abgebrochen?«

»Hä?«

»Na, die Ecke da.« Er deutet auf meinen Mund. »Das wurde aber nicht gut gemacht.«

Ja. Da bin ich als Kind mal auf Glatteis ausgerutscht und habe ein Stück Zahn eingebüßt. Wenn man ganz genau hinguckt, kann man das angeklebte Stück erkennen, aber doch nicht auf die Entfernung. Und überhaupt: Wo guckt der Mann hin? Brüste und Augen sind ja okay, aber Schneidezähne? Und dann fallen die auch noch nicht mal besonders positiv auf.

»Ich bin Zahnarzt, musst du wissen.«

»Tatsächlich?«, frage ich irritiert. Er sieht überhaupt nicht wie ein Zahnarzt aus.

»Tatsächlich!« Er nickt zufrieden und widmet sich wieder seinen Nudeln. Offenbar ist er gerne Zahnarzt.

»Ich dachte, du bist Surfer«, wage ich einzuwenden, und wieder antwortet er mit vollem Mund.

»Davon kann man doch nicht leben«, sagt er, zumindest nehme ich das an. Er hat ziemlich viele Nudeln im Mund.

»Du hast dich also nur als Surfer getarnt.«

»Ich bin beides!« Empört sieht er von seiner vollen Gabel auf. Mir fällt Geromes kryptischer Spruch wieder ein: Wir sind oft nicht das, wonach wir aussehen.

»Und Betriebswirtschaftler. Was beim Führen einer Praxis wirklich von Vorteil ist.«

Oh nein. Ein Alleskönner. Und dann auch noch ein gut aussehender Alleskönner. Ich nehme an, dass er, wenn er keine Zähne repariert und Wellen reitet, nebenbei noch preisgekrönte anspruchsvolle Kurzfilme dreht.

»Und was machst du?«, fügt er noch hinzu. Da ist sie auch schon. Die Frage nach meiner Existenzberechtigung auf dieser Welt.

»Viel«, sage ich wahrheitsgemäß. Ich mache ja den ganzen Tag viel.

Eben noch habe ich eine Armada Läuse bekämpft, dann eröffne ich gerade eine Pension, und außerdem bin ich irgendwie auf der Suche nach dem Glück.

»Ah«, sagt er nur und gießt noch etwas Wein in mein Glas. »Na ja, du hast ja auch ein Kind. Und keinen Mann?«

Ich nicke und schüttle dann den Kopf. Kind ja, Mann nein.

»Erzähl mir doch von deinem Sohn.«

»Hast du Kinder?«, frage ich stattdessen.

»Nein. Ich hätte gerne welche, aber eine passende Frau dazu wäre schon sehr hilfreich. Aber die sind entweder vergeben oder nur an ihrer Karriere interessiert.« Um seinen Mund erscheint ein leicht säuerlicher Zug. »Also, zurück zum Thema. Erzähl mir von deinem Kind. Und warum du alleine bist.«

Ich nehme einen Schluck Wein, denke kurz über eine geschönte Version meines Lebens nach (Vielleicht so: Vater des Kindes beim Einsatz von Ärzte ohne Grenzen verschleppt, aufopferungsvolle Hingabe an Kind und Vater, nebenbei noch aktiver Artenschutz im BUND und humanitäre Einsätze im Kongo) und entscheide mich dann für die Wahrheit.

»Ich habe in Hamburg studiert. Dann kam Tom. Mit seinem Vater und mir hat es nicht geklappt. Allein mit Kind und ohne festen Job bin ich in Hamburg nicht klargekommen. Deswegen bin ich wieder nach Hause gezogen. Auch um mich um meinen Vater zu kümmern. Meine Mutter ist damals gestorben.«

Bekümmert nach dieser dramatischen Offenbarung nimmt Lukas ebenfalls einen Schluck Wein und gießt mir danach das Glas noch einmal voll. »Ich habe schon ganz viel gemacht, aber leider keinen Abschluss. In Nichts. Außer dem Leben. Und als Mutter. Das aber mit Sternchen und Auszeichnung.« Ich zwinkere ihm zu. Wenn man es so erzählt, klingt mein Leben nämlich eher nach Rosamunde Pilcher.

»Das ist viel wert. Lass uns darauf trinken!« Er hebt das Glas, und ich tue es ihm gleich, obwohl ich ihm nicht recht glauben kann. »Willst du noch mehr Kinder?«, fragt er mich übergangslos, woraufhin eine kleine Warnlampe in meinem Innersten anspringt und in Grellorange zu leuchten beginnt. Ich kann sie nur noch nicht deuten. Wozu gibt es Zeichen, wenn man sie nicht deuten kann?

Ich zucke die Achseln. »Vielleicht. Keine Ahnung.«

»Aber du könntest es dir grundsätzlich vorstellen?«

Ich könnte mir grundsätzlich auch vorstellen, einen internationalen Bestseller zu schreiben. Sind das die üblichen Fragen beim ersten Date? Was ist aus »Was ist deine Lieblingsband« und »Was liest du gerade« geworden? Offenbar gab es in der Zeit, in der ich nicht gedatet habe, einen großen Paradigmenwechsel.

Ich nicke verhalten, weil Lukas Ich-bin-Zahnarzt-UND-Surfer immer noch auf eine Antwort wartet.

»Lass uns darauf trinken!« Lukas hebt erneut das Glas, und wir stoßen an. Wobei ich mir ziemlich sicher bin, dass ich gar nicht so genau weiß, was es da zu prosten gibt.

Danach sitzen wir noch eine ganze Weile mit den nackten Füßen im warmen Sand und hören den Wellen zu, während der Strand immer leerer wird. Einmal muss Herbert mit seinem Trecker kommen und einen Golf aus dem Sand ziehen, aber ich tue unbeteiligt, schließlich habe ich gerade ein Date. Lukas ist ein wenig sonderbar, aber sehr nett, und ich fühle mich wohl. Als er dann auch noch anfängt, lustige Geschichten aus seinem Praxisalltag zu erzählen, muss ich tatsächlich einige Male lachen. Und dass, obwohl ich Zahnärzte wirklich nicht mag. Dennoch verabschiede ich mich gegen halb zwölf, woraufhin Lukas spontan über ein weiteres Date in Verhandlungen tritt. Und ich mich extrem geschmeichelt fühle. Zwar ist der von mir so ersehnte Volltreffer mit dem Dachziegel noch nicht in Sicht, aber gegen einen weiteren netten Abend mit einem surfenden Zahnarzt ist nichts einzuwenden.

»Ich melde mich bei dir«, sage ich deswegen zu ihm, woraufhin er die Hände ringt.

»In dem geheimen Dating-Kodex ist das eine Absage«, sagt er und sieht mich eindringlich an.

»Der geheime Dating-Kodex interessiert mich nicht. Wenn ich sage, ich melde mich, melde ich mich.«

»Ich mag dich«, sagt Lukas daraufhin schlicht, was mich spontan überfordert, weswegen ich nur ein ziemlich dämliches »Wie schön!« von mir gebe. Was das im geheimen Dating-Kodex bedeutet, weiß ich nicht, aber ich greife mir flugs mein Fahrrad, woraufhin Lukas wieder die Hände ringt.

»Es ist tiefe Nacht. Ich werde dich natürlich nach Hause begleiten.«

»Lukas. Das ist nett, aber ich werde auf jeden Fall allein nach Hause fahren. Tschüs!« Ich schiebe mein Rad über den Sand bis zum befestigten Holzsteg, dann schwinge ich mich in den Sattel.

Ich habe nämlich eine heimliche Leidenschaft, der ich leider nur alleine frönen kann: im Dunklen durch die Gegend zu radeln. In Hamburg war ich in der Dunkelheit nicht gerne allein unterwegs, aber hier in meiner Heimat besitze ich offenbar den untrüglichen Glauben, dass mir niemals nie etwas zustoßen könnte. Die Kriminalstatistik von Schönbühl gibt mir übrigens in diesem Fall recht. Und so radele ich, reichlich beschwipst, über den Deich und mitten durch die Felder.

Die Nacht duftet herrlich. Frisch und würzig. Ein lauer Wind umweht mich und kühlt mir die erhitzten Wangen. Ich biege in den Ort ein, radele die vollkommen verlassene Dorfstraße hinunter und an unserem Hoftor vorbei.

Ich will noch kurz zum Friedhof, den ich ausschließlich außerhalb seiner Öffnungszeiten besuche. Alles andere ist mehr wie ein Besuch auf dem Marktplatz und wenig besinnlich. Man sollte meinen, in einem so kleinen Ort ist auf dem Friedhof wenig los, aber weit gefehlt. Jeder, der in diesem Ort mal gelebt hat, liegt hier begraben, und jeder, der hier lebt, kennt jeden, der dort liegt. Ich aber will mit meiner Mutter alleine sein. Ich parke mein Fahrrad direkt am schmiedeeisernen Eingangstor, das um diese Uhrzeit natürlich ordnungsgemäß verschlossen ist. Was ein wenig lästig ist, weil ich so immer über den Zaun klettern muss. Es gibt eine Stelle direkt unter einer alten Eiche, die ich speziell dafür präpariert habe. Mithilfe eines Eimers lässt sich der hüfthohe Zaun nämlich recht elegant überwinden.

Meine Leinenschuhe habe ich gleich im Körbchen meines Fahrrads gelassen, und so laufe ich laut- und schuhlos über das weiche Gras bis zum Grab meiner Mutter, das wie immer wie ein Auslagefenster eines alten Kolonialwarenladens aussieht.

Meine Mutter war eine beliebte Frau. Vielleicht sogar die beliebteste Frau von Schönbühl. Und ganz Norddeutschland. Und der Welt. Sie hatte für jeden ein offenes Ohr, einen guten Rat oder ein passendes Kraut. Und jeder, dessen Schmerz sie geheilt hat, trägt regelmäßig kleine Opfergaben an ihr Grab. Diesmal sind es ein paar Äpfel, zwei Pflaumenkerne (vermutlich waren auch mal Pflaumen drumherum, aber die sind wohl irgendeinem Tier zum Opfer gefallen), ein zerfledderter Taschenroman und ein Kugelschreiber (was auch immer das soll).

Ich hocke mich in das kühle Gras am Fuße ihres Grabsteins. »Irene Pfeffer« steht dort ganz schlicht, und darunter ihr Geburts- und Sterbedatum. Der Geburtstag von Tom. Sie hat auch fast seine Geburtsstunde getroffen. Zumindest ist sie ganz friedlich gestorben. Ihr Herz hat beim Kuchenbacken aufgehört zu schlagen. Einfach so. Sie hatte noch Teig an den Händen, und ich hatte Presswehen.

»Mama, du wirst es nicht glauben: Ich hatte gerade ein Date!«, sage ich und drücke meine Füße fester in das kühle Gras. »Ein surfender Zahnarzt. Nett, aber ein bisschen suspekt. Ich glaube, der will nur meine Eierstöcke. Weil andere Frauen sich bisher wohl geweigert haben, ihm ein Kind zu schenken, und bei mir ist ja offensichtlich, dass ich das mit dem Kinderkriegen beherrsche. Außerdem scheint er zu glauben, dass ich eh nichts anderes vorhabe.« Die alten Bäume, die den Friedhof säumen, rascheln ein wenig im Wind. »Aber trotzdem finde ich ihn nett und bin einem weiteren Date nicht abgeneigt. Das will er nämlich unbedingt.« Ich muss ein wenig kichern, was sicherlich am vielen Wein liegt. Aber das macht nichts. Meine Mutter hätte an dieser Stelle auch gekichert. Sie hätte sich nämlich auch gefreut, wenn ich mit dem Schweine-Holger oder dem Tankwart aus Bullbühl ausgegangen wäre.

Sie konnte Marius nicht leiden. Was sie natürlich niemals gesagt hätte. Aber ich konnte es immer an ihrem gequälten Blick sehen, wenn Marius und ich zu Besuch waren. Deswegen stelle ich mir gerade vor, wie sie da oben auf der Wolke sitzt, zu mir herabschaut und mir zulächelt. So ein Mama-Lächeln. Ich seufze, winke der Wolke zu und springe wieder auf die Füße.

Als ich mein Rad in der Scheune parke, ist es auf dem Hof stockfinster. Ich werfe einen Blick in den Gänseverschlag, kann Günther aber nicht entdecken. Sein Harem schläft dicht gedrängt in einer Ecke. Als ich das alte Kopfsteinpflaster des Hofes betrete, merke ich, dass es doch nicht so finster ist, wie angenommen. Auf der Eingangstreppe steht ein altes Einmachglas, in dem eine einzelne Kerze brennt. Daneben sitzt Gerome mit angezogenen Beinen auf der obersten Treppenstufe. Vor ihm hockt Günther. Ein etwas bizarres Bild, wie ich zugeben muss. Als ich mich leise der Treppe nähere, blickt Gerome auf. Das Kerzenlicht lässt kleine helle Punkte in seinen dunklen Augen hüpfen.

»Was machst du hier?«, frage ich erstaunt.

»Ich dressiere Günther«, antwortet Gerome. Neben ihm steht die angefangene Flasche Wein und ein Glas. Er ist offenbar betrunken. Wie ich.

»Guck!« Gerome hebt eine Hand, und Günther nickt einmal kräftig mit seinem langen Hals. Dann sperrt er seinen Schnabel auf, und Gerome wirft zielsicher etwas Brot hinein. »Wir sind jetzt Kumpels. Den Salto üben wir morgen.« Er lacht. Auf eine so süße betrunkene Art, dass auch ich wieder kichern muss. Kurzerhand setze ich mich neben ihn.

»Uhh!«, sagt er und schubst mich sanft in die Seite. »Du sitzt auf meinem Bild!«

»'tschuldigung!« Ich hebe den Po seitwärts wieder an, um tatsächlich ein Blatt Papier darunter hervorzuziehen. Ich halte das Bild ein wenig dichter an die Kerze. Es ist von Tom, das erkenne ich sofort.

»Was ist denn das?«

»Das ist Spiderman, und der hat gerade ein Date mit einer Elfe«, erklärt Gerome.

Ich betrachte die bunten Striche genauer. Ja, Spiderman kann ich erkennen. Und die Elfe auch. Sie hat grüne Haare.

»Die Elfe hat grüne Haare«, sagt Gerome ernst, und ich nicke. Natürlich weiß mein Kind, dass Elfen meistens grüne Haare haben.

»Es ist toll, dass er weiß, dass Elfen meistens grüne Haare haben.« Gerome grinst mich an. »Das ist aussterbendes Wissen. Aber dein Kind wird dieses Wissen weitergeben.«

Das ist der Moment, in dem kurz durch mein Bewusstsein huscht, dass wir beide wirklich fürchterlich betrunken sind. Aber diese Erkenntnis ist viel zu schnell wieder aus meinem Kopf verschwunden, und so nehme ich einfach einen Schluck Rotwein aus Geromes Glas und bleibe dicht bei ihm sitzen. Zusammen mit Spiderman und der Elfe mit den grünen Haaren.

16

Ich öffne die Augen und sehe in das besorgte Gesicht meines Sohnes, der einen nassen Lappen in der Hand hält.

»Bist du krank?«, fragt er und versucht dabei, das tropfende, kalte Ding gegen meine Stirn zu pressen.

»Nein«, sage ich und klinge, als ob ich die ganze Nacht durchgesoffen hätte. Was wohl auch den Tatsachen entspricht.

»Opa hat Frühstück gemacht. Es ist Wochenende! Heute kommt doch Papa!« Tom grinst mich breit an und hüpft ein wenig auf der Matratze auf und ab. In meinem Gehirn schlagen die aufgequollenen Gedanken gegeneinander und verursachen dabei seltsam scheppernde Geräusche.

»Uh! Lass das!« Ich strecke einen Arm aus, um Tom am Weiterspringen zu hindern.

»Los, Mama. Komm runter!« Mein Sohn springt noch einmal auf und ab und hüpft dann auf die alten Holzdielen, um nach unten zu laufen. Ich rapple mich hoch und krieche ins Bad.

Der Blick in den Spiegel ist besorgniserregend. Wie bin ich nur auf den sonderbaren Gedanken gekommen, so viel zu trinken? Die Elfe mit den grünen Haaren kommt mir in den Kopf, und ich muss trotz meines dramatischen Anblicks und des flauen Gefühls im Magen grinsen. Gerome und ich haben noch verdammt lange auf dieser Treppe gesessen. Und es war ... schön. Sehr schön. Unerwartet schön.

Ich putze mir die Zähne, wasche mir das Gesicht und mache mich dann an die knifflige Aufgabe, mein blasses Gesicht etwas ansehnlicher zu gestalten. Schließlich werde ich gleich meinem Ex begegnen, der immer aussieht wie aus dem Ei gepellt. Als Pilot scheint es wichtig zu sein, bis zum letzten Nasenhaar perfekt auszusehen.

Ich schlüpfe in mein Blumenkleid und stecke mir die Haare hoch. Das Ergebnis ist ganz okay, wie ich finde. In Anbetracht des gestrigen Abends sogar hervorragend.

Ich laufe die Treppe hinunter und treffe gleichzeitig mit Marius im Flur ein.

»Lilly!« Er strahlt mich an. Und er trägt seine Uniform. Für ihn ein universell einsetzbares Kleidungsstück. Ob dienstlich oder als Freizeitensemble, die dunkle Uniform mit den goldenen Knöpfen geht immer.

»Marius!« Ich gebe ihm einen Kuss auf die Wange, weil wir ja freundlich miteinander umgehen. Eigentlich würde ich ihm gerne gegen das Schienbein treten, aber das ist ein anderes Thema.

»Papa!«, brüllt Tom und kommt mit Holly im Schlepptau um die Ecke gerast. Er fliegt Marius förmlich in die Arme, der ihn hochreißt und mit Schwung einmal im Kreis herumwirbelt. Woraufhin die Blumenvase von der Anrichte fällt, drei Regenschirme gegen die Wand knallen und ich Toms Turnschuh schmerzhaft gegen die Schulter bekomme.

Ich lasse die beiden in ihrer einrichtungszerstörerischen

Wiedersehensfreude alleine und laufe in die Küche, wo mein Vater diverse Utensilien auf zwei Tabletts verteilt hat.

»Tochter. Hast du gestern Abend etwa dem Alkohol zugesprochen?«, fragt er knapp und blickt auf.

»Du triffst den Nagel auf den Kopf.« Ich versuche mich an einem schiefen Grinsen und stelle noch die Butter auf eins der Tabletts.

»Es ist gut, wenn du mal ausgehst«, sagt mein Vater, küsst mich auf die Stirn und drückt mir dann eine volle Kanne Kaffee in die Hand.

»Ich dachte, wir frühstücken draußen. Wir sollten das gute Wetter nutzen«, fügt er hinzu.

Im Flur rumst es wieder ohrenbetäubend, und Holly kommt um die Ecke gelaufen, um sich unverzüglich auf seinen Schlafplatz zu verkrümeln.

»Wir werden das Wochenende schon überstehen. Tom freut sich«, sagt mein Vater, wohl mehr zu sich selbst als zu mir, und gemeinsam verlassen wir die Küche durch die alte, zweigeteilte Tür, die direkt auf den Hof führt.

Im Apfelgarten stellen wir alle Teller und Tassen auf den Tisch und setzen uns. Für ein paar Sekunden genießen wir die Stille, die uns umgibt. Dann kreischt Tom, und dann irgendetwas anderes, und Marius lacht so laut, dass der Kaffee in meiner Tasse Wellen schlägt.

»Guck mal!« Tom rennt auf mich zu und hält ein grellgrünes Plastikteil hoch. Offenbar ein Raumschiff. Oder ein Monster. Zumindest kann es auf Knopfdruck fragwürdige Töne von sich geben. Ein typisches Marius-Geschenk. Laut und hässlich und pädagogisch völlig für den Eimer.

»Toll«, sage ich lahm, und das Ding macht wieder Lärm. In meinem Kopf pocht es schmerzhaft.

»Das gab es in Bangkok am Flughafen.« Marius setzt sich zu uns und nimmt sich eine Tasse Kaffee.

Aha. Also ein hochwertiges Spielzeug von Kinderhand in China produziert und angereichert mit uns unbekannten Giftstoffen. Wenn man versucht, ein Kind vernünftig großzuziehen, wird man empfindlich. Besonders wenn man neunundneunzig Prozent der Arbeit leistet und der Kindsvater mit seinem mickrigen einen Prozent solche Dinge ins Haus schleppt und dann der große Held ist. Aus Kindersicht.

Trotzdem bin ich natürlich total erwachsen und ausschließlich am Kindeswohl orientiert, weswegen ich jetzt nicht aufspringe, Marius den Kaffee über den Kopf kippe, ihn mit einem Löffel bewusstlos schlage und ihm sage, dass er so unfassbar egozentrisch und ichbezogen ist, dass es seine Umwelt schmerzt. Stattdessen sage ich: »Ah.«

»Gut siehst du aus!« Marius klopft meinem Vater freundschaftlich auf die Schulter, woraufhin der kurz zusammenzuckt, und nimmt sich ein Brötchen.

»Mama sieht auch gut aus!«, mischt Tom sich umgehend ein, nachdem ich ihm das grüne Kreischding entwunden habe.

»Deine Mutter ist sowieso die schönste Frau auf der Welt.« Marius grinst mich an, Tom nickt zufrieden, und ich trage hoffentlich den neutralen Gesichtsausdruck zur Schau, den ich extra für diese Anlässe geübt habe.

Mit Marius kann man gut zusammen sein, wenn das Leben locker und fluffig ist und nichts bereithält, das mit

Verantwortung zu tun hat. Als ich schwanger war, wusste ich das natürlich auch schon, und ich habe die aufkeimende Panik diesbezüglich immer mit dem Gedanken bekämpft, dass Marius tagtäglich Hunderte von Menschen von A nach B fliegt. Mittlerweile weiß ich, dass seine Passagiere einfach von seinem starken Überlebenswillen profitieren. Er will ja nun mal keinesfalls vom Himmel fallen, weil das Leben einfach zu geil ist. Vermutlich ist er genau aus diesem Grund auch so erfolgreich.

Und vermutlich hat er es auch aus diesem Grund bis zum Kreißsaal geschafft, dann aber sein geiles und freies Leben ernsthaft in Gefahr gesehen und sich verkrümelt.

Nach einem halben Jahr ist er mal gucken gekommen. Seitdem guckt er immer wieder mal rein. Und er zahlt auch. Und Tom liebt ihn. So wie nur kleine Jungen ihre Väter lieben können, die sie für personifizierte Superhelden halten.

Mein Vater war es, der mich auf den Boden der Tatsachen zurückgeholt hat, indem er mir erklärte, dass Tom einen Vater braucht und einen Vater hat. Dass dieser Vater nun mal so ist, wie er ist, ist nicht Toms Problem. Was leider einer untrüglichen Logik unterliegt, der auch ich mich nicht entziehen konnte.

»Was machen wir, Tommy? Gehen wir zum Strand?«, fragt Marius und fängt an, mit zwei Teelöffeln einen wilden Rhythmus auf die Tischkante zu schlagen.

Tom nickt mit vollem Mund. »Aber Mama kommt auch mit.«

Ich schüttle den Kopf. Niemals nie gehe ich mit den beiden an den Strand. Da ist heute sicherlich die Touristen-

Hölle los, und ich muss endlich wieder in mein Kabäuschen und die Homepage fertig machen. Und den Flyer.

»Morgen«, ertönt es hinter uns, und alle drehen sich gleichzeitig in Richtung Eingangstor. Gerome steht dort, die Augen wegen der grellen Morgensonne leicht zusammengekniffen und unübersehbar abgekämpft und dreckig. Ich freue mich trotzdem sehr, ihn zu sehen.

»Oh! Habt ihr jetzt endlich einen Gärtner?«, frohlockt Marius, den Mund jetzt voller Rührei. Wenigstens hat er aufgehört, auf die Tischkante einzuschlagen.

»Nein. Gerome ist unser Gast«, sagt mein Vater, woraufhin Marius umgehend seine übliche Charmeoffensive beginnt.

»Hallo, Gerome. Ich bin Marius.« Er steht sogar auf und geht hinüber, um ihm die Hand zu reichen.

Gerome lässt das allerdings kalt. »Freut mich. Lilly. Komm mal bitte den Zaun angucken«, sagt er nur, nachdem er Marius mit einer gewissen Irritation betrachtet hat. Nun, Toms Vater trägt ja auch immer noch seine Uniform und passt in den sonnendurchfluteten Apfelgarten wie eine Erdbeere in einen Kartoffelsalat.

Ich habe plötzlich allergrößte Lust, mir den Zaun anzugucken, und greife nach meiner Kaffeetasse. Die muss ich mitnehmen, sonst besteht die Gefahr, dass ich auf dem Weg zur Schafweide einschlafe.

»Toms Vater, ja?«

»Mhm, Toms Vater.« Wir schlendern gemächlich den kleinen, ausgetretenen Weg entlang.

»Ist er mit der Boeing hier? Hat er sie am Strand geparkt?«

Ich muss lachen. Laut, dreckig und meinen Kopfschmerzen nicht zuträglich. Der war aber auch wirklich gut.

Vor der Schafweide bleiben wir stehen.

Ich sage: »Oh!«

Gerome sagt: »Sieht scheiße aus. Hält aber.« Er übertreibt nicht. Offenbar hat er die Pfosten nicht ausgetauscht, sondern sie mit interessanten hölzernen Konstruktionen gestützt.

»Es sieht aus wie Kunst«, sage ich schließlich. Gerome klettert auf die Wiese und bückt sich unter dem Zaun hindurch.

Dann packt er einen der Pfosten und rüttelt daran. »Technisch ein Desaster. Aber sehr stabil.«

»Du bist handwerklich jetzt nicht so der Überflieger«, stelle ich fest, und Gerome krault eines der Schafe, das sich zu ihm gesellt hat, am Kopf.

»Dafür habe ich viele neue Freunde gefunden.«

Er hält inne und schaut zu mir hoch. »Ich reinige jetzt noch die Regenrinne, und dann müsste ich meine Schulden abgearbeitet haben.«

Oh. Auf einmal merke ich, dass ich ganz vergessen habe, dass Gerome ja bald weiterziehen wollte. Und dass mir das gar nicht recht ist. Ich räuspere mich, um Zeit zu gewinnen, und denke intensiv nach. Am Anfang konnte ich Gerome nicht schnell genug wieder loswerden. Und jetzt hätte ich es gerne, wenn er noch bleiben würde. Mir ist selbst nicht ganz klar, warum das so ist. Aber mir sind viele Dinge in meinem Leben nicht ganz klar, und so nehme ich das jetzt einfach mal so hin und sage: »Bleib doch noch! Außerdem wolltest du doch mit Tom noch Mathe üben. Und das

Hühnerhaus streichen. Und die kleine Gästewohnung ist auch noch frei.«

Erstaunt sieht er mich an. »Ist das dein Ernst?«

Ich nehme einen Schluck Kaffee, nicke, und auf Geromes Gesicht erscheint plötzlich ein Lächeln. Kein Grinsen, sondern ein echtes und so intensives Lächeln, dass es endlich auch seine Augen erreicht und zum Strahlen bringt. »Dafür sollte es einen Grund geben«, sagt er leise und klettert wieder zu mir zurück. Er hat wieder aufgehört zu lächeln.

»Nicht alles im Leben muss einen Grund haben.«

»Manchmal bist du ein ziemlicher Klugscheißer.«

»Ja.« Ich grinse ihn an. Hin und wieder bin ich das.

Ein paar Stunden später stehen wir gemeinschaftlich in der Küche herum. »Hat er einen Aus-Knopf?«, fragt Gerome mich leise.

»Er ist der Vater meines Sohnes!«, sage ich strafend und gieße Olivenöl auf die Nusspampe.

»Das war keine Antwort.« Er lehnt am Küchentresen und blickt in den Hof, wo Marius, der sich endlich was anderes angezogen hat, und Tom um die Wette schreien. Wir wissen nicht, warum sie das tun.

»Nein. Leider nicht. Ich habe schon nachgesehen.«

»Überall?«

Die Antwort spare ich mir. Wer Marius zum ersten Mal begegnet, ist häufig überrascht, wie viel und wie laut er sprechen kann. Und wie anstrengend er ist. Gerome war angemessen respektvoll, hat aber, nachdem ich dem Himmel einen flehentlichen Blick zugeworfen habe, deutlich erkannt, dass mein Ex mich an den Rand des Wahnsinns treibt.

»Und das hilft?«, fragt er und lugt in die Küchenmaschine, in der sich nun mittlerweile alle Zutaten für mein Zauberpesto tummeln.

»Wie ein nasser Lappen. Es kann Wunder bewirken«, sage ich ernst. »Es ist mein Glücksessen.«

»Glücksessen«, wiederholt Gerome und legt den Kopf schräg.

»Nahrungsmittel, die beim Konsum umgehend ein Glücksgefühl auslösen«, erkläre ich ihm. »Hast du so etwas nicht? Hat das nicht jeder?« Ich wische mir die Hände an einem Geschirrtuch ab.

Schlagartig verdüstert sich Geromes Gesicht. Sämtliche entspannte Lockerheit weicht aus ihm, und er nimmt eine fast schon komische Habachtstellung ein. War das eine ungebührliche Frage?

Mir wird klar, dass ich immer noch überhaupt nichts über ihn weiß. *Nada. Niente.* Ich kenne seinen Namen, und das war es. Und offenbar wird es dabei bleiben, denn Gerome scheint nicht gewillt, mir auch nur sein Lieblingsessen zu verraten.

»Mann. Ich will nicht wissen, ob du schon mal verheiratet warst, Vorstrafen hast oder uneheliche Kinder. Was isst du gerne?«, hake ich nach. Mittlerweile nervt diese Geheimnistuerei mich nämlich. Selbst wenn er aus irgendwelchen Gründen tatsächlich auf der Straße lebt, kann er es mir doch erzählen.

»Pfannkuchen mit Apfelmus«, sagt er plötzlich, dreht sich um und geht.

»Nimm die Teller mit!«, rufe ich ihm hinterher. Abrupt stoppt er ab, dreht sich um, murmelt »Feldwebel!« und greift sich den Stapel Teller.

Ich treffe ihn im Hof wieder, wo er den Tisch gedeckt hat. Marius und Tom rennen um ihn herum, und Holly liegt unter dem Tisch und betet um Hände, mit denen er sich die Ohren zuhalten kann.

»Geh doch einfach rein«, flüstere ich ihm zu, als ich die dampfenden Nudeln auf den Tisch stelle. Nun ist es wissenschaftlich erwiesen und auch überaus logisch, dass Hunde unsere Sprache nicht verstehen. »Geh doch einfach rein« ist auch kein Befehl, den man trainieren könnte. Holly versteht mich trotzdem. Menschen, die einen Hund haben, werden mir zustimmen: Sie verstehen oft mehr, als ihnen die Wissenschaft zutraut. Holly zwinkert mir zu, erhebt sich und trottet ins Haus, nicht ohne Marius und Tom dabei mehrere Male ausweichen zu müssen.

Mein Vater sitzt mit ebenfalls leidender Miene am Tisch und versucht Zeitung zu lesen.

»Jetzt hört doch mal auf mit dem Lärm!«, schnauze ich die beiden an.

»Wir spielen nur!«, murrt Tom.

»Müssen deswegen alle Nachbarn einen Tinnitus bekommen?«

»Was ist Tinnitus?«, fragt Tom und lässt sich völlig erhitzt auf einen der Stühle fallen.

»Das ist, wenn einem die Ohren abfallen«, antwortet Gerome und nimmt ebenfalls Platz.

Marius kommt zu uns geschlendert. Mir entgeht sein

sonderbarer Blick in Richtung Gerome keinesfalls. Offenbar fragt er sich, welche Rolle dieser große Mann mit den schönen Augen hier spielt. Außer umgefallene Zäune wieder zu reparieren. »Und, Gerome. Was machen Sie so?« Marius hat sich ebenfalls gesetzt und füllt Wasser in die Gläser, die er dann auf dem Tisch verteilt.

»Dies und das«, antwortet Gerome.

»Nein, ich meine beruflich«, hakt Marius nach. Das fragt Marius immer. Was man so beruflich macht, ist ihm sehr wichtig. Man kann der größte Arsch im Universum sein, wenn man einen angesehenen Job hat, wie zum Beispiel Herzchirurg oder Vorstandsvorsitzender, ist das egal. Da fällt mir zum Glück ein, dass ich ja bald meine eigene Pension führen werde. Ich spüre wieder dieses ganz feine, kleine Zucken im Magen und freue mich. Dann bin ich Geschäftsführerin. CEO von mir aus. Das vergnügt mich doch ungemein, und schwungvoll greife ich nach den Tellern, um sie mit der dampfenden Pasta zu befüllen.

»Ist das ein Geheimnis? Was Sie beruflich machen, meine ich?« Marius starrt Gerome jetzt an und ignoriert das Essen.

Gerome starrt einfach nur zurück. Dann legt er bedächtig den Kopf schrägt und sagt: »Genau. Ein Geheimnis.«

17

Zum Glück schafft es mein Nusspesto, wieder eine etwas positivere Stimmung herzustellen. Ist ja ein Wundermittel, das Zeug. Es macht alle ein wenig besinnungslos, und das ist ein angenehmer Zustand. Wie immer braucht Tom länger als alle anderen. Das liegt daran, dass er beim Essen immer so ein enormes Mitteilungsbedürfnis hat.

»Unfassbar lecker«, sagt Gerome, als wir uns alle, der Futternarkose nahe, zurücklehnen, und zwinkert mir zu. Tom diskutiert derweil ungerührt weiter mit seinem Vater darüber, ob sie jetzt seinen aufblasbaren Drachen oder doch lieber das Schlauchboot mit zum Strand nehmen. Aber die Diskussion ist ziemlich einseitig, denn Marius ist erstaunlich schweigsam und starrt, die Hände vor dem Bauch gefaltet, Gerome an. Offenbar lässt der Nusspesto-Frieden bereits wieder nach.

»So, ich bin dann mal weg!« Mein Vater erhebt sich so abrupt, dass der Tisch wackelt.

»Wo willst du denn so plötzlich hin?«, frage ich erstaunt. Mein Vater hat nicht viele Termine, und wenn, dann sind sie bereits Wochen im Voraus in unserem Kalender vermerkt. Schließlich ist er der Ansicht, dass ein Termin pro Woche eine vollkommene Auslastung darstellt. Da ist er konsequent, und so war es schon immer. Auf Geburtstagsfeiern ging er nur, wenn sie angemessen lange im Vorfeld angekündigt waren. Alles andere war ihm zu spontan. Meine Mutter hingegen stand morgens auf, sah aus dem Fenster und beschloss aus dem Bauch heraus, dass es an der Zeit sei, mal wieder nach Hamburg zu fahren, um dort an der Alster Eis zu essen.

Mein Vater steht etwas steif hinter seinem Stuhl. »Na, ich muss halt weg!« Es klingt wie »Hör auf, mich zu fragen!«, und so belasse ich es dabei. Vielleicht unternimmt er heute das erste Mal in seinem Leben etwas Spontanes.

»Dann viel Spaß, wobei auch immer.« Ich grinse ihn an, und er nickt. Eine Minute später verlässt er den Hof.

»Es steht aber gar nichts im Kalender«, flüstert Tom mir zu, der natürlich nach sieben Jahren in einem Haus mit seinem Opa die Sachlage sofort und kristallklar erkannt hat.

»Opa ist heute spontan«, flüstere ich zurück.

»Sehr cool!«, sagt mein Kind, sichtlich beeindruckt von der neuen Fähigkeit seines Opas.

»Wollen wir denn jetzt zum Strand?«, mischt Marius sich wieder ein. Er klingt ein wenig gelangweilt. Das Essen ist alle, der Ex-Schwiegervater verschwunden, sein Tischnachbar schweigt sich aus, und die Exfreundin bietet auch keine weiteren Anregungen, also ist ihm langweilig, und die nächste Aktivität muss her.

»Ich hole meine Sachen!« Tom ist schon aufgesprungen und rennt ins Haus.

»Du musst ihn eincremen. Und lass ihn im Wasser nicht eine Sekunde aus den Augen!«

»Er schwimmt doch mittlerweile schon ganz sicher«,

antwortet Marius, und mir entgeht sein leicht genervter Tonfall nicht.

»Trotzdem!«, sage ich trotzig. Die Nordsee ist nicht ohne. Ich weiß das, ich bin hier aufgewachsen.

»Lilly.« Marius beugt sich über den Tisch und sieht mich ernst an. »Ich fliege regelmäßig dreihundert Leute gleichzeitig quer über den Globus. Ich bin der Beaufsichtigung eines Siebenjährigen durchaus gewachsen.«

Ich brumme irgendwas Unverständliches, da ich ja jetzt schlecht meine Lebenserhaltungstrieb-Theorie anbringen kann.

»Und nimm was zu trinken mit.« Wortlos greift Marius sich die Wasserflasche, die auf dem Tisch steht, schraubt sie zu und steckt sie in den großen Strandbeutel, den Tom ihm entgegenhält.

»Viel Spaß«, sage ich, und Tom drückt mir ein Küsschen auf die Wange. Marius schultert die Strandtasche und geht, nicht ohne mir noch einen kurzen Seitenblick zuzuwerfen.

Einen »Meine Ex ist ziemlich dämlich«-Seitenblick. Ich beobachte Tom und Marius, während sie durch das Hoftor marschieren und es hinter sich schließen, und lehne mich auf meinem Stuhl zurück. Ob Marius glücklich ist in dem Leben, das er ohne mich führt?

Gerome greift nach dem letzten Stückchen Brot und wischt damit über seinen Teller. Genüsslich fängt er die letzten Reste des Nusspestos ein und steckt sie sich in den Mund.

»Kennst du dich mit dem Glück aus?«, frage ich ihn ganz spontan.

Er sieht mich erstaunt an. »Was für ein Glück?«

»Das Glück. Über das alle sprechen. Das große, allumfassende Glück.«

»Ich glaube, das gibt es gar nicht. Ist nur eine Erfindung. Das Glück ist eigentlich ziemlich klein. Und ziemlich schnell. Sobald man nicht aufpasst, ist es weg.«

»Wann warst du das letzte Mal glücklich?«, frage ich. Eine gewagte Frage für jemanden, der noch nicht einmal verraten will, ob er einen Beruf hat.

»Vor zehn Minuten. Als ich dein Nusspesto gegessen habe.« Er grinst mich an. »Und du?«

Ich gebe vor, nachdenken zu müssen. »Äh. Als ich Tom in das flauschige Badetuch gewickelt habe«, sage ich dann schnell. Dabei stimmt das gar nicht. Es gab noch einen Glücksmoment danach. Als ich mit Gerome auf der Treppe gesessen und über Elfen mit grünen Haaren gefachsimpelt habe. Gerome sieht mich ernst an, und mein Herz fängt an zu klopfen.

Deswegen falle ich vor Schreck auch fast vom Stuhl, als hinter mir jemand sagt: »Da du ja nicht kommst, komme ich!«

Ich wirbele herum. Hilde steht mitten auf dem Hof und betrachtet uns interessiert.

»Ich hatte noch keine Zeit«, sage ich entschuldigend und versuche mein wild klopfendes Herz unter Kontrolle zu bekommen, aber Hilde schüttelt nur ungeduldig den Kopf.

»Das ist Gerome.« Ich deute auf unseren Hausgast, der sich daranmacht, den Tisch abzuräumen.

»Hallo, Gerome. Ich habe schon viel von Ihnen gehört.

Meine Bullen haben mir berichtet, dass Sie verdammt flink auf den Beinen sind.«

Sie grinst, und Gerome seufzt.

»Wann kommen deine ersten Gäste?« Ich sehe, wie Günther hinter der Hausecke hervorlugt. Die patente Landwirtin macht ihm Angst. Mir auch. Sie kann so viel. Und tut all diese Dinge, die sie kann, auch einfach. Ich denke ja doch eher intensiv darüber nach, bevor ich mit irgendetwas anfange. Ehrlich gesagt, fange ich oft nach Ende der Gedankenarbeit gar nicht mehr an.

»Nächsten Freitag«, antworte ich.

»Was bietest du ihnen an?« Mir ist ihre forsche Art immer ein wenig unheimlich. Ich probiere es heute mal mit einem forschen: »Frühstück!«

»Klar. Und was noch?«

»Mein Frühstück ist legendär!« Das klingt zwar gut, aber schon lange nicht mehr so forsch.

»Und dann sind sie satt, setzen sich ins Auto und fahren weg. Husum, Tönning, Sankt Peter-Ording. Lilly. Wir sollten die Kaufkraft so lange es geht im Ort behalten. Und wenn sie hier an den Strand fahren, holen wir sie dort aus dem Sand. Logisch? Schreib bloß nirgends hin, dass unser Strand total gerne Autos verschluckt.«

Aus dem Augenwinkel sehe ich, dass Gerome sich offenbar nur mit Mühe ein Grinsen verkneift. Er belädt das Tablett und balanciert es an uns vorbei. Kaum ist er zur Haustür hinein, flüstert Hilde: »Läuft da was? Zwischen euch?«

Ich komme bei diesen krassen Themenwechseln nicht so ganz mit.

»Nee, äh ...«, stammle ich.

»Gut aussehen tut er ja.« Zufrieden mit dieser Feststellung nickt Hilde und holt ein Blatt Papier aus ihrer Hosentasche.

»Guck mal.« Sie drückt es mir in die Hand. »Das ist ein Text zum Thema Kuhkuscheln. Kann man drüber lachen, muss man aber nicht. Kühe streicheln kann sehr glücklich machen.«

»Ah«, sage ich erstaunt. Wie bitte?

»Kühe haben eine ganz ruhige Ausstrahlung. Das entspannt ungemein. Natürlich geht das nicht mit jeder Kuh, aber ich kenne meine Damen auf dem Hof ja sehr gut. Das ist übrigens ein großer Trend. Warte ab, in ein paar Jahren wird es noch eine kuhgestützte Therapie geben. Kühe sind so groß und warm. Wunderbar!« Sie strahlt mich an, dann wird sie schlagartig wieder geschäftlich. »Fünfzig Euro pro Nachmittag. Für deine Gäste vierzig, einschließlich Getränke, ohne Kuchen, der muss extra bezahlt werden.«

Da ich immer noch nichts sage, fährt sie fort: »Du kannst das mit in deinen Flyer schreiben. Und unsere Homepages verlinken. Irgendetwas in der Richtung. Und du musst darauf achten, dass Google dich auch findet.«

Klar. Irgendetwas in der Richtung und Google muss mich finden. Ganz logisch. Wahrscheinlich sollte ich mir das aufschreiben. Ob Hilde nebenbei noch eine Unternehmensberatung führt?

»Lilly, komm in die Puschen!«

Mit diesen Worten dreht Hilde sich um und will gerade entschwinden, als ich ihr hinterherrufe: »Darf ich dich was fragen?«

Sie dreht sich schwungvoll zurück. Einen Moment zögere

ich. Dann aber gebe ich mir einen Ruck. Es geht hier nicht darum, gut dazustehen. Ist eh keiner da, der sehen kann, wie ich so da stehe neben der Herrin von hundert Kühen, der Frau, die ihre Tochter entgegen der jahrtausendealten Familientradition nicht Hilde genannt hat.

»Bist du glücklich?«

»Warum willst du das wissen?«

»Ich führe gerade eine nichtrepräsentative Studie zu diesem Thema durch«, antworte ich munter.

Hilde wischt sich den zu langen Pony aus dem Gesicht und blickt in den Himmel. »Ich bin zufrieden«, sagt sie dann. »Zufrieden ist besser als glücklich. Glücklich ist mit so hohen Ansprüchen verbunden. Zufrieden zu sein ist viel einfacher.«

18

Der Countdown bis zu meinen ersten Gästen läuft. Ich verkaufe Mohnschnecken und Vollkornbrötchen (Franzbrötchen gehen zur Zeit gar nicht), bringe meine Homepage dazu, nicht mehr grell zu blinken, motiviere mein Kind, für einen Mathetest zu lernen, stelle fest, dass Bettenbeziehen reichlich kompliziert ist, und muss dreimal die Küche wischen, weil irgendein Idiot Holly mit Dingen gefüttert hat, die er und sein hypersensibler Magen nicht vertragen. Weder befasse ich mich damit, wie ich bei Google gefunden werde, noch mit Kuhkuscheln. Wenigstens versuche ich zwischendurch zufrieden zu sein, aber es gelingt nur minutenweise, weil immer was dazwischenkommt. Zum Beispiel die Tatsache, dass Herr Holtenhäuser einen neuen Artikel verfasst hat, um die Menschen in der Region mit Informationen zu erfreuen. In Bullbühl hat eine Frau eine Pension eröffnet. Auf dem Bild steht eine strahlende blonde, große, schlanke Frau, die einen Blumenstrauß in den Händen hält. Offenbar ein Präsent für außerordentliche Leistungen. Und offenbar scheint es lohnenswert zu sein, die Dame in den Himmel zu loben – im Gegensatz zu mir. Zimmer toll, Frühstück toll, Aussicht toll, Pensionsbesitzerin toll, Garten der Pensionsbesitzerin toll. Alles in allem ein großer Erfolg!

»Ärgere dich nicht darüber«, sagt Karo, die ich sofort zu

einer Krisensitzung bei Kaffee und Croissants einberufen habe. »Nimm es als positives Zeichen. Es gibt noch mehr Menschen, die es nicht schaffen, ihre Pension in der Hauptsaison zu eröffnen.«

»Ja. Toll. Danke«, sage ich missmutig. »Journalisten sind Arschlöcher.«

Karo nickt zustimmend und beißt noch einmal von ihrem Croissant ab.

»Bestimmt hatte er was mit ihr.«

Wieder ein Nicken. »Wir könnten die Zeitung rituell verbrennen«, schlägt sie vor.

»Vielleicht hat Herr Holtenhäuser aber auch recht.« Düstere Gedanken ziehen durch meinen Kopf. Karo sieht mich erschrocken an.

»Bist du bescheuert?«, fragt sie dann inbrünstig, was nett ist, mich aber nicht von meinen düsteren Gedanken abbringt.

»Ich kann noch nicht mal ein Bett richtig beziehen. Also so, dass es so aussieht, wie ein gut bezogenes Bett eben aussehen sollte. Bei mir herrscht völlige Anarchie auf der Matratze«, sage ich und beuge mich nach vorne.

»Lilly, das wird schon! Die Pension wird super!«

»Mhppf«, sage ich und starre trübsinnig in den sonnigen Morgen vor dem Fenster.

»Erzähl mir lieber von deinem Date.«

»Der surfende Zahnarzt.«

Karo nickt enthusiastisch. Offenbar soll mich das ermutigen, umgehend einen lückenlosen Datingbericht abzuliefern.

»Seine Name ist Lukas, und er ist sehr nett«, sage ich

schließlich und bin spontan schon ein wenig besser gelaunt.

»Toll. Weiter.«

»Er kann Romantik und gute Nudelsauce auf dem Campingkocher. Und er möchte gerne Kinder. Und er hat etwas gegen Frauen, die keine Kinder wollen.«

»Ah.«

»So ein klitzeklein wenig hat mich das Gefühl beschlichen, dass er nur meine Eierstöcke will. Oder er hält mich für ein exotisches Mädchen vom Land, das vor dem Frühstück erst die Kühe melken muss und dabei sexy Latzhosen trägt.«

»Dann ist die Sache vom Tisch?«

»Nein. Ich denke, wir treffen uns noch mal. Er sieht gut aus und ist prinzipiell nett.« Mir fällt ein, dass ich mich bei ihm melden wollte.

»Aber kein Dachziegel in Sicht?«

Ich schüttle den Kopf. Karo kennt meine Dachziegel-Theorie und teilt den Glauben daran. Sie hat ihren Mann Matthias damals gesehen und ist augenblicklich in Liebe entbrannt. So besagt es zumindest die Legende. Ich war damals, vor fünfzehn Jahren, mit ihr auf dem Schützenfest, wo die beiden sich kennengelernt haben, und gebrannt hat meines Erachtens damals nur der Jägermeister auf der Zunge. Beide waren ziemlich betrunken. Aber trotzdem behaupten sie steif und fest, der Ziegelstein hätte sie gleich beim ersten Blick nahezu erschlagen.

Karo lehnt sich zurück und streckt die Beine aus. »Und was ist mit deinem geheimnisvollen Landstreicher? Tom hat gesagt, er ist wie Kater Matze Miau.«

Man kann dem Kind aber auch nichts erzählen. Gerome ist ja nun schlecht mit einem streunenden Kater zu vergleichen.

Ich will auch überhaupt nicht über Gerome sprechen. Weil alles, was ich in Bezug auf ihn fühle, irgendwie unlogisch ist. »Der bleibt noch ein paar Tage. Er ist sehr hilfreich«, antworte ich ausweichend.

»Sieht ja auch aus wie eine gelungene Mischung aus Chris Pine und Benedict Cumberbatch«, sagt sie trocken.

»Karo, ich weiß nichts über ihn. Und er will es auch nicht erzählen. Vielleicht lebt er wirklich auf der Straße. Ich weiß nur, dass es angenehm ist, ihn hierzuhaben.«

Karo hebt eine Augenbraue, legt den Kopf schief, beißt sich ein wenig auf den Lippen herum und sagt dann leise: »Mal ganz ehrlich, Pfeffer. Ich weiß ja nicht, was da in deinem Oberstübchen nicht mehr richtig funktioniert, aber dass etwas klemmt, ist nun doch sehr offensichtlich.«

»Hä?« Ich sehe mich nicht in der Lage, diese unfreundliche Vermutung zum Zustand meines Gehirns mit Gerome in Verbindung zu bringen.

»Der Typ ist so ziemlich das Attraktivste, was dieser Landstrich seit Menschengedenken zu Gesicht bekommen hat. Entweder bist du echt doof, oder du hast eine Wahrnehmungsstörung.«

Ich beschließe spontan, diese Aussage unkommentiert zu lassen, und greife mir stattdessen noch ein Croissant.

Tief in Gedanken widme ich mich wenig später wieder meinen ersten Gästen, beziehungsweise den Vorbereitungen für ihre Anreise. Leider bestätigt sich meine Vermutung:

Meine Fähigkeiten im Bettenmachen scheinen absolut unterentwickelt zu sein. Zumindest im internationalen Vergleich. Das bestätigt mir auch Gerome, nachdem er mein erstes vorbereitetes Bett in der Gästewohnung bestaunt hat.

Das lässt mich hektisch werden. Innerlich, wie auch äußerlich.

»Wie soll ich jetzt innerhalb von drei Tagen lernen, optisch ansprechend das Bett zu machen?«

»Frag YouTube.« Gerome sitzt auf dem Boden und starrt auf das sich türmende Bettzeug. Er sitzt gerne auf Fußböden herum. Genauso, wie er gerne liest und in epischen Breiten mit meinem Vater über Bücher diskutiert. Manchmal habe ich das Gefühl, dass mein Vater ihn gerne adoptieren möchte.

Ich frage also YouTube und bin angemessen erschüttert, dass es tatsächlich Tutorials zum Thema »Bettenmachen« gibt. Die Damen, die hier ihr über Jahrhunderte erworbenes Wissen weitergeben, scheinen absolute Profis in der Bettenmach-Branche zu sein. Sie beziehen Betten mit einer Eleganz, die ich noch nicht mal beim Eierbraten hinbekomme. Und die Endergebnisse sind glatte, straff gespannte Bettlaken, fluffig aufgeschüttelte Kissen und akkurat auf Ecke gelegte Bettdecken. Als ich versuche, die Schritt-für-Schritt-Anleitung nachzumachen, stoße ich jedoch schnell an meine Grenzen.

»Vielleicht gibt es einen Volkshochschulkurs zu diesem Thema?« Gerome beobachtet mich, immer noch auf dem Boden sitzend. »Oder leg deinen Gästen doch einfach einen Schlafsack aufs Bett. Dann stellst du noch das Wasser ab, schickst sie zum Brunnen, lässt sie ein wenig von Günther jagen, und dann kannst du das Ganze als ›Survival-Woche‹ verkaufen.«

»Haha«, antworte ich, während ich versuche, mich aus einem anhänglichen Kissenbezug zu befreien. Es gelingt mir nur bedingt, und ich lasse mich matt auf die Bettkante sinken.

»Was guckst du so doof?«, frage ich, und mir fällt zum wiederholten Male auf, wie ungezwungen ich mit Gerome umgehe. Als würde ich ihn schon eine Ewigkeit kennen.

»Lilly. Ich muss weiter«, sagt er plötzlich unvermittelt.

»Wohin?«

Er zuckt die Schultern. »Ich kann nicht einfach hierbleiben.«

»Doch«, antworte ich trotzig. »Die zweite Gästewohnung ist doch noch frei. Stell dir vor, vielleicht sind die ersten Gäste Mitglieder einer Motorradgang und gefährlich. Es ist sinnvoll, einen starken Mann auf dem Hof zu haben. Alleine schon aus Sicherheitsaspekten.«

Ich gebe vor, weiter an dem Bezug herumzufummeln.

Es gibt keinen triftigen Grund, warum Gerome noch bleiben sollte. Außer, dass mir seine Anwesenheit gefällt. Es ist also der pure Egoismus, der aus mir spricht. Hedonistische Absichten. Ich bin ein schlechter Mensch. Wenn Gerome gerne wieder im Wald schlafen, vor wilden Stieren flüchten und obdachlos sein möchte, sollte ich ihn nicht daran hindern.

Ich will ihn aber daran hindern. Weil ich sein Lachen so mag. Er lacht auch jetzt. »Als ich das erste Mal auf den Hof kam, dachte ich, ich bin einer Irren in die Hände gefallen, die mich in der Nacht mit einem Keulenschlag erlegt und im Keller festkettet.«

»Ja. Das war damals. Jetzt ist alles anders«, sage ich so würdevoll wie möglich und stürze mich wieder auf die Bettbezüge.

»Frau Pfeffer!« Ich tauche wieder auf, blicke mich suchend um und entdecke Dr. Ewald im Türrahmen.

»Was tun Sie da?« Er ist sichtlich irritiert, mich dort im Bettzeug hocken zu sehen, während Gerome das Ganze nur interessiert beäugt.

»Ich beziehe ein Bett nach Video-Anleitung«, antworte ich.

»Natürlich. Soll ich Ihnen vielleicht kurz zeigen, wie so etwas geht?«

Okay. Er hat die Situation offenbar mit einem Blick erkannt und schreitet sofort zur Tat, nachdem ich ergeben genickt und mich aus dem blütenweißen Bettzeug zurückgezogen habe.

Exakt vier Minuten später ist das Bett bezogen. Straff, faltenfrei und äußerst sorgfältig. Gerome und ich spenden ihm spontanen Szenenapplaus, und dann unterweist Dr. Ewald mich in der Kunst des Bettenbeziehens.

19

Und dann ist endlich Freitag, und die ersten Gäste kommen. Mit ihnen kommt der große Regen. Ein Regen, bei dem uns schon nach den ersten vom Himmel stürzenden Tropfen klar wird, dass er in die Geschichte eingehen könnte. Wir stehen als Empfangskomitee vor dem Haus. »Wir« sind mein Papa, Tom, unser Bürgermeister Manfred, Annegret und Klara, die extra für diesen Anlass angereist ist. In weniger als einer Minute sind wir allesamt pudelnass. Unsere Gäste bleiben vorerst im Auto sitzen und betrachten uns aus dem Trockenen heraus. Manchmal winken sie, und wir winken tropfend zurück.

»Wie ärgerlich«, gurgelt Manfred, während ihm der Regen über das Gesicht läuft. »Wochenlang heißer Sonnenschein, und dann das. Kein Mensch eröffnet seine Pension in der Nebensaison.«

»Jaaha!«, sage ich in die herabstürzenden Wassermassen hinein. Wir bleiben einfach stehen. Unbeugsame Norddeutsche, die wir nun mal sind. Wir kennen uns aus mit Regen. Deswegen gab es auch kein hektisches Gerenne, um bei den ersten Tropfen Schutz zu suchen. Der Regen kam zu schnell. Wir waren chancenlos.

Nachdem er auch zehn Minuten später nichts von seiner Intensität eingebüßt hat, holen wir Günther-Abwehrschirme und bilden so ein Regenschirmspalier für unsere

Gäste. Die sind trotz des Wetters zum Glück ganz gut drauf und folgen mir in die neue Gästewohnung, die wirklich aussieht wie in einem Wohnmagazin. Ich habe die ganze Nacht noch das Bett geglättet, Blumen verteilt, Äpfel in Schüsseln arrangiert und zu guter Letzt ein buntes Bild meines Vaters aufgehängt. Eins, auf dem sich nicht auf den ersten Blick seelische Abgründe offenbaren.

Ich bin richtig stolz, als meine Gäste ihre Koffer abstellen und sich umsehen.

»Wie hübsch!«, sagt Mama-Gast.

»Mh!«, brummt Papa-Gast.

»Jaaaah!«, kreischt Kind-Gast und springt volle Kanne auf das liebevoll geglättete Bett. Mama und Papa-Gast lachen gutmütig. Ich möchte Kind-Gast gerne vom Bett zerren und in den Regen stellen, sehe aber davon ab. Stattdessen frage ich, wann am nächsten Morgen das Frühstück bereitstehen soll, und ziehe mich, als Kind-Gast beginnt, die liebevoll zusammengestellte Spielesammlung durch die Gegend zu schmeißen, zurück.

Es regnet weiter. Unser Hof verwandelt sich in eine Schlammlandschaft. Holly weigert sich das Haus zu verlassen, und macht Pipi auf meinen guten Teppich im Flur. Der Sommer ist schlagartig vorbei, und meine Gäste bekommen eine Nordsee-Depression. Zwanghaft suchen sie nach einer Unterhaltungsmöglichkeit, die sich in Häusern abspielt. Leider sind ihnen Cafés und Museen zu langweilig, weswegen ich mir schon einen Wolf gegoogelt habe. Außerdem haben sie nur T-Shirts und Flipflops mit und frieren. Bei dem Versuch, einen Sicherheitshinweis auf meiner Homepage zu installieren (»Liebe Gäste, bitte bedenken Sie, dass es auch in den Sommermonaten am Meer mal etwas kühler sein kann, und bringen Sie ausreichend warme Kleidung mit!«), stürzt ebenselbe ab und vertauscht alle Texte und Bilder. Der Fehler ist nicht zu beheben, schon gar nicht durch mich.

Günther, der jetzt den größten Teil seines Daseins im Obstgarten oder in der Scheune ausharren muss, entwickelt ebenfalls eine Depression und fängt an, sich die Federn zu rupfen und seinen Harem anzugiften.

Nur meine Hühner sind gut drauf. Wie immer. Die sitzen ja im Trockenen. Ich geselle mich dazu und zünde mir eine Zigarette an. Neben mir hat es sich ein Huhn bequem gemacht, und ich puste den Rauch aus dem kleinen Fenster. Das Huhn beobachtet mich dabei und gluckert zufrieden.

»Lilly?!«

Ich ducke mich unter dem Fenster und rücke näher an das Huhn heran. Ich will jetzt niemanden sehen. Zumal mir die Stimme des Suchenden nicht bekannt vorkommt.

»Lilly!«

Doch!

Jetzt erkenne ich sie! Es ist Lukas. Ich luge über den Rand des Fensters hinweg und entdecke ihn mit einem lilafarbenen Regenschirm mitten im Hühnergehege. Das Tor hinter ihm steht sperrangelweit offen.

Ich finde, es gibt eine Grundregel im Leben: Wenn ich ein Tor oder wahlweise eine Tür öffnen muss, um hindurchzugehen, schließe ich sie auch wieder. Denn es ist doch meistens so, dass das, was sich hinter dem Tor oder der Tür befunden hat, dort auch bleiben sollte. Vielleicht ist dieses

Wissen aber auch nur meiner Kindheit auf dem Land geschuldet. Nun aber besteht absoluter Handlungsbedarf. Das Hühnertor muss immer und in jeder Situation geschlossen bleiben. Sonst wird Marco Polo zum Entdecker, und besonders gerne entdeckt er Fluchtwege, die zur großen Straße oben im Ort führen.

»Tor zu!«, zische ich aus dem Fenster, und im selben Augenblick schießt Marco Polo aus dem Hühnerhaus, weil er a) Lukas als spontan aufgetretene potenzielle Gefahr an Leib und Leben seiner Hühner identifiziert hat und b) das Tor zur Freiheit offen steht.

Lukas, der sich plötzlich einem aufgeplusterten Kampfhahn gegenübersieht, stößt einen spitzen Schrei aus. Seine heldenhaften Anteile scheinen etwas unterentwickelt zu sein. Wäre der Gockel der Ganter gewesen, wäre dem Aufschrei vielleicht noch eine Ohnmacht gefolgt.

Marco Polo hingegen ist noch unentschieden, ob er den Mann bekämpfen oder dem Ruf der Freiheit folgen soll. Ich drücke meine Zigarette ins Marmeladenglas, schraube hektisch den Deckel drauf (ein brennendes Hühnerhaus ist noch schlimmer als ein leeres) und krieche durch den kleinen Zugang.

Wenn das Auftauchen des Hahns Lukas aus der Fassung gebracht hat, fällt er jetzt fast um, als er mich aus dem Hühnerhaus klettern sieht.

»Äh!«, sagt er total verdutzt, und ich stürze an ihm vorbei, um Marco Polo das Tor vor dem Schnabel zuzuschlagen.

»Oh Mann!« Er starrt mich an wie eine Erscheinung.

»Wo Tiere leben, muss man Türen wieder schließen«,

sage ich und klinge dabei ein wenig nach Oberklugscheißer. Hinter mir gackert es. Die Hühner strecken vorsichtig die Köpfe aus dem kleinen Eingang und betrachten interessiert, was hier ihre beruhigende Kontinuität von Picken und Scharren unterbricht.

»Komm unter den Schirm – du wirst ja total nass.« Lukas hebt besagten Schirm einladend ein wenig höher, und ich flüchte mich vor den immer noch vom Himmel stürzenden Wassermassen zu ihm.

»Du hast dich nicht gemeldet«, sagt Lukas. Ich stehe zwangsläufig ganz dicht bei ihm und muss den Kopf heben, um ihm ins Gesicht sehen zu können.

»Ich hatte noch keine Zeit«, antworte ich wahrheitsgemäß.

»In der geheimen Welt des Dating-Kodexes bedeutet dies, dass du kein Interesse an mir hast.«

Mir war nicht bewusst, dass Dating so kompliziert ist. »Lukas. Ich habe gerade meine Pension eröffnet, und ich hatte wirklich keine Zeit.«

»War doch nur ein Witz«, schiebt Lukas hinterher, sieht aber nicht sehr amüsiert aus. »Ich wollte eigentlich nur noch mal kurz vorbeischauen, weil ich nächste Woche wieder nach Hause fahre. Bei dem Monsun kann man nicht surfen. Und vorher wollte ich dich noch zum Essen einladen.«

»Cool«, sage ich und blicke zu ihm auf. Er grinst. Sehr ansteckend. Ich muss auch grinsen.

»Lilly«, flüstert er im nächsten Moment. »Was hast du da drinnen gemacht?« Er deutet mit der freien Hand auf das Hühnerhaus.

»Studien zum Thema Glück betreiben. Möchtest du die glücklichsten Wesen auf diesem Planeten kennenlernen?«

Er nickt.

»Okay. Warte hier. Ich hole uns Kaffee.« Ich sprinte los und bin innerhalb weniger Sekunden klitschnass. Was auch egal ist. In der Küche sitzen mein Vater, Tom und meine Tante und halten offenbar eine Sitzung ab.

Sie beobachten, wie ich Kaffee in zwei Becher gieße.

»Hat er dich gefunden?«, fragt Klara mich überflüssigerweise, und ich nicke.

»Knutscht ihr jetzt?«, fragt Tom. Ich blicke entrüstet hoch. »Kann ich vielleicht mit einem Mann sprechen, ohne dass gleich solche Vermutungen angestellt werden?«

»Hä?« Tom legt sein kleines Gesicht in Denkerfalten.

»Nein. Sie trinken nur einen Kaffee«, übersetzt mein Vater das Ganze in Tom-Sprache.

»Seid ihr bei den Hühnern? Sollen wir ein Zeichen vereinbaren, für den Fall, dass wir dich retten müssen?«, fragt meine Tante, die wesentlich Dating-erfahrener zu sein scheint als ich.

»Dann schicke ich Marco Polo. Wenn der über den Hof rennt, müsst ihr mich suchen kommen.«

»Ist der Typ gefährlich?« Tom sieht plötzlich ganz erschrocken aus.

»Nein!« Dreistimmig. »Das war nur Spaß«, fügt Klara hinzu.

»Du sollst den aber nicht heiraten!«, sagt Tom. »Wenn, dann musst du Gerome heiraten!«

Schweigen am Tisch. »Ja, der wäre auch meine erste Wahl«, sagt meine Tante dann sarkastisch, und ich drehe mich mit den Tassen in der Hand um, nachdem ich Tom einen Kuss aufs Haar gedrückt habe.

»Ich heirate erst mal niemanden, und wenn doch, besprechen wir beide das vorher ausgiebig. Ich trinke mit diesem Mann nur einen Kaffee. Punkt.«

Auf dem Weg raus werfe ich schnell einen Blick in den Flurspiegel, zuppel kurz an meinen Haaren herum, prüfe, ob ich große Flecken auf dem Pulli habe, schnappe mir noch einen Schirm und klemme ihn mir aus Ermangelung einer freien Hand zwischen Schulter und Ohr.

Lukas hat sich ans äußere Ende des Hühnergeheges zurückgezogen, weil Marco Polo es sich trotz des strömenden Regens nicht hat nehmen lassen, vor ihm Position zu beziehen. Der Hahn hat echte Beschützerqualitäten. Ein Hennen-Bodyguard.

»Er hat nach mir gepickt!«, ruft Lukas mir zu, während ich etwas krumm, mit dem Schirm hinter dem Ohr und den dampfenden Bechern in der Hand, vor dem Tor stehe.

»Ja, er ist ein blutrünstiges Monster. Man muss wirklich aufpassen!«

Lukas entgeht die Ironie in meinen Worten nicht, und er schiebt sich vorsichtig an dem Hahn vorbei, um mir das Tor zu öffnen.

Gemeinsam kriechen wir in das Hühnerhaus und hocken uns ins Stroh. Das natürlich ziemlich vollgekackt ist, was mich nicht so stört, aber Lukas braucht einen Moment, um sich einen hühnerkackfreien Sitzplatz zu schaffen.

Dann schnuppert er ausgiebig. »Rauchen deine Hühner?« Ich nicke.

»Und saufen wie die Löcher. Manchmal gehen hier auch voll die Orgien ab.«

Lukas lacht auf. »Lilly. Du bist echt sonderbar«, sagt er dann trocken, und wieder nicke ich.

»Aber er trachtet mir nicht mehr nach dem Leben.« Lukas deutet auf Marco Polo, der vorgibt, ein wenig zu picken, uns aber in Wahrheit fest im Blick behält.

»Natürlich. Schließlich habe ich dich ins Hühnerhaus eingeladen. Ich bin hier die Oberhenne, was ich entscheide, ist erst mal richtig. Das weiß er. Deswegen bleibt er wachsam, vertraut aber meinen Entscheidungen. So ist das in der Welt der Hühner.«

»Prost, Oberhenne!« Wir stoßen mit unserem Kaffee an, und ich führe Lukas in das Universum der glücklichen Hühner ein.

20

Kein Ziegelstein in Sicht. Lukas ist nett, gut aussehend, charmant, witzig und hat somit auf dem Heiratsmarkt exzellente Chancen. Nur leider nicht bei mir.

Ich konnte kein tieferes Verständnis für meine Hühner bei ihm schaffen. Für ihn sind das nur eierlegende Feder-Dinger. Zum Abschied gab es von ihm einen keuschen Kuss auf die Wange.

»Du bist zu wählerisch. Geh doch wenigstens mal mit ihm ins Bett«, sagt Klara, als ich zurück in die Küche komme und kein Stroh in den Haaren habe. Mein Vater stöhnt auf.

»Stöhn hier nicht rum!«, sagt meine Tante. »Das Kind ist jung und sollte ein wenig Spaß haben.«

»Sie wartet auf die Liebe. Daran ist nichts falsch!«

»An ein bisschen Ablenkung vor der Liebe auch nicht«, sagt meine Tante und löst den Apfelkuchen aus der heißen Form.

»Schön, dass ihr wenigstens Rücksicht nehmt und mein Liebesleben nur besprecht, wenn Tom nicht anwesend ist. Wo steckt der überhaupt?«, frage ich, etwas überfordert vom Verlauf des Gespräches.

»Oben. Er behauptet, Hausaufgaben zu machen. Ich bezweifle das. Er kann eine Sieben nicht von einer Eins unterscheiden.«

Da kann ich schlecht widersprechen. Ich stelle mich neben meine Tante, um ein wenig von den am Rand der Form klebenden Kuchenresten abzupulen und in den Mund zu stecken.

»Setzt euch mal hin.« Klara hat mitten in der Bewegung innegehalten und schiebt den duftenden Kuchen von sich. Was kommt jetzt? Wird sie alle Zelte abbrechen und zum Schafehüten nach Australien auswandern? Bei meiner Tante muss man auf alles gefasst sein.

»Jetzt setzt euch endlich hin!«, sagt sie ungeduldig, packt mich am Arm und dirigiert mich unsanft zur Küchenbank. Mein Vater, der schon auf dem Weg sonst wohin war, sinkt augenblicklich zurück auf seinen Stuhl. »Es kann so nicht weitergehen!«, sagt Klara.

Mein Vater und ich schweigen ergriffen.

»Die vergangenen Jahre waren hart und schwer.«

Mein Vater und ich nicken.

»Aber jetzt muss mal was passieren. Ihr seid ja wie erstarrt. Und das immer noch, dabei ist Irene seit über sieben Jahren tot. Ihr müsst wieder anfangen zu leben! Und dazu gehört nun mal auch ein Partner. Es ist, als ob ihr Irene geschworen hättet, nach ihrem Tod nicht mehr glücklich zu sein. Daran arbeitet ihr sehr erfolgreich. Kein Glück auf dem Hof der Pfeffers. Glück findet nicht nur in der Zukunft statt, sondern heute und hier!«

Mein Vater wirft mir aus dem Augenwinkel einen verwirrten Seitenblick zu. Ich stecke die Hände in die Hosentaschen, was ein bisschen kompliziert ist, weil ich ja auf der Bank sitze, aber mit ein wenig Hinundhergerutsche geht es.

»Du bist doch auch Single«, werfe ich vorsichtig ein, was meine Tante mit einer energischen Handbewegung beiseitewischt.

»Das ist etwas völlig anderes«, behauptet sie, wirft in einer dramatischen Bewegung das Küchenhandtuch auf den Tisch und rauscht aus der Küche.

»Ah«, sage ich.

»Gmpf«, sagt mein Vater. Eine Weile schweigen wir.

»Was wollte sie uns sagen?«, fragt mein Vater mich dann vorsichtig.

»Dass wir auf der Stelle anfangen müssen, mit Konfetti zu schmeißen und die Magnumflasche Champagner zu köpfen.«

»Ah. Vielleicht wäre sie zufrieden gewesen, wenn du ein wenig Stroh im Haar gehabt hättest. Das hättest du ihr zuliebe schon arrangieren können.«

»Papa! Bitte! Geh du doch erst mal mit der Bäckerin aus.«

»Mach ich.« Er seufzt schwer. »Ich weiß nur nicht, wie.«

»Hingehen. Fragen. Termin ausmachen. Essen gehen.«

»Glaubst du, sie hat recht?«, fragt er mich leise, und ich brauche ein paar Sekunden, um ihm gedanklich folgen zu können.

»Klara? Dass wir nicht mehr glücklich sein wollen?«

»Ja?« Er klingt etwas verzagt.

»Blödsinn. Glück hat ja nun nicht ausschließlich was mit einem Partner zu tun. Ich bin zum Beispiel sehr glücklich, wenn ich Nusspesto esse. Oder so richtig laut lachen muss. Wenn ich sehe, dass es Tom einfach gut geht.«

Erstaunt sieht mein Vater mich an. »Lilly!«, sagt er dann, offenbar nach Worten suchend. »Du beeindruckst mich!«

Ich bin gerade selber von mir überrascht.

»Mir geht es gut, wenn ich male. Und ich freue mich immer, wenn du diese Marmelade mit Erdbeeren und Vanille machst. Und ich mag es, wenn Tom Witze erzählt, die nur er lustig findet. Außerdem mag ich es, wenn Holly diese kleinen Geräusche von sich gibt, wenn er sich auf meinen Füßen vor dem Kamin zusammenrollt.«

»Papa. Wir haben keinen Kamin.«

»Der ist nur imaginär und in meinem Kopf. Aber die Vorstellung, wir hätten einen, finde ich auch sehr beglückend.«

»Dann kann Klara doch nicht behaupten, dass wir ein Verein von depressiven Trauerklößen sind.«

»Nein, das finde ich auch. Außerdem hat deine Mutter immer gesagt, wer weiß, wozu das gut ist. Ich weiß zwar noch nicht, wozu das alles gut ist, aber man kann ja mal Ausschau halten, nach dem Guten. Verstehst du?«

Nur bedingt. Trotzdem nicke ich. Ich bin nämlich der Meinung, dass man nicht immer alles bis ins letzte Molekül verstehen muss. Es ergibt ja irgendwie so in seiner Gesamtheit Sinn.

»Wir sollten den Apfelkuchen essen.« Mein Vater erhebt sich, um Teller zu holen. »Sag dem Kind und deiner Tante Bescheid. Und Gerome. Der mag Apfelkuchen.«

Es scheint mittlerweile eine Selbstverständlichkeit zu sein, dass Gerome zu allen familiären kulinarischen Events eingeladen wird.

Der Deal ist, dass er bis nächste Woche bleibt. Ab Donnerstag ist dann nämlich auch die kleine Wohnung vermietet. Was er dann machen wird, weiß ich nicht. Weiterziehen vermutlich. Der Gedanke daran fühlt sich seltsam an. Inzwischen gehört Gerome hier einfach dazu. Ich rufe Tom und Klara (die Antwort aus dem Obergeschoss ist ein einstimmiges »Jaaha!«) und laufe dann rüber zu der kleinen Wohnung, in der ich Gerome vermute.

Es regnet immer noch. Offenbar bewegen wir uns direkt auf eine neue Sintflut zu. Sogar Herr Holtenhäuser, der schreckliche Journalist, hat seit Tagen kein anderes Thema mehr, außer natürlich blonde, große Frauen eröffnen Pensionen.

Ich klopfe an, reiße die Tür auf der Flucht vor den Wassermassen dann aber gleich auf.

Leider steht Gerome splitterfasernackt mitten im Raum. Also »leider« nur deshalb, weil er sich über mein Auftauchen dermaßen erschreckt, dass er einen Satz nach hinten macht. Der Rest ist überhaupt nicht leider. Dennoch schließe ich die Augen und drehe mich um. Beides schaffe ich nur unter Aufbietung sämtlicher Kräfte. So stehe ich also da und starre in den Regen, während ich hinter meinem Rücken die Wut des nackten Mannes spüre.

»Verdammt, kannst du nicht anklopfen?!«

»Es war nass von oben«, erkläre ich und starre weiter auf den Hof. Die Tür steht ja immer noch offen. Hinter mir raschelt es. Offenbar sieht Gerome zu, seine prächtige Männlichkeit umgehend vor meinen Blicken zu verhüllen.

»Willst du Apfelkuchen mit uns essen?«, frage ich

vorsichtig. So im Nachhinein bin ich doch peinlich berührt von mir selber. Ich denke manchmal einfach nicht nach.

»Nein. Ich will keinen Apfelkuchen mit euch essen.«

Ich schweige. Dann sage ich sehr leise: »Tut mir leid!«

»Du denkst manchmal nicht nach«, sagt er schroff und erzählt mir damit nichts Neues. »Und du kannst dich wieder umdrehen.«

Ich drehe mich um und bleibe mit meinem Blick vorsichtshalber erst mal bei der Kommode hängen. Hier hat er seine Habseligkeiten fein säuberlich gestapelt. Ein paar gefaltete Shirts, ein Schweizer Messer und ein iPad. Dann traue ich mich, Gerome direkt anzuschauen. Er guckt grimmig. Aber Männer, die nur ein Handtuch um die Hüften geschlungen haben, können nicht so wirklich grimmig gucken. Außerdem ist er sexy. Ich komme nicht umhin, Karo recht zu geben. Man müsste schon ziemlich blind sein, um das nicht mitzubekommen. Dass er nur sehr bedingt bekleidet ist, erleichtert das Erkennen dieser Tatsache ungemein.

»Lilly, würdest du jetzt bitte Apfelkuchen essen gehen?«

Gerome steht unbewegt da, und dann grinst er. Ich grinse zurück. Es ist ein einvernehmliches Grinsen, denn als normal kann man das hier nicht mehr bezeichnen. Normal wäre es gewesen, hätte ich mich unverzüglich nach Antreffen des nackten Mannes aus dem Staub gemacht. Gegenseitiges Angrinsen zeugt doch irgendwie von einem gewissen Knistern in der Luft.

Als ich wieder ins Haus komme, steht mein Vater mit verwirrter Miene und einem Zettel in der Hand im Flur.

»Da war ein Anruf.«

Fragend sehe ich ihn an und greife nach dem Zettel.

»Ein Herr Plöges. Er und seine Familie werden nicht kommen. Weil es ja immer regnet.«

»Wir sind hier auch an der Nordsee und nicht in der Karibik!«, sage ich empört. Familie Plöges war die Familie für die kleine Wohnung. Schlagartig ist mir alle Lust auf Apfelkuchen vergangen. Und Zeit habe ich jetzt sowieso keine mehr. Ich muss nämlich schnellstens neue Gäste auftreiben. Die Planung sieht vor, dass beide Gästewohnungen vermietet sind. Sämtliche Einnahmen sind nämlich schon verplant. Also quasi weg.

Die nächsten Stunden verbringe ich damit, alle meine Bekannten anzurufen. Ob sie nicht Freunde haben, die zu einem Freundschaftspreis Urlaub machen wollen. Nichts zu machen bei dem Regen. Ich rufe meine Freunde in Hamburg an, aber keiner hat Zeit. Niedergeschlagen setze ich mich ein paar Minuten zu den Hühnern, doch selbst das bessert meine Stimmung heute nicht.

Und so bin ich immer noch ziemlich niedergeschlagen, als ich meinen Sohn einsammle, der jetzt schlafen muss.

Tom hockt in seinem Spiderman-Schlafanzug und mit frisch geputzten Zähnen auf seinem Bett.

»Riesig, Mama! Riesig!«, raunt er mir zu und zieht die Füße noch enger an den Körper.

Ich sinke auf die Knie und spähe unter das Bett.

»Ist das Monster haarig und grün?«

»Lila.«

»Oha«, sage ich. »Haarig und lila?« Ich greife nach dem

Marmeladenglas und öffne den Deckel. »Das ist ja ganz was Neues.« Ich schiebe die vielen Legos und Kuscheltiere unter dem Bett hin und her und lasse dann den Deckel des Glases geräuschvoll zuschnappen.

»Hab es!«

»Zeig!«

»Da!« Nicht ohne mütterlichen Stolz präsentiere ich ihm das Glas, und er nickt andächtig.

»Super, Mama!«

»Gute Nacht, Süßer!« Ich küsse mein Kind auf die Stirn und spüle dann das haarige, lilafarbene Monster aus dem Marmeladenglas im Klo runter. Es ist wichtig, jeden Schritt bei der Monsterbeseitigung einzuhalten. Sonst klappt es nicht.

Gedankenverloren und ein wenig besser gestimmt mache ich mich an die letzte Aufgabe des Tages: den Tisch für das Zwei-Schichten-Frühstückssystem vorbereiten. Die erste Schicht frühstückt um halb sieben und besteht aus Tom, Dr. Ewald und mir. Wir frühstücken am Tresen, damit das Geschirr schnell in der Spülmaschine verschwinden kann. Direkt danach verwandle ich mich in die Pensions-Frühstücks-Fee, was bedeutet, dass ich mir etwas Hübsches anziehe und das Frühstück für die Gäste vorbereite, die bisher immer so gegen acht aufgetaucht sind.

Gedankenverloren stelle ich schon mal die Teller auf den großen Esstisch mit dem schönen Blick in den Hof und poliere noch einmal die Messer auf Hochglanz.

Wo soll ich jetzt bloß neue Gäste auftreiben? Ich gönne mir einen tiefen Seufzer und falte die Servietten. Dabei fällt mein Blick quer über den Hof. In der kleinen Gästewohnung brennt Licht. Und schlagartig fällt mir ein, dass es auch etwas Gutes hat, dass die Gäste abgesagt haben. Weil Gerome jetzt noch ein wenig bleiben kann.

21

Holly!«

Holly hört nicht. Ich brülle noch einmal seinen Namen, dass meine Stimmbänder empört von der akuten Überforderung zusammenzucken, aber der Hund zuckt nicht. Nicht mit einer einzigen seiner vielen Zotteln.

Leider liegen zwischen Holly und mir knapp zweihundert Meter vom Dauerregen aufgeweichte, mit Kuhmist dekorierte Wiese.

Ich fluche einmal mein durch mein Muttersein etwas eingerostetes Beschimpfungsrepertoire durch, dann stiefle ich los. Quer über die Wiese, auf der seit bestimmt vier Wochen keine Kuh mehr einen Huf gesetzt hat, weil Hilde findet, dass ihre Kühe ein Recht auf trockenes Fell haben. Trotzdem liegt hier immer noch Kuhkacke. Jetzt im Zustand der völligen Aufweichung.

Leider trage ich Turnschuhe. Als ich mit Holly losgezogen bin, war ich überzeugt, dass ich heute, nach vier Wochen, endlich mal keine Gummistiefel an den Füßen mehr brauche. Es regnet nämlich heute nicht. Der Himmel ist zwar dunkel bewölkt, aber es ist recht windstill und trocken. Im Gegensatz zu den vergangenen vier Wochen. Als Norddeutsche mit Schlechtwettererfahrung begrüßt man solche spontanen Wetterverbesserungen ja geradezu enthusiastisch.

Hermann, unser Schweinebauer, ist heute Morgen oben ohne auf seinem Traktor durch den Ort gefahren. Vermutlich eine Übersprunghandlung auf den plötzlich ausfallenden Regen. Wenn es nicht regnet, ist Sommer. Im Sommer müssen wir nicht so viel anziehen. Wir sind da echt genügsam.

Dass ich jetzt mit Turnschuhen durch wochenlang bewässerte Kuhscheiße stakse, verdanke ich Hollys Leidenschaft: Mäusejagen. Er ist total erfolglos und hat noch keine einzige gefangen, aber da Mäuse vorzugsweise im Erdreich leben, muss man sie vor jeglichem Jagderlebnis ohnehin erst mal ausbuddeln. Holly ist in dieser Disziplin absolut spitzenmäßig, während die Menschen sehr unterschiedlicher Meinung über seine Leidenschaft sind. Die einen sagen, diese Tätigkeit muss umgehend und ernsthaft unterbunden werden. Die anderen sagen, Hunde sind Jäger, und eine Maus ist besser als ein Reh. Ich sage, ich kann es eh nicht ändern. Sobald eine Maus ihre kleinen Pfötchen in der Erde bewegt, hört er nicht mehr auf meine Kommandos. Ich stakse weiter und kann bald nicht nur Hollys im Takt wackelnden Hintern sehen, sondern auch seinen Kopf mitsamt dem ausgeschalteten Hirn ziemlich tief in der Erde.

Unter vollem Körpereinsatz springe ich auf das Loch und gucke Holly böse an. Er setzt sich abwartend hin. Ein paar Sekunden liefern wir uns ein Blickduell, dann seufze ich »Okay« und trete beiseite. Was spricht eigentlich dagegen, dass mein Hund hin und wieder ein Loch buddelt? Holly bleibt ein paar Sekunden regungslos sitzen und sieht mich erwartungsvoll an. Er kann es nicht fassen, dass ich nicht selber buddle und ihm sein Loch auch noch zurückgebe. Aus Hundesicht ist das wohl ziemlich idiotisch. Deswegen braucht er noch zwei weitere Aufforderungen – er ist ja immer sehr vorsichtig.

»Nun los! Fang die Maus!« Das lässt er sich dann doch nicht zweimal sagen und springt mit einem Vier-Pfoten-in-der-Luft-Sprung auf das Loch zu und buddelt, als würde es kein Morgen geben.

Ich stehe mit nassen Füßen daneben, während Erdbrocken um mich fliegen wie Knaller zu Silvester. Zwischendurch reißt Holly den Kopf in die Höhe und sieht mich mit dreckverschmiertem Maul und hängender Zunge an. »Guck mal, wie großartig das ist!«, würde er brüllen, wenn er könnte.

Meine Füße sind mittlerweile triefend nass und meine ehemals blauen Turnschuhe schlammgrau. Außerdem versinke ich bis zu den Knöcheln in aufgeweichter Kuhkacke, deswegen bahne ich mir einen Weg zum Rand der Wiese, wo ein Dickicht aus jungen Birken und allerlei Grünzeug ein etwas trockeneres Plätzchen versprechen. In den Büschen finde ich einen umgestürzten Baumstamm, der sogar fast trocken ist. Dort angekommen, strecke ich meine Füße aus und lehne mich gegen eine junge Birke in meinem Rücken. Die Blätter über mir haben schon die erste Herbstfärbung angenommen, und es duftet frisch und erdig um mich herum.

Tief in Gedanken lasse ich den Blick schweifen und höre ein sich zügig näherndes Auto. Dieser Feldweg wird gerne als Abkürzung zwischen Bullbühl und Schönbühl genutzt. Was eigentlich nur Anliegern gestattet ist, aber aus irgendeinem Grund gibt jede Navigation diese Straße als öffentlich an, womit gerade Nicht-Ortskundige hier anzutreffen sind.

Ich gucke schnell nach Holly, der aber immer noch fröhlich buddelt, und dann fährt eine dunkle Oberklasselimousine in hoher Geschwindigkeit an mir vorbei. Ich will mich schon ärgern, weil der Wagen zu schnell ist, als ich einen Blick ins Innere erhasche. Den Fahrer kann ich nicht erkennen, doch neben ihm sitzt – Gerome. Verdutzt runzle ich die Stirn. Er hat mir doch heute Morgen noch gesagt, dass er den ganzen Vormittag mit dem Zaun auf der Wiese beschäftigt sein wird. Was macht er hier, in einem Wagen mit Hamburger Kennzeichen?

Etwas verwirrt laufe ich zurück zu Holly, der mich ganz glückstaumelig anschaut, als ich endlich an dem Krater ankomme, den er gegraben hat. »Toll gemacht!«, lobe ich ihn. »Man kann bis zum Mittelpunkt der Erde gucken.« Und während ich das sage, beschließe ich, unsere Morgenrunde heute auszudehnen und einen richtig langen Spaziergang zu machen. Meine Schicht in der Bäckerei beginnt erst am Nachmittag. Und ich muss jetzt erst einmal ausgiebig nachdenken. Über meine depressiven Feriengäste, die mir heute Morgen gegenübersaßen. Die abgesagte Buchung. Und vor allem über Gerome.

Ich dachte, er kennt hier niemanden, und tut nichts, außer auf dem Hof zu helfen und in den Tag hineinzuleben. Was hat er dann in diesem Auto gemacht? Da lebt ein Mensch seit Wochen auf meinem Hof, und ich weiß noch immer gar nichts über ihn. Ich schiebe mit meinen eh schon total verdreckten Schuhen wieder etwas Erde in das

Loch, damit Hildes Kühe sich nicht die Beine brechen, nehme Holly vorsichtshalber an die Leine und marschiere los.

Eineinhalb Stunden später treffe ich kurz vor dem Hof auf Gerome, der mit verschränkten Armen vor dem durch seine Hand reparierten Zaun steht. Ich stelle mich neben ihn und betrachte, was er betrachtet. Ein lustiger Zeitgenosse hat direkt neben dem fantasievoll geflickten Zaunpfahl ein Schild angebracht, auf dem »Kunst? Kunst!« steht.

»Wer bitte hat das Gerücht in die Welt gesetzt, die Norddeutschen seien humorlos?«, fragt er mich.

»Das mag für die anderen norddeutschen Gemeinden gelten. Schönbühl hingegen hat eine lange Tradition an Humor. Wir haben sogar einen eigenen Karnevalsverein.«

»Tatsächlich?« Gerome dreht den Kopf. Seine Augen lachen. Sein Mund nicht. Bestimmt ist er der einzige Mensch auf der Welt, der das kann. Ist ja doch meistens andersherum.

Ernst nicke ich. »Hier geht im Frühjahr voll die Luzi ab. Du kannst auch nur nach Schönbühl ziehen, wenn du vorher dem Karnevalsverein beitrittst. Also erzähl uns bitte nichts von Humor. Die Zaunpfähle sehen aber auch total beschissen aus. Nach den herrschenden physikalischen Gesetzen kann das nicht halten.«

»War auch echt eine Leistung, das so hinzubekommen.« Jetzt grinst auch sein Mund.

Ich möchte ihn fragen, wer der Mann im Auto war. Was er heute gemacht hat. Ob Gerome mir bewusst etwas verheimlichen wollte, als er sagte, er sei den ganzen Vormittag auf dem Hof. Welche Schuhgröße er hat und ob seine Mutter ihm vorgelesen hat, als er klein war. Aber ich lasse es natürlich. Das geht mich alles nichts an. Ich wünschte mir, es wäre anders, aber offenbar vertraut Gerome mir nicht.

»Ich könnte heute anfangen, das Hühnerhaus zu streichen«, sagt er unvermittelt, und ich brauche ein wenig, bis ich gedanklich auf seiner Spur bin.

»Super Idee.« Das Hühnerhaus hat noch einen alten Anstrich, vermutlich aus dem Jahr 1748, und sieht extrem schäbig aus. Das Holz ist an vielen Stellen schon sehr rissig, und ich habe Angst, dass es meine Hühner irgendwann unter sich begräbt, wenn man es nicht wenigstens ein bisschen vor den Unbilden der nordischen Witterung schützt.

»Es bleibt bei Himmelblau?«, fragt Gerome, als wir uns zum Gehen wenden.

»Es ist Mintgrün. Ein mildes Cote-d'Azur-Grün«, korrigiere ich.

»Deine Hühner werden erblinden. Aber wenn du das so willst.«

Wir laufen gemeinsam das kleine Stück weiter zum Hof und werden dort von Hilde begrüßt, die heute einen echten Friesennerz trägt. Diese Dinger gibt es gar nicht mehr. Sie sind auch echt hässlich, zumal Hilde mit dem vielen Gelb ganz grün im Gesicht wirkt, aber offenbar hatte sie noch einen im Schrank.

Sie strahlt mich an. »Deine Gäste kommen heute Nachmittag zum Kühekuscheln!«

»Prima«, antworte ich, und mir wird ganz heiß im Gesicht, weil ich mich immer noch nicht um den Link und die Flyer gekümmert habe. Ich bin wirklich eine Nulpe. Welch ein Glück, dass Hilde die Angelegenheit in ihre starken Hände genommen hat. »Du kannst auch kommen. Musst auch nichts bezahlen.«

»Ich denke darüber nach«, antworte ich. Ich verspüre jetzt nicht so das brennende Verlangen, mich an eine Kuh zu schmiegen.

»Ich nutze dann mal die Regenpause und fange an. Du findest mich bei den Hühnern.« Gerome schlendert über den Hof, und ich verabschiede mich von Hilde und gehe ins Haus.

In der Küche treffe ich auf Klara. So weit, so normal. Aber Dr. Ewald sitzt am Küchentisch, was um diese Uhrzeit sehr selten vorkommt.

»Was machen Sie denn hier?«, frage ich erstaunt.

»Krank«, sagt er. Zumindest vermute ich, dass er es sagt, zu verstehen ist er nämlich sehr schlecht. Offenbar passieren schlimme Dinge in seinem Rachenbereich und hindern ihn am verständlichen Sprechen.

»Er hat wohl einen grippalen Infekt«, mischt Klara sich ein und stellt schwungvoll eine dampfende Tasse auf den Küchentisch vor unseren Dauermieter. Der nickt leidend. Sehr leidend. So leidend, dass ich kurz überlege, umgehend den Notarzt zu rufen, doch meine Tante schüttelt nur hinter seinem Rücken den Kopf. Dann winkt sie ab und spricht lautlos: »Eine Erkältung! Er ist ein Mann!«

Ah, okay. Das verstehe ich.

»So, Ewald. Du wirst dir jetzt einen Schal umbinden und dich ins Bett legen.«

Oh. Sie sind beim Du. Meine Tante grinst mich immer noch an. Ihr Blick ist irgendwie undeutbar. Hätte ich Hirnkapazitäten frei, würde ich mir über diesen Blick Gedanken machen. So aber mache ich mich daran, arbeitsfein zu werden und Franzbrötchen zu verkaufen.

22

Als ich nach vier Stunden in der Bäckerei ziemlich erledigt zurück auf den Hof wanke, treffe ich direkt auf meine Ferienwohnungsgäste, die sich anschicken, zu ihrer ersten Kuhbegegnung aufzubrechen.

»Viel Spaß!«, wünsche ich.

»Es regnet nicht!«, strahlen meine Gäste hocherfreut. Ein paar Tage an der Nordsee, und man wird genügsam. Zumindest was das Wetter angeht.

»Ja! Und es hat den ganzen Tag schon nicht geregnet. Wir sind guter Dinge, dass das Wetter sich bessert.« Ich lächle liebenswürdig und habe keine Ahnung, was mich zu dieser infamen Lüge animiert. Vermutlich reines Wunschdenken. Der Wetterbericht hat weitere sintflutartige Regenfälle für die kommenden Tage vorausgesagt. Und ein Sturm soll aufziehen.

Es ist ganz still im Haus, was selten genug vorkommt. Tom ist bei Yannick, meine Tante in der Apotheke, und mein Vater hat sich zurückgezogen, um zu malen. Einen Moment lang bin ich überwältigt von der Vielzahl der Möglichkeiten, die sich daraus ergeben.

Auf das Sofa legen. (Bin so kribbelig, das geht wohl nicht. Mir würde nur auffallen, dass die Zimmerdecke dringend mal gestrichen werden müsste.)

Lesen. (Leider habe ich mein letztes Buch ausgelesen

und hatte bisher noch keine Zeit, mir neuen Lesestoff zu besorgen.)

Vanilleeis direkt aus der Packung essen. (Geht bei Anwesenheit des Kindes aus pädagogischen Gründen nicht. Nun ist das Kind nicht da, aber Eis leider auch nicht.)

Eine Gesichtsmaske auftragen und die gesamte empfohlene Zeit einwirken lassen. (Nö. Keine Lust.)

Die Küche aufräumen und endlich mal die Schubladen auswischen, mit deren krümeligem Inhalt man mittlerweile sicherlich ein ganzes Brot backen könnte. (Nö. Überhaupt keine Lust.)

Zu Gerome gehen und endlich herausfinden, wo er herkommt, was der Typ mit dem dicken Auto von ihm wollte, welche Schuhgröße und welche Lieblingsfarbe er hat. (Perfekt!)

»Frau Pfeffer, wenn du gekommen bist, um mir im Weg rumzustehen, kannst du gleich wieder gehen.« Gerome streicht ungerührt weiter, während die Hennen versuchen, seine Stiefel aufzuknoten. Er ist offenbar ein gern gesehener Gast im Hühnergehege.

»Tolle Farbe, oder?« Ich habe meinen Plastikstuhl aus dem Busch gezerrt und stelle ihn jetzt neben das Hühnerhaus, um darauf Platz zu nehmen.

»Wenn man Ambitionen hat, sich die Netzhaut zu zerstören, ja.« Er guckt noch nicht mal in meine Richtung. Und ich gebe zu, die Farbe ist schon ein wenig penetrant. Das bleicht aber sicher noch aus. So in zwanzig Jahren.

»Frau Pfeffer, kannst du bitte wieder gehen? Du störst

mich. Ich bin gerade sehr beschäftigt.« Endlich dreht er sich zu mir um. Ein wenig der hellblauen Farbe klebt an seiner Wange und harmoniert dort hervorragend mit dem tiefen Blau seiner Augen. Außerdem grinst er, was seine Worte Lügen straft.

»Nö. Ich bleibe. Gehört alles mir hier. Außerdem darfst du gerne Lilly zu mir sagen.«

»Ich mag deinen Nachnamen. Pfeffer. Klingt sehr apart.« Er dreht sich wieder um und streicht ein Brett fertig. »Lilly. Wir werden nicht über mich sprechen. Bisher habe ich noch keinen Kettensägenmord begangen, insofern besteht keinerlei Veranlassung dazu. Lass uns lieber über dich sprechen.« Er steckt den Pinsel in die Farbdose, schnappt sich einen alten Eimer, dreht ihn um und hockt sich neben mich.

»Wie kommst du darauf, dass ich über dich sprechen möchte?«, frage ich ein wenig perplex.

»Ich sehe, dass dir etwas auf der Zunge liegt«, antwortet er, und ich bin ernstlich irritiert, dass er mein Gesicht zu lesen scheint wie ein offenes Buch.

»Über mich müssen wir auch gar nicht sprechen«, sage ich nachdrücklich. »Du kennst mein Leben. Es findet jeden Tag direkt vor deinen Augen statt.«

»Lilly. Du behauptest, ich sei verschwiegen. Dabei bist du diejenige, die niemals über sich spricht.«

»Das stimmt überhaupt nicht. Du weißt alles über mich«, empöre ich mich.

»Doch, das stimmt. Nehmen wir doch mal Marius, den durchgeknallten Piloten, der zufällig auch der Vater deines Sohnes ist. Der taucht hier so auf, bringt alles durcheinander, dein Kind braucht Wochen, um sich davon zu erholen, und du sagst ... nichts.«

Ich finde die Richtung, die dieses Gespräch nimmt, ausgesprochen unschön.

»Was fällt dir eigentlich ein?« Das ist das Einzige, was *mir* dazu einfällt. »Du hast doch keine Ahnung. Marius ist der Vater meines Sohnes. Den kann ich nicht ändern, aber mein Kind braucht seinen Vater. Und wenn der so ist, wie er ist, kann ich das nicht ändern.«

»Ich finde ihn dreist.« Gerome streckt, offenbar entspannt, die Beine von sich und verschränkt behaglich die Hände vor dem Bauch. »Er kommt hier an und explodiert wie ein Sprengsatz in eurem Leben.«

Damit hat er zwar nicht unrecht, dennoch steht es ihm wirklich nicht zu, das zu äußern.

»Wenn man Kinder hat, muss man manchmal auch Dinge hinnehmen, die einem vielleicht nicht so passen.«

»Ich weiß nicht, Lilly, muss man das? Vielleicht nimmst du viele Dinge einfach so hin. Dabei könntest du sie ändern.«

»Was soll ich deiner Meinung nach denn ändern?« Meine Stimme faucht jetzt. Das kann ich leider nicht ändern.

»Wer bist du eigentlich, Lilly Pfeffer? Du bist so eine außergewöhnliche Frau, aber du stehst dir dauernd selbst im Weg. Darum bekommst du diese Pension auch nicht auf die Reihe! Du hast Angst, richtig anzupacken, weil es vielleicht schiefgehen könnte.«

Ich merke, wie es bei diesen Worten in meinem Innersten rumort. »Ja, du musst das gerade sagen!«, sage ich bemüht leise, weil ich sonst wohl schreien müsste.

»Du bist klug, Lilly«, macht er einfach weiter. »Und du bist so ein warmer Mensch. Alle fühlen sich wohl in deiner Gesellschaft, weißt du das eigentlich? Du siehst das gar nicht. Stattdessen bemitleidest du dich selbst.« Er zuckt die Achseln. »Ich weiß einfach nicht, was du hier machst.« So wie er es sagt, klingt es wie der Abschluss unseres Gespräches. Ich kann einfach nicht fassen, was er mir da an den Kopf geworfen hat.

»Ehrlich gesagt, weiß ich gerade auch nicht mehr, was *du* hier noch machst. Ich mache das, was ich mache, gerne. Wenn dir das nicht passt, kannst du ja gehen.« Ich stehe so schwungvoll auf, dass meine Hennen erschrocken das Weite suchen. »Und immerhin habe ich ein Zuhause. Auch wenn es an vielen Stellen kaputt ist. Und ich habe eine Familie, auch wenn sie klein ist. Aber für mich gibt es einen Ort, an den ich gehöre. Das finde ich wichtiger als alles andere im Leben.« Er öffnet den Mund, aber ich spreche weiter. »Also komm mir nicht mit der Nummer ›Du hättest es weiter bringen können im Leben‹. Im Gegensatz zu dir führe ich ja wohl ein ziemlich normales und unauffälliges Leben, und das reicht mir!«

»Du kannst mein Leben gar nicht beurteilen.« Gerome ist ebenfalls aufgestanden. Die Hühner scharen sich um Marco Polo, der sie sicherheitshalber im hinteren Bereich beim Nussbaum versammelt hat und uns scharf aus seinen kleinen Knopfaugen beobachtet.

»Nein. Aber du meines auch nicht«, schnauze ich, dass die letzten Blätter am Nussbaum erzittern.

Marco Polo sagt leise: »Book!«

»Und soll ich dir mal was sagen? Die Tatsache, dass ich

ein Kind alleine großziehe, musst du mir erst mal nachmachen!« Ha! Blödmann!

»Darum geht es doch überhaupt nicht!« Nun ist auch er sauer. Aber er hat ja schließlich auch angefangen.

»Offenbar haben wir unterschiedliche Prioritäten, und ein Zuhause haben gehört für dich nicht dazu.«

»Doch, das tut es«, sagt er kalt. »Aber die Tatsache, dass auch du nur nach Äußerlichkeiten urteilst, spricht ja wohl für sich.«

»Du«, ich zeige mit dem Finger auf ihn, »hast ja wohl angefangen.«

Wütend stapfe ich ins Haus. Dort fange ich an, die Küche zu putzen. Ich muss mich ablenken. Es ist allerdings nur ein kurzes Glück, Schubladen auszuwischen, denn wenn man sie schließt, hat man ja von dem ganzen Glanz nichts mehr. Meine Sippe kehrt einträchtig zurück, Dr. Ewald wird von Klara versorgt, Tom geht unter die Dusche und ins Bett und ich keine Stunde später ebenfalls.

Aber das Gespräch mit Gerome verfolgt mich und hält mich erfolgreich vom Schlafen ab. Was sich gegen ein Uhr nachts als gute Sache rausstellt, denn plötzlich steht Holly vor meinem Bett, guckt mich an und kneift die Hinterbeine zusammen. Da ich in diesem Fall die Aufwachphase komplett überspringen kann, bin ich in drei Atemzügen in eine Jogginghose gehüpft und schiebe Holly vor mir die Treppe hinunter auf den Hof.

Holly musste dringend. Sehr dringend. Mein Parkett hätte in der heutigen Nacht das Zeitliche gesegnet, wenn ich nicht wach gelegen hätte.

Holly pupst ein wenig herum und wandert über den

Hof. Ich setze mich auf die Treppe und gucke ihm dabei zu. Es ist erstaunlich mild, und zudem hat es schon mindestens acht Stunden nicht mehr geregnet.

Ich lege den Kopf auf die Knie und lausche in die Stille, die nur durch Hollys Blähungen unterbrochen wird.

»Lilly?« Ich hebe den Kopf. Gerome steht an der gegenüberliegenden Seite des Hofes. »Ist was passiert?«

»Der Hund hat Durchfall.«

»Oh!« Im selben Moment pupst Holly erdbodenerschütternd. Ich kenne das schon, aber Gerome natürlich nicht. »Sollten wir zum Tierarzt fahren?«

»Wir schon mal gar nicht. Holly hat einen schwachen Magen und häufiger Durchfall. Vermutlich hat ihm jemand einen Keks oder etwas ähnlich Darmbakterienzerstörendes gegeben. Das Ergebnis ist das.« Ich deute auf den Hund, der mittlerweile zum Glück schon viel besser aussieht und ausgiebig an meinen verblühten Rosen schnuppert.

Gerome kommt zu mir und setzt sich ungefragt neben mich. »Ich wollte dich nicht verletzen.«

»Hast du nicht. Ich habe eine Seele aus Beton«, sage ich und winke ab.

»Ich war vielleicht ein wenig anmaßend.«

»Nicht doch. Es ist kein Problem, wenn wildfremde Menschen über mein Leben urteilen.«

Wir sitzen noch eine Weile schweigend nebeneinander, bis es doch noch anfängt zu regnen.

»Gute Nacht«, sage ich, winke Holly herbei und gehe hinein, um die Tür fest und nachdrücklich hinter mir zu schließen. Dann laufe ich die Treppe rauf, rolle mich unter meine Decke, lösche das Licht und starre im Dunkeln an die Decke. Gerome war echt fies. Zumindest würde Tom es so ausdrücken. Dennoch lässt mich das Gefühl nicht los, dass Gerome der erste Mensch seit sehr langer Zeit ist, der mich so sieht, wie ich wirklich bin.

23

Ich stehe in der Küche und bereite das Frühstück für unsere Gäste zu. Der Regen läuft an den Scheiben hinunter und hinterlässt feine Rinnsale aus Schlieren. Es ist so dunkel im Zimmer, dass ich sogar die Stehlampe angemacht habe. Die Stimmung ist irgendwie abendlich, keinesfalls käme man auf den Gedanken, dass der Tag erst anfängt. Dr. Ewald ist wieder genesen und auf dem Weg zur Arbeit. Klara sitzt vor dem Laptop und recherchiert sich durch diverse Bed-and-Breakfast-Internetseiten, um zu erkunden, wie allgemein mit Stornierungen umgegangen wird. Ich verteile Käse auf einem Teller. Zu mehr bin ich noch nicht in der Lage. Aber immerhin habe ich mein Frühstücksangebot um frisch aufgebackene Zimtschnecken und Käse erweitert. Was mich nicht weiterbringt, außer dass ich massiv an Gewicht zunehmen werde, denn meine Gäste reisen am Samstag ab und werden den ganzen Käse bis dahin niemals aufessen, womit ich das tun werde.

Neue Gäste sind nicht in Sicht, denn die vier weiteren Buchungen haben allesamt storniert. Nun will Klara sie mit Stornogebühren überhäufen und verklagen. Außerdem hält sie mich für gemeingefährlich, weil ich all diese Dinge nicht schon weit im Vorfeld schriftlich, notariell beglaubigt und durch den Papst abgesegnet habe.

Ich muss an das denken, was Gerome zu mir gesagt hat.

Dass ich die Dinge nicht richtig anpacke. Ich möchte den Regen beschimpfen, weil er meine Gäste vertreibt, und Käseteller dekorieren. Aber ich beschließe, heute mal was anders zu machen.

Ich greife nach dem Telefon, linse auf die Uhr, stelle fest, dass ich noch eine Viertelstunde habe, bis meine Gäste zu ihrem mittlerweile immer später stattfindenden Frühstück kommen, und wähle die Nummer des Ehepaares, das gestern Abend abgesagt hat. Indem sie auf den AB gesprochen haben. Was ja ein bisschen feige ist. Irgendwann in den vergangenen Stunden bin ich zu der Ansicht gekommen, dass es an der Zeit ist, die PS jetzt mal auf die Straße zu bringen.

Es klingelt, und augenblicklich fängt mein Herz an zu rasen. Ich atme tief durch, stelle mich gerade hin und stelle mir vor, ich sei Hilde.

»Stoberkötter«, meldet sich eine Frauenstimme.

»Pfeffer«, flöte ich in das Telefon. »Von Lillys Pension.« Hilde. Ich bin Hilde. Ich bin die Herrin von hundert Kühen, und ich lehre alle Dorfbewohner das Fürchten.

»Sie haben gestern Abend auf unseren Anrufbeantworter gesprochen.«

»Ja?«, sagt Frau Stoberkötter abwartend. Schade, dass sie nicht umgehend in Entschuldigungen über ihre Stornierung verfällt.

»Es ist wirklich sehr schade, dass Sie nicht wie geplant kommen konnten. Wir hatten uns schon auf Ihren Besuch gefreut und alles vorbereitet. Deshalb müssen wir bei so kurzfristigen Absagen leider eine Stornogebühr in Höhe von hundert Euro berechnen. Ich hätte das Zimmer anderweitig vermieten können, aber für sie frei gehalten, und so habe ich nun einen Leerstand. Ich danke Ihnen für Ihr Verständnis.«

»Oh«, sagt Frau Stoberkötter. Offenbar gehört sie zum Stamme der Schweigenden und Wartenden.

»Aber weil wir uns freuen würden, Sie vielleicht ein anderes Mal hier begrüßen zu dürfen, werden wir Ihnen fünfzig Prozent der Stornogebühr erlassen. Ich denke, das ist in Ihrem Sinne«, sage ich fest. Ich bin schließlich Hilde, die ihre Tochter entgegen einer Jahrtausende alten Tradition nicht Hilde genannt hat.

»Okay«, sagt Frau Stoberkötter zögerlich.

»Ich schicke Ihnen die Rechnung dann online zu, Ihre E-Mail-Adresse habe ich ja. Und wissen Sie was?« Ich mache eine kunstvolle Pause. »Wir verrechnen die fünfzig Euro dann, wenn Sie in diesem Jahr noch einmal unsere Gäste sein werden. Im Dezember haben wir noch ein oder zwei Wochenenden frei. Sie melden sich dann einfach?«

»Ja. Äh. Okay.«

»Auf Wiedersehen! Haben Sie noch einen schönen Tag! Und Grüße an den werten Gatten!«

Ich drücke das Gespräch weg und hebe den Kopf. Klara starrt mich mit gerunzelter Stirn an. Ich grinse nur. Schließlich habe ich bloß, entgegen meiner üblichen Gewohnheit, die Dinge in die Hand genommen. Ich kann den Impuls, umgehend zu Gerome zu rennen und ihm zu erzählen, dass ich total anders bin, als er denkt, nur knapp unterdrücken.

Stattdessen sage ich: »Ich setze die Storno-Regelung gleich nachher auf die Homepage und füge sie unter den Buchungsvertrag ein.« Denn zum Glück scheint Frau

Stoberkötter mindestens genauso wenig Ahnung zu haben wie ich. Aber was nirgends steht, kann auch nirgends gelten.

Da erscheinen meine Gäste zum Frühstück. Sie zeigen sich durchweg erfreut über das neue Frühstücksangebot, und die Zimtschnecken sind offenbar ein echter Renner.

»Das war toll bei den Kühen.« Mama-Gast hat die unschöne Angewohnheit, mit vollem Mund zu sprechen. »So große und sanfte Geschöpfe! Und ich habe das erste Mal echte Milch getrunken. Köstlich!«

»Ich habe das erste Mal realisiert, dass Kühe ja nur Milch geben, wenn sie ein Kälbchen haben. Ich glaube, ich werde vegan«, sagt ihr Mann und schaut unglücklich drein.

»Ich finde, dass man alles essen kann, wenn es von glücklichen Lebewesen produziert worden ist«, sage ich, denn Frau Gast hat schon zu einer Gegenkampagne angesetzt – mit etwas Schafskäse im Mund, wie ich anmerken möchte. Meine ersten Gäste sind nicht so leicht im Handling. Die streiten sich gerne. Und ihr Kind wirft gerne mit Dingen, in diesem Fall mit den frischen Pflaumen, die es beherzt auf den Boden pfeffert.

Ich sammle das Fallobst auf, bevor der Hund sich daran vergehen kann, und sage: »In diesem Ort sind die Kühe und die Hühner ausgesprochen lebensfroh. In diesem Ort muss man nicht zwingend vegan leben. Anderswo mag das durchaus Sinn machen.«

Beide nicken. Als Pensionswirtin scheint man ganz automatisch über eine gewisse Autorität zu verfügen. Die beiden nicken häufig, wenn ich ihnen zum Beispiel Ebbe und Flut erkläre, die Geschichte meiner geschichtsträchtigen Apfelbäume erzähle, den Umgang mit Günther vormache – all das lässt sie höchst interessiert nicken. Vielleicht sind die beiden einfach so und müssen in ihrem echten Leben so viele Dinge wissen, dass sie über ein wenig ländliches Fremdwissen ganz entzückt sind.

Kaum sind die drei weg, sagt Klara zu mir: »Du machst das gut.«

»Warum glaubt hier eigentlich niemand, dass ich in der Lage bin, eine Pension zu führen?«

»Das habe ich gar nicht gesagt. Ich bin auch nicht niemand. Aber liebste Nichte: Du bist diejenige, die eine Pension eröffnet, ohne sich Gedanken zu machen, wie sie die Stornofrage klären will.«

Ich habe mir da sehr wohl Gedanken drüber gemacht. Aber dann war alles ziemlich kompliziert, und dann konnte ich mich nicht entscheiden, und dann habe ich kurzerhand gehofft, dass einfach niemand storniert. Was ja nun mal komplett in die Hose gegangen ist. Weil alle storniert haben. Weil der Wettergott offenbar ziemlich schlecht gelaunt ist und das an uns auslässt.

»Du bist eine sehr gute Pensionswirtin. Die Leute lieben dich!« Sie grinst ausgesprochen fröhlich. »Man darf auch nicht vergessen, dass nichts so viel Unruhe verursacht, wie Menschen die sich erholen wollen.« Sie muss es wissen. Sie lebt in Sankt Peter-Ording, wo es in der Saison mehr Touristen als Einwohner gibt.

»Hast du noch ein Frühstück für mich?« Gerome steht in der Tür, und mein Herz wummert einmal kräftig gegen meinen Brustkorb.

»Natürlich hat sie das! Komm rein«, antwortet Klara an meiner Stelle.

»Sie muss diese Frage höchstpersönlich beantworten. Ich habe sie gestern verärgert. Eventuell sind die fetten Zeiten, in denen ich gegen kunstvoll reparierte Zaunpfähle verköstigt wurde, unwiderruflich vorbei.«

»Oh!« Klara hebt interessiert den Kopf.

»Ich habe ein Stück Gouda und eine Zimtschnecke übrig. Die kannst du gerne haben«, sage ich gönnerhaft. Tief in meinem Innersten sind nämlich immer noch Hilde-Reste zu vermelden, und die machen mich ungeahnt cool. Außerdem freue ich mich wirklich, ihn zu sehen. Auch wenn ich noch wütend auf ihn bin.

»Du musst allerdings schrecklich dankbar sein und eventuell auch auf die Knie fallen. Das konkrete Ausmaß der Dankbarkeit werde ich im Laufe des Morgens noch festlegen.«

Klara lacht. Laut, dreckig, bemerkenswert. Gerome guckt nur. Irritiert. Dann aber grinst er doch. Zumindest halb. Nachdem Klara sich wieder beruhigt hat, geht sie töpfern. Das tut sie im Atelier meines Vaters, der daraufhin angefangen hat, in der Scheune zu malen. Weswegen Günther samt den Damen in den kleinen Schuppen hinter dem Haus umgezogen ist.

Warum Klara nun hier begonnen hat, ihre Kunst auszuüben und nicht bei sich zu Hause in Sankt Peter-Ording, konnte sie uns noch nicht sagen. Aber ich vermute, es hat mit Dr. Ewald zu tun.

Ich stelle Gerome die warme Zimtschnecke vor die Nase.

»Hör mal, Lilly. Die Farbdämpfe haben mich umnebelt und mir die Sinne getrübt. Tut mir leid.«

»Klangst gestern gar nicht so trüb.« Ich setze mich schwungvoll neben ihn und gieße uns beiden Kaffee ein.

Gerome macht sich über die Zimtschnecke her, behält mich aber weiterhin scharf im Auge. Vielleicht hätte ich die Hilde-Nummer nicht abgezogen, wenn er mich gestern nicht mit seiner Einschätzung der Dinge beglückt hätte. Vielleicht. Vielleicht war er aber auch nur der letzte kleine Stein des Anstoßes.

»Gerome. Wer bist du? Wo kommst du her, wo gehst du hin?« Es wird Zeit für die Wahrheit. Immerhin weiß er ja inzwischen viel über mich, da habe ich doch wirklich ein Recht darauf, endlich zu erfahren, wer er ist.

Er hält inne und lässt den Rest der Zimtschnecke zurück auf den Teller gleiten und sieht mich eindringlich an.

»Klara sagt, dein schamanisches Krafttier ist ein Rabe. Das sei gut. Warum auch immer.« Ich fühle mich plötzlich ein wenig beklommen, und wenn ich beklommen bin, fange ich an, komisches Zeug zu reden.

Gerome beugt sich nach vorne, näher zu mir heran, woraufhin mir ganz warm wird. Als hätte jemand die Sonne angeknipst. »Sie irrt sich.«

»Warum? Sag mir nicht, dass du auch die Sterne deutest und dir einmal im Jahr in einer afrikanischen Erdhütte das Böse austreiben lässt.«

»Nein. Aber mein schamanisches Krafttier ist eine Zimtschnecke. Kein Rabe. Ich weiß gar nicht, wie sie darauf kommt.«

Mein Herz schlägt ein wenig schneller. Gleichzeitig möchte ich ihn nehmen und schütteln, bis er mir endlich erzählt, wer er ist. Dazu komme ich aber nicht mehr, denn Gerome murmelt »Lilly« und steht abrupt auf. »Ich gehe die Scheune aufräumen.«

Ich werde nicht schlau aus diesem Kerl.

Am Nachmittag in der Bäckerei ist Marijke so fröhlich, dass sie es tatsächlich schafft, mich mit ihrer guten Laune anzustecken, obwohl mir meine Verwirrung über Gerome noch ziemlich im Magen liegt. So verkaufen wir lächelnd und positive Stimmung ausstrahlend Backwaren. Als Marijke dann beim Kassieren auch noch eine kleine und sehr kunstvolle Pirouette dreht, denken unsere Kunden sicherlich, dass wir Drogen nehmen, was aber den Verkauf nicht beeinträchtigt. Das geht offenbar nach dem Motto: »Ich hätte gerne das, was sie hatte!«

Um kurz vor drei ebbt der Kundenstrom etwas ab, und so kommen wir dazu, einen Kaffee zu trinken. Ich rühre gerade Zucker in meinen Becher, als die Türglocke erneut klingelt. Marijke hat soeben ihre Füße ausgestreckt, und deshalb stehe ich auf.

Vor dem Tresen steht mein Vater. In seinem einzigen Anzug. Mit einem Blumenstrauß in der Hand. Seine wirren, grauen Haare hat er sich mit irgendetwas fest an den Kopf geklebt, und er ist offenkundig nervös.

Ich brauche ein paar Sekunden, bis ich endlich begreife, was hier vor sich geht, dann aber signalisiere ich ihm, zu warten, und drehe mich auf dem Absatz um.

So unbeteiligt wie möglich laufe ich in die kleine Küche

zurück, lasse mich auf einen Stuhl fallen, greife nach meiner Tasse und sage: »Ist für dich.«

Nein, ich lausche nicht. Ich höre nur die Dinge, die ich zwangsläufig höre, weil die beiden nicht flüstern. Das ist kein Lauschen.

Mein Vater stottert. Er stottert sonst nie. Es klingt auch so, als ob er den Text auswendig gelernt hätte. Dabei ist der Text recht simpel.

»Liebe Marijke. Ich bedanke mich herzlich für den leckeren Kuchen und möchte Sie zum Essen einladen.«

»Oh!«, ist alles, was Marijke dazu sagt. Dann herrscht Stille. Ich würde gerne aufstehen und den beiden bei ihrer schwierigen Kommunikation helfen, lasse das aber. Sind ja schließlich beide erwachsen und haben ein Recht auf schwierige Dating-Erfahrungen. Trotzdem halte ich die Luft an, bis Marijke endlich sagt: »Gerne.«

Dann befällt die beiden wieder das Schweigen. Ich stöhne innerlich auf, halte mich aber an meiner Kaffeetasse fest, um nicht doch noch nach vorne zu stürmen.

»Da ist ein sehr nettes Lokal in Tönning. Darf ich Sie dorthin einladen?« Mein Vater. Der klingt, als würde er vor fünftausend Menschen eine Rede halten.

»Ja«, haucht Marijke, und keine drei Sekunden später klingelt wieder die Ladentürglocke. Ich stehe jetzt doch auf und luge um die Ecke. Meine Chefin steht wie festgewurzelt mitten im Laden und presst den Blumenstrauß an sich. Ich grinse, und mache mich gut gelaunt wieder an die Arbeit.

24

Ja!«, sage ich freudig ins Telefon.

»Ich würde dann morgen Abend gegen acht Uhr anreisen und vier Tage bleiben?«

»Hervorragend!« Das klingt jetzt schon ein wenig, als ob ich es nötig hätte, deswegen sage ich schnell: »Ein großes Glück, dass wir eine Stornierung hatten. Deswegen ist das Zimmer frei.«

»Ja, das ist super, denn das Glück war mir in letzter Zeit nicht wohlgesonnen«, sagt Frau Dehnke am anderen Ende der Leitung. Ihre Worte sollen leicht klingen, tun es aber nicht. Sie klingen fürchterlich traurig.

»Das tut mir leid«, sage ich. »Manchmal macht das Leben sonderbare Sachen.« Ich kann das sagen, ich bin die Expertin für sonderbare Sachen im Leben.

»Ja«, seufzt Frau Dehnke. »Ich kann ein paar Tage Auszeit gut gebrauchen. Wir sehen uns dann morgen!«

Ich lege auf und brülle »Juhu!«, woraufhin Holly pupst und Tom den Kopf mit einem Krachen auf die Tischplatte fallen lässt.

»Ich kann so nicht Mathe machen. Immer brüllst du in der Gegend rum. Du bist voll die Brüll-Mutter.«

»Wir haben einen Gast«, singe ich und reiße mein lethargisches Kind vom Stuhl, um ihn zu einem wilden Tänzchen durch die Küche zu animieren. Das lässt er sich natürlich nicht zweimal sagen, schüttelt seine Mathe-Depression ab und springt kreischend mit mir durch den Raum.

Als wir fertig sind, uns körperlich zu freuen, sinken wir ermattet auf die Dielen und gucken an die Decke.

»Du bist voll die lustigste Mama der Welt.«

»Ich denke, ich bin eine Brüll-Mama?«

»Ja, beides. Eine voll lustige Brüll-Mama.«

»Was genau tut ihr da?« Ich lege den Kopf in den Nacken und sehe Gerome, der aus dieser Perspektive auf dem Kopf steht.

»Das Leben genießen«, sage ich, und Tom brüllt »Voll cool!«, woraufhin Gerome lacht. Laut und ansteckend, und ich schaffe es endlich, mich zu erheben, mir den Staub von der Hose zu klopfen und mich wieder wie eine nordeuropäische Mutter mittleren Alters zu benehmen.

»Ich räume die Scheune auf, wie befohlen, aber ich kann mir auf einige Dinge, die ich finde, keinen Reim machen.«

»Du bist doch unser Gefangener«, stellt Tom daraufhin fest und streckt, immer noch am Boden liegend, die Arme und Beine von sich wie ein kleiner Schnee-Engel.

»Das ist nicht auszuschließen«, bemerkt Gerome trocken.

»Mach Mathe, Kind!«, befehle ich in bester Feldwebel-Manier und folge Gerome in die Scheune.

Dort bleibe ich mitten auf dem festgetretenen Lehmboden stehen. »Was ist das?«

»Kunst«, erwidert Gerome und stellt sich neben mich. Mein Vater ist mit all seinen Malutensilien umgezogen und hat sie großzügig in unserer riesigen und uralten Scheune verteilt. Daraus ergibt sich ein interessantes Chaos. Das ist es allerdings nicht, was meine Aufmerksamkeit so fesselt. Chaos bin ich schließlich gewohnt. Es ist das kleine Bild, das auf der Staffelei steht und mir entgegenleuchtet.

»Das ist wunderschön!« Im Normalfall verstehe ich die Bilder meines Vaters nicht. Sie sind oft bunt, das ist aber auch schon das Einzige, was ich darüber sagen kann. Bunt und wild. Dieses Bild nicht. Dieses Bild ist wahrhaft schön, obwohl ich gar nicht sagen könnte, was es darstellen soll. Alles ist zart. Die Pinselführung, die Farben, die Formen.

»Man schaut es gerne an«, sagt Gerome, der, die Hände in den Hosentaschen, dicht neben mir steht.

»Ganz ehrlich? Mein Vater hat noch nicht so viele Bilder gemalt, die man gerne anschauen möchte, deswegen ist das hier wirklich außergewöhnlich.«

»Er hat gesagt, dass er in eine neue Phase eingetreten ist. Das war, bevor er mir strikt verboten hat, mich seinen Pinseln zu nähern.«

Ich bin ergriffen. Offenbar ist ein neues Zeitalter auf dem Pfeffer-Hof angebrochen. Ich brumme Menschen Storno-Gebühren aufs Auge, und mein Vater malt schöne Bilder. Vielleicht kann Tom ab heute rechnen?

Gerome, der immer noch direkt neben mir steht, betrachtet versonnen das Bild, und ich betrachte sein Profil. Ich sehe ihn gerne an. Eine Tatsache, dir mir in genau diesem Moment sehr deutlich bewusst wird.

»Was guckst du mich so an?«, fragt Gerome, ohne den Kopf zu wenden.

»Weiß nicht.«

»Hör auf.«

»Kann nicht.«

»Guck mich nicht so an, bitte.« Er spricht jetzt ganz leise. Mit einem flehentlichen Unterton. Was wohl passieren mag, wenn ich einfach weitergucke?

Es passiert ein Kuss. Ich glaube, ich habe mit dem Küssen angefangen. Sicher bin ich mir nicht. Es könnte auch sein, dass er mich zuerst geküsst hat. Seine Lippen liegen sanft und warm auf meinen. Seine Fingerspitzen ruhen plötzlich auf meiner Wange. Etwas in mir fängt Feuer. Es ist kein sanftes Aufglimmen, eher ein Feuersturm, der sich plötzlich rund um mein Herz ausbreitet.

Gerome löst seine Lippen von meinen, aber sein Gesicht ist immer noch direkt vor mir. Er öffnet den Mund, wohl um etwas zu sagen, aber ich schüttle den Kopf.

Das hier war ein Wunder, wir dürfen nicht darüber sprechen. Küsse fallen nicht einfach so vom Himmel. Vermutlich passiert das nur einmal in tausend Jahren. Unser Kuss ist vom Himmel gefallen, darüber dürfen wir nicht sprechen. Gerome klappt den Mund wieder zu. Stattdessen erscheint ein klitzekleines Lächeln in seinem rechten Mundwinkel.

»Danke für diesen wunderbaren Kuss«, flüstert er.

»Hier seid ihr!« Gerome und ich zucken zusammen, als Klara in die Scheune geschossen kommt. »Lilly, dein Vater braucht Beratung. Aber berate ihn bitte in Richtung der Jeans und des blauen Hemds, und bestärke ihn *nicht* in dem Ansinnen, in seinem Anzug zu seinem Date zu gehen. Und er muss etwas mit seinen Haaren machen. Er sieht aus, als hätte er mit einem Motorradhelm auf dem Kopf geschlafen.«

»Heute?« Ich klinge ein wenig atemlos, was Klara dazu

veranlasst, mich genauer anzuschauen. »Alles klar? Du siehst verwirrt aus.«

Ich nicke schwach.

»Hat er heute sein Date?«

Jetzt nickt sie. »Er holt seine Holde um sechs ab. Ist dein Auto sauber?«

»Mein Auto war sauber, als es aus der Fabrik gekommen ist. Das ist jetzt sicherlich zwanzig Jahre her.«

»Dann muss das noch hergerichtet werden. Er kann sie ja nicht mit einer Müllhalde auf Rädern abholen«, entscheidet Klara und verschwindet wieder. Womit auch klar ist, dass ich erst beraten und dann putzen werde.

»Dann los!«, sagt Gerome munter und bleibt stehen. Wir stehen so lange herum, bis mein Vater mich ruft. Mit schrillen Anteilen in der Stimme, was auf den Grad seiner Panik schließen lässt. Ich glaube, es ist das zweite Date in seinem Leben, und das erste ist ja nun auch schon Lichtjahre her.

»Papa! Ich komme!«, brülle ich durch das Scheunentor zurück.

Dann sehe ich Gerome an.

»Ich weiß nicht, was ich sagen soll.« Er lächelt. Es ist das erste Mal, dass in Geromes Gesicht eine gewisse Unsicherheit erkennbar ist. Der raubeinige Gerome ist offenbar doch nachhaltig beeindruckt.

»Ich auch nicht«, antworte ich und muss grinsen.

Er rollt die Augen. »Das ist mir noch nie passiert«, sagt er ganz leise.

Wir schweigen noch einen Moment

Dann streicht er mir sanft über die Wange.

»Du wirst jetzt gebraucht. Wir sehen uns später!«

Ich nicke nur, und dann flitze ich über den Hof zu meinem Vater, der in der geöffneten Haustür steht und erheblich derangiert aussieht. Klara hatte recht: Er muss mit einem Motorradhelm genächtigt haben.

»Was soll ich anziehen?«, fragt er mich atemlos, kaum dass ich den Flur betreten habe.

»Was willst du denn anziehen?«

»Den Anzug. Den ziehe ich immer zu wichtigen Anlässen an.«

Hm. Nun ja. Diese Information ist nicht neu, und ganz Schönbühl weiß das.

»Vielleicht solltest du heute mal etwas Neues probieren«, sage ich freundlich.

»Was denn?« Er sieht wirklich erschüttert aus.

»Eine Jeans? Ein Hemd?«

»Deine Tante schickt dich!«, erkennt er natürlich sofort. Eventuell war meine Taktik auch nicht sehr geschickt, aber ich stehe immerhin noch unter dem Einfluss des Kusses.

»Ja, aber sie hat auch recht. Jeans und Hemd sind wirklich schick und dem Anlass angemessen. Papa, ich werde sogar mein Auto für dich putzen! Mach mal Modenschau, los!«

Er seufzt tief und sehr schwer, verschwindet dann aber nach oben, um ein paar Minuten später in einer Jeans und einem hellblauen Hemd wieder herunterzukommen.

»Großartig!«, sage ich und verschränke die Arme. »Lass dich von deiner Date-erfahrenen Tochter beraten.«

Mein Vater brummt irgendetwas Unverständliches. Aber ich habe keine Zeit mich damit zu befassen, denn ich muss ja noch meinen fahrbaren Hobbit ausgehfein machen. Also schnappe ich mir Lappen und Eimer, klemme mir eine Mülltüte unter den Arm und laufe zurück zur Scheune, hinter der der Müllkübel mit Rädern herumsteht.

Gerome trägt gerade fleißig Gartengeräte von einer Ecke in die andere. Er scheint im Ordnungschaffen ungefähr so talentiert zu sein, wie im Zaunpfahlreparieren. Als ich in die Scheune stapfe, hält er inne und lässt die drei Harken sinken.

»Hallo«, sagt er, was ziemlich unpassend ist, immerhin haben wir uns vor neuneinhalb Minuten noch geküsst.

»Hallo«, sage ich und bleibe ebenfalls stehen. Die Stille in der Scheune ist fast greifbar, aber sie ist nicht unangenehm. Schließlich zwinkert Gerome mir zu, dreht sich um und macht sich wieder daran, das Chaos von A nach B zu tragen.

25

»Und wie lautet deine Theorie, warum das alles in deinem Auto lag?« Gerome hat sich zu mir gesellt und hockt auf einem kleinen Schemel, den er in der Scheune gefunden hat. Vermutlich ist der Schemel zweihundert Jahre alt, und Hildes Uroma hat darauf die Kühe gemolken. Wie er dann zu uns gelangte, wird sein ewiges Geheimnis bleiben.

Was Gerome so bestaunt, liegt vor mir auf dem Boden. Es handelt sich um eine fröhliche Mischung aus bunten Wechselklamotten, einer Zeltstange, meinem lange vermissten Föhn, und steinharten Gummibärchen in Farben, die heutzutage bestimmt schon lange nicht mehr von der Lebensmittelbehörde erlaubt sind.

»Das sind halt Dinge, die ich gerne dabeihabe.«

»Hm«, macht Gerome. »Das macht Sinn. Du bist wohl gerne vorbereitet, was?«

»Was leider gar nicht vorbereitet ist, ist die Gästewohnung für morgen«, seufze ich. Das müsste ich dringend machen. Aber ich will noch einen Moment einfach bei Gerome sein.

»Mama! Liest du mir aus dem Drachenbuch vor?«

Tom steht plötzlich neben meinem Auto. Ein Blick auf die Uhr sagt mir, dass es tatsächlich dringend Zeit fürs Bett ist. Und dass Frau Dehnke jede Minute ankommt. »Geh schon mal hoch, und putz dir die Zähne. Und zieh den Schlafanzug an. Ich komme gleich und bringe dich ins Bett.«

»Ich will, dass du das machst.« Argh. Mit Knatsch-Ton vorgebracht. Er klingt, als wäre er stark vernachlässigt und müsste sich jeden Abend alleine ins Bett bringen.

»Ich kann jetzt nicht«, sage ich und blicke zu Holly, der auch plötzlich aufgetaucht ist. Er sagt nichts – was ein Glück, dass Hunde nicht sprechen können –, aber er guckt dafür elendig und mit triefendem Blick. Er hat Hunger.

»Lilly?« Gerome sieht mich an. »Besteht die Möglichkeit, dir irgendwie zu helfen?«

»Du könntest das Bett in der Gästewohnung beziehen«, schlage ich vor, woraufhin Gerome lacht. »Guter Witz. Anderer Auftrag.«

»Dann füttere bitte den Hund. 255 Gramm Hundefutter, genau abwiegen, einen Esslöffel von dem Öl, das neben dem Sack steht, und dann noch etwas Feenstaub und ein Stück Maniok-Wurzel, das du bitte vorher pulverisierst. Ganz genau so machen, sonst fängt er wieder an zu pupsen.«

Gerome sieht mich an. Mit großen Augen, die mir die Knie weich werden lassen. »Ich werde es ganz genau so machen. Traust du mir zu, dass ich diesen Spezialauftrag ausführe, ohne mir die Einzelheiten vorher zu notieren?«, fragt er noch und verschwindet dann lächelnd mit Holly im Haus. Während ich zur Gästewohnung laufe und unterwegs noch Papas neues Bild aus der Scheune hole, überlege ich kurz, ob Gerome nicht auch einfach Tom ins Bett bringen könnte. Bisher gibt es in Toms Leben nur seinen durchgeknallten Vater. Meine wirklich überschaubaren Dates hat er nie zu Gesicht bekommen. Nun habe ich Gerome geküsst. Den kennt Tom schon. Und er mag ihn. Wilde Gedanken schießen mir durch den Kopf, und ich erschlage sie kurzerhand. Es war nur ein Kuss, rufe ich mich zur Ordnung. Ein zufälliger, ungeplanter, geschenkter Kuss. Sehr selten im echten Leben, aber eben nur ein Kuss. Ja, ich finde Gerome fantastisch. Aber welche Bedeutung haben solche Erkenntnisse schon, wenn man die Verantwortung für einen Siebenjährigen trägt?

Sehr passend und der Situation angemessen informiert mein Unterbewusstsein mich genau in diesem Moment über das von mir heimlich beobachtete Treffen zwischen Gerome und den Hamburger Anzugtypen, und ich kühle innerlich augenblicklich auf arktische Kälte ab. Ich weiß nichts von Gerome. Und vielleicht möchte ich ja auch gar nicht mehr wissen.

Ich hänge Papas Bild auf und mache mich daran, das Bett zu beziehen. Was bei mir erfahrungsgemäß etwas länger dauert. Zwischendurch kommt mein Vater vorbei und lässt sich bewundern, was ich, halb im Spannbettlaken eingewickelt, auch tue. Er freut sich, dass ich sein Bild aufgehängt habe. Dann zieht er von dannen. Auf zu dem zweiten Date in seinem Leben.

Ich klettere über das Bett und ziehe alles in Form. Sieht ganz gut aus. Wenn man die Deckenleuchte nicht anschaltet. Ich hoffe, Natalie Dehnke mag dämmriges Licht. Ich stelle noch kurz die Vase mit der hübschen Hortensienblüte auf den Nachttisch und renne dann im Laufschritt ins Haus. Tom sitzt auf dem obersten Treppenabsatz und liest. Weder ist er betttechnisch gekleidet, noch hat er sich das Gesicht gewaschen.

»Warum bist du noch nicht fertig?«

»Oh!«, sagt er nur. Offenbar hat ihn der Auftrag, sich fertig zu machen, erreicht, ist dann aber von einem intensiven Fremdimpuls (dem Buch) überlagert worden, womit Ersteres kurzerhand von der Festplatte gelöscht wurde.

»Oh Tom! Ich habe heute so gar keine Zeit, und du machst es nicht wirklich besser!«

Er guckt verschreckt. Aber ich weiß, dass ihn solche Aussagen tief in seinem Innersten nicht wirklich jucken. Der weiß, dass ich ihn liebe. Immer. Auch wenn er wichtige Aufträge vergisst.

In Warpgeschwindigkeit stecke ich ihn in seinen Schlafanzug und putze ihm die Zähne. Kann er theoretisch alles alleine, aber dann brauchen wir noch eine Stunde. Mindestens. So geht es schneller, und uns sieht ja zum Glück auch keiner. Klara wird immer ganz pädagogisch, wenn sie mich dabei erwischt. Weil er das in seinem Alter alles alleine machen muss. Sagt sie. Aber weder muss sie dringend zur Arbeit noch Gäste empfangen, noch über ihr durcheinandergeratenes Gefühlsleben nachdenken, insofern kann sie das nicht wirklich beurteilen.

Ich transportiere Tom ins Bett, decke ihn zu, beschwöre alle Götter, die mir in den Sinn kommen, um Schutz und gute Nachtruhe, knipse das Licht aus und erreiche gerade den Treppenabsatz, als es an der Tür klingelt.

Holly schießt um die Ecke und macht einen auf fiesen, bösartigen Hund. Offenbar hat die kurz zuvor stattgefundene Fütterung Energiereserven freigesetzt, die er jetzt abarbeitet.

»Schluss!«, zische ich und renne die Treppe hinunter. Dann schiebe ich den wild kläffenden Köter kurzerhand aus der Diele und schließe die Tür hinter ihm, um nahezu zeitgleich die Haustür aufzureißen.

Natalie Dehnke guckt mich groß an. Was sie wirklich gut kann, denn sie hat kugelrunde, strahlend blaue Augen mit gebogenen Wimpern, die nie im Leben echt sein können.

»Ist der Hund gefährlich?«, fragt sie statt einer Begrüßung, und ich schüttle energisch den Kopf. Holly kläfft allerdings immer noch hysterisch weiter, und ich möchte ihn erst auf den Mond schicken und dann im Erdboden versinken. Das macht er doch sonst auch nie!

»Er klingt nur so, aber er ist sehr nett.«

»Ich möchte das in Zweifel ziehen«, sagt Frau Dehnke ernst, und ich würde mir am liebsten die Finger ins Ohr stecken, um zu überprüfen, ob mein Gehör noch funktioniert. Sie möchte das in Zweifel ziehen?

»Das brauchen Sie nicht in Zweifel zu ziehen, das ist so«, sage ich so freundlich, wie mir möglich ist. Ein paar Sekunden stehen wir einfach so herum. Sie, weil sie wohl noch zweifelt, ich, weil mir diese Frau in ihrem bunten Gewand und mit den grellrosa Turnschuhen an den Füßen äußerst suspekt ist.

»Kommen Sie doch herein«, sage ich schließlich und trete zur Seite. »Der Hund ist im Wohnzimmer, und er ist eigentlich ein sehr netter Hund. Ich weiß nicht, was er heute hat.« Was nicht ganz stimmt. Denn als ich mich noch einmal umdrehe, um Holly durch die kleinen Glaseinsätze der Tür hindurch einen bösen Blick zuzuwerfen, entdecke ich den Grund für seine Hysterie. Spinne. Große Spinne. Ich sortiere meine Gesichtszüge und sehe wieder zu Frau Dehnke. Ich finde großer, böser Hund ist besser als wirklich große, fiese Spinne.

»Vielleicht liegt es an mir?«, flüstert Frau Dehnke, ohne hereinzukommen.

»Äh. Nein. Bestimmt nicht.« Das überzeugt sie zumindest so sehr, dass sie sich über die Türschwelle wagt. Holly dreht durch. Komplett und eventuell unwiderruflich. Er kläfft und starrt uns wie ein Irrer an. Dazu kratzt er mit den Pfoten wie verrückt an der Tür.

Vermutlich hat auch die Spinne sich bewegt. Ich sehe an Frau Dehnkes Gesichtsausdruck, dass sie kurz davor ist, wieder zu fahren, und fasse sie am Arm, um zu verhindern, dass sie sich umdreht und in den Abend verschwindet.

»Atmen Sie tief durch!«, befehle ich. »Das ist Holly, und Holly ist ein freundlicher, zurückhaltender und angenehmer Zeitgenosse. Eigentlich immer, bis auf jetzt.«

Sie guckt mich an, als hätte ich nicht mehr alle Tassen im Schrank. Ich kann es ihr nicht verübeln. Holly benimmt sich gerade wie der kleine Bruder von Cujo.

»Wenn er sich so benimmt, gibt es immer ein Problem mit dem allgemeinen Energiehaushalt«, sage ich in meiner Verzweiflung. »Die Energie ist manchmal verschmutzt, durch Schmerz und negative Umwelteinflüsse. Er merkt das sofort.« Halleluja! Wann habe ich das letzte Mal so viel Mist auf einmal erzählt? Aber es scheint zu wirken. Frau Dehnke entspannt sich ein wenig, und ihre Fluchttendenz ebbt ab. Ich bin durch Klara gut vorgebildet und habe das kleine Amulett mit dem eingearbeiteten Rosenquarz um ihren Hals richtig gedeutet. Außerdem trägt sie einen Ring mit sonderbaren Symbolen. Sie ist mindestens so esoterisch angehaucht wie meine Tante. Wenn sie wieder fährt, wird es finanziell sehr eng. Wenn ich Holly deswegen zu einem Energie-Verschmutzungs-Suchhund machen muss, tue ich das. Ich bin jung und brauche das Geld. Andere Leute ziehen sich nackt aus.

»Möchten Sie einen kleinen Abendsnack essen?«, frage ich, aber Frau Dehnke starrt nur auf den wilden Holly.

»Was'n los?«, ertönt Toms verschlafenes Stimmchen aus dem Obergeschoss.

»Nichts, Tom. Geh wieder ins Bett. Holly spinnt. Das hier ist Frau Dehnke. Sie ist unser Gast.«

Tom geht aber nicht ins Bett, sondern kommt die Treppe heruntergewankt. Wer hat ihm denn diesen verwaschenen, viel zu kleinen Bob-der-Baumeister-Schlafanzug angezogen? War ich das vorhin? Ich muss Tomaten auf den Augen gehabt haben.

Artig reicht mein Sohn Frau Dehnke die Hand, die daraufhin verzückt lächelt. »Sie haben ja ein Kind«, haucht sie mir zu, und ich nicke.

Tom wankt weiter, öffnet die Flurtür und sagt: »Schnauze!«

Holly klappt augenblicklich das Maul zu, wedelt ein paarmal beschwichtigend mit der Rute, dreht sich um und wandert zu seinem Nachtlager. Frau Dehnke ist beeindruckt. Ich auch. Kurz spiele ich mit dem Gedanken, Tom gleich noch die Rettung der Spinne aufzutragen, aber ich möchte Frau Dehnke nicht noch mehr ängstigen.

»Kindliche Auren sind so rein, da ist er sofort entspannt«, sage ich und möchte meinen Kopf gegen etwas Hartes schlagen.

Tom murmelt »Nacht!« und geht wieder ins Bett.

»Möchten Sie etwas essen?«, greife ich die Frage vor Toms Auftauchen wieder auf, aber Frau Dehnke schüttelt nur den Kopf. »Dann bringe ich Sie mal rüber, damit Sie Ihr Zimmer beziehen können. Frühstück gibt es ab acht.« Sie wirft einen zweifelnden Blick ins Wohnzimmer. »Der Hund ist morgens immer mit meinem Vater unterwegs. Aber der wird Sie schon noch mögen, keine Sorge. Außerdem haben wir hier viele Möglichkeiten«, hoffentlich trifft mich nicht gleich der Schlag, bei dem vielen Unsinn, den ich hier erzähle, »uns um Ihre Aura zu kümmern. Und wir fangen gleich morgen an!«

»Oh ja! Das ist auch wirklich notwendig!«

Wir dackeln über den mittlerweile dunklen Hof. Ich sehe Licht bei Gerome, aber er hat die Vorhänge zugezogen und muss sich wohl von unserem heutigen Abenteuer erholen.

Ich schließe die alte Holztür auf und trete zur Seite, damit Frau Dehnke vor mir eintreten kann. Meine beiden kleinen Gästewohnungen haben einen großen Auftritt verdient, bei dem ich nicht im Weg stehen möchte.

»Wunderschön! Ich dachte immer, Urlaub an der Nordsee wäre total spießig!«, ruft Frau Dehnke augenblicklich.

»Hier nicht«, entgegne ich und stelle Frau Dehnkes Reisetasche auf den Boden neben dem kleinen Sofa.

»Wer war Ihr Innenarchitekt?«

»Äh?«

»Mir gefällt die Farb- und Materialkombination total gut. So nordisch gemütlich.« Sie deutet auf die blassblau gestrichene Vertäfelung hinter dem weißen Bett.

»Ich bin die Innenarchitektin«, erkläre ich, nicht ohne Stolz. Die Möbel stammen von einem großen schwedischen Möbelhaus, dem Flohmarkt und aus diversen Scheunen hier in Schönbühl. Aber das muss ich meinem neuen Gast ja nicht auf die Nase binden. Anerkennend nickt Frau Dehnke und bleibt offenbar fasziniert vor dem neuen Bild meines Vaters stehen.

»Und wer ist der Künstler?«

»Mein Vater. Er ist ein angesehener Maler der Region. Und auch überregional hat er sich schon einen Namen gemacht.« Nun, vermutlich werde ich heute Abend noch mit dem Bambi für Blödsinn-Erzählen ausgezeichnet.

»Eine außergewöhnliche Pinselführung!« Frau Dehnke steht mit der Nasenspitze dicht vor Papas neuestem Werk.

»Ja, sehr außergewöhnlich«, bestätige ich.

Ich muss an meinen Vater denken, und wie ich ihn vor Kurzem seit langer Zeit wieder mit einem Bleistift und einem weißen Blatt Papier gesehen habe. Früher hat er viel gezeichnet, auch um mich mit seinen Darstellungen von Hunden, Blumen und Wolken zu erheitern. Ob er jetzt vielleicht auch für Tom zeichnen wird? Abrupt dreht Frau Dehnke sich um. »Ich bin sehr froh, hier sein zu können.«

»Das freut mich. Wie haben Sie uns denn gefunden?« Wichtig für meine neu begonnene Statistik.

»Ihr Bed and Breakfast war eine Empfehlung. Die eines sehr guten Freundes, der das Besondere auf den ersten Blick erkennt.«

»War er denn schon mal bei uns?« Das überrascht mich, denn meine Gästeschar war bisher recht übersichtlich.

Sie lacht auf. »Das weiß ich nicht. Ich kann es mir eigentlich nicht vorstellen.«

Ich warte noch ein paar Sekunden, ob es noch eine Aufklärung über diesen sonderbaren Sachverhalt gibt, aber Frau Dehnke gähnt stattdessen herzhaft, worauf ich mich verabschiede.

26

»Wow!« Gerome hat noch feuchte Haare vom Duschen und steht mitten in der Küche. Seine Bewunderung gilt leider nicht mir, sondern meinem grandiosen Frühstück. »Endlich ein Gäste-Frühstück!«

Vor ihm stehen Zimtschnecken, Eier, frisches Brot und eine Obst-und-Käse-Platte. Ich halte inne und sehe ihn genauer an. Der Kuss hat etwas mit mir gemacht. Bei Geromes Anblick fängt etwas in meinem Innersten heftig an zu kribbeln. Ich bin so sehr auf dieses neuartige Gefühl in mir konzentriert, dass ich gar nicht richtig mitbekomme, was Gerome sagt.

»Bitte?«, frage ich und säble mir bei dem Versuch, meine Gedanken wieder unter Kontrolle zu bringen, mit dem Brotmesser glatt in den Finger. »Mist!«, fluche ich und halte den blutenden Finger sofort unter den Wasserhahn.

»Ich rette dich«, murmelt Gerome und greift nach einem Handtuch, das er mir um den Finger wickelt. Und wo er schon mal ganz nah bei mir ist, bleibt er auch gleich stehen und schaut mir tief in die Augen.

»Guten Morgen!«, ruft es von der Küchentür, und ich rücke ein kleines Stück von Gerome ab. »Ist der Hund hier?«

»Nein, ist nicht da!«, rufe ich zurück. »Kommen Sie rein, Frau Dehnke. Das Frühstück ist fertig!«

Natalie Dehnke scheint meinen Worten nicht recht Glauben zu schenken, denn sie kommt vorsichtig um die Ecke geschlichen. Ihre Augen suchen den Raum ab. Sie scheint wirklich zu glauben, dass ich den vermeintlich blutrünstigen Hund unter dem Tisch versteckt habe, damit er sie bei erster Gelegenheit anfallen kann.

»Gerome!«, sagt sie plötzlich, und ihre Wachsamkeit ist die weggeblasen. Ein Strahlen erscheint auf ihrem Gesicht.

»Natalie«, antwortet Gerome.

Okay, die beiden kennen sich.

»Bist du tatsächlich hier?« Sie wirkt ehrlich überrascht. Und irgendwie erfreut.

Er zuckt nur die Achseln, und sie wirft mir einen knappen Blick zu. Nach ein paar Sekunden des Schweigens sagt sie: »Ah.«

Wieder Stille. Langsam komme ich mir blöd vor, mit dem Handtuch um den Finger und den beiden Menschen in der Küche, die ganz offensichtlich deshalb so befangen sind, weil ich dabei bin. Was für ein seltsamer Zufall. Woher die beiden sich wohl kennen?

»Du kannst nicht darüber sprechen«, sagt sie schließlich, und Gerome nickt andeutungsweise.

Heute tun alle sehr geheimnisvoll. Keiner scheint irgendetwas erklären zu wollen. Mein Vater hatte sich bei unserem frühen Frühstück nur sehr einsilbig zu seinem Date mit Marijke geäußert, und Klara hat um ihren gestrigen Abend ebenfalls ein großes Geheimnis gemacht.

»Haben Sie Hunger?«, frage ich und versuche damit das unangenehme Gefühl, in diesem Moment das sprichwörtliche fünfte Rad am Wagen zu sein, einfach zu übergehen. Natalie Dehnke ist mein Gast, ich brauche sie dringend, oder besser ihr Geld, und Gerome ist … nur jemand, der vorübergehend auf dem Hof hilft. Aktive Selbsttäuschung ist doch meine Paradedisziplin.

»Ja«, sagt Frau Dehnke inbrünstig, und Gerome verabschiedet sich mit einer knappen Geste. Danke auch für die Aufklärung, du Blödmann.

Frau Dehnke nimmt Platz und würdigt erst mal ausgiebig mein Frühstück. Verbal. »Das sieht ja traumhaft aus! Darf ich ein Foto machen?«

»Klar«, sage ich. Menschen, die Essen fotografieren, haben für mich zwar einen an der Murmel, aber sie ist mein Gast. Wenn sie das Frühstück fotografieren möchte, werde ich dem nicht im Wege stehen.

Sie zückt also ihr Smartphone und fotografiert den Frühstückstisch. »Was für eine tolle Butterdose!« Die fotografiert sie auch, dabei ist die Butterdose vom Flohmarkt, mintgrün und schon reichlich angeschlagen.

»Das ist ja wirklich witzig, dass Gerome hier ist«, sagt sie und greift nach einer Zimtschnecke.

»Woher kennen Sie sich denn?« Leider klingt die Frage nicht so unverfänglich wie beabsichtigt. Um davon abzulenken, gieße ich Frau Dehnke einen Kaffee ein.

»Sie werden es nicht glauben, aber das darf ich Ihnen nicht sagen!« In gespielter Verzweiflung verdreht sie die Augen.

»Klar«, murmle ich und reiche ihr das Obst. Allerdings finde ich sie nicht unsympathisch. Auch dieses sonderbare Verhalten hat ihr keine Sympathiepunkte geraubt.

Ich glaube, ich mag diese Frau, die jetzt verwundert eine der frisch gepflückten Pflaumen in der Hand hin und her dreht.

»Kommt die direkt vom Baum? Sind da Würmer drin?«

»Direkt und ohne Umwege. Vermutlich nicht, aber schneiden Sie sie lieber auf. Um sicherzugehen.«

Frau Dehnke frühstückt über eine Stunde lang, was meinen Zeitplan völlig über den Haufen wirft. Zudem haben sich meine einzigen Gäste beim Frühstück bislang weitestgehend selbst beschäftigt. Nicht so Frau Dehnke. Sie scheint weder an den Strand zu wollen noch andere Pläne zu haben. Stattdessen fragt sie mich Löcher in den Bauch. Über das Leben auf dem Land, am Meer und das Führen einer Pension. Das geht so lange, bis mein Vater und Holly von ihrer Morgenrunde zurückkehren. Erst jetzt holt Frau Dehnke mal Luft und beäugt den schwarzen Hund, der sie aber ignoriert und sich im Bruchteil einer Sekunde und ohne zu kauen sein Frühstück einverleibt. Sie kann noch nicht einmal meinen Vater richtig anschauen, als er sich vorstellt, so sehr ist sie mit der Beobachtung des wilden Tiers beschäftigt.

»Sie brauchen keine Angst zu haben«, sage ich und tätschle ihr die Hand. »Holly ist wirklich harmlos. Und vielleicht hat die Nacht am Meer Ihren niedrigen Energielevel auch schon wieder aufgeladen.« Es ist schon erschreckend, was für einen Blödsinn ich hier erzähle. Noch erschreckender ist allerdings die Tatsache, dass Frau Dehnke meinen Worten Glauben schenkt und sich tatsächlich ein wenig beruhigt, während mein Vater hinter ihrem Rücken lautlos lacht. Holly hat seinen Napf mit dem sündhaft teuren Spezialfutter für den ernährungssensiblen Hund restlos geleert und trottet jetzt zu uns herüber.

»Was soll ich machen?«, wispert Frau Dehnke, offenbar kurz vor einer Panikattacke.

»Nichts«, antworte ich und nehme ihre Hand. Holly scheint ihr ja wirklich zugesetzt zu haben. Dabei meinte er ja gar nicht sie, sondern die Mutantenspinne. Er schnuppert kurz an Frau Dehnkes rechtem Bein, wedelt freundlich mit der Rute, klaubt ein paar Krümel vom Boden und wandert dann zu seinem Körbchen. Dort tritt er erst mal voller Inbrunst das Pampasgras nieder (ein genetisches Überbleibsel seiner Wolfsvorfahren) und legt sich dann hin.

»Sehen Sie, alles prima!«, sage ich, und Frau Dehnke nickt andächtig.

»Und wenn ich ihn mal auf dem Hof treffe? Wenn Sie nicht dabei sind?«

»Dann sagen Sie ›Hallo, Holly!‹, und er schenkt Ihnen ein Hundelächeln.«

Frau Dehnke guckt skeptisch, entspannt sich aber.

»Was machen Sie jetzt?«, fragt sie übergangslos und steckt sich das letzte Stück Käse in den Mund. Die Frau hat wirklich einen gesegneten Appetit.

»Hühner füttern.«

»Kann ich mitkommen?«

»Auf jeden Fall! Das ist schließlich der erste Programmpunkt des Tages, um etwas für Ihr Seelenheil zu tun«, improvisiere ich fröhlich, und als wir auf den Hof treten, schlägt sich doch spontan und völlig unerwartet ein Sonnenstrahl durch die tief hängenden Wolken und fällt auf uns.

»Oh, wie schön!«, seufzt Frau Dehnke und bleibt stehen, die Augen geschlossen, das Gesicht zur Sonne gedreht. Ich seufze ebenfalls und stelle mich neben sie. Manchmal, denke ich, ist das Glück ganz klein, aber nicht minder schön.

27

Ich hatte keine Ahnung, dass mein neuer Gast eine Hühnerflüsterin ist. Sie kniet inmitten der Hennen im Gehege und gackert. Marco Polo hat sich in meine Nähe begeben, und gemeinsam beobachten wir das sonderbare Geschehen.

»Das nennt sich ›innige Zwiesprache zwischen Mensch und Tier‹«, erkläre ich ihm leise, doch er guckt nur verstört. Das Wetter hat sich wesentlich gebessert und erfreut uns jetzt doch tatsächlich mit ein paar wohlig warmen Sonnenstrahlen.

»Sie sind so hübsch.« Frau Dehnke hat sich wieder aus dem Schlamm erhoben und kommt zu uns.

»Na ja, das ist relativ. Aber sie sind cool. Und entspannt. Sie sollten sich eine Stunde Hühner-Therapie gönnen.« Fragend sieht sie mich an. »Es gibt keine empirischen Erhebungen, aber ich weiß, dass es der Seele guttut, sich eine Weile einfach zu den Hühnern zu setzen.« Sie streicht sich die braunen Locken aus dem Gesicht und lauscht meinen Worten. »Deswegen sollen Sie sich auf den Stuhl dort setzen und einfach mal herumsitzen, ohne etwas zu tun. Nur verweilen. Denken ist verboten.«

Als ich nach einer Stunde zurückkehre, sitzt Frau Dehnke immer noch auf dem Plastikstuhl im Haselnussstrauch.

Nur dass sie jetzt bitterlich weint. Ich krame in meiner Hosentasche nach einem Taschentuch und pirsche mich vorsichtig an sie heran.

»'tschuldigung«, schluchzt sie, als sie mich sieht, und ich halte ihr das Taschentuch entgegen. Beherzt schnäuzt sie sich, scheint eine Sekunde darüber nachzudenken, mir das nun doch sehr nasse Taschentuch zurückzugeben, entscheidet sich aber anders und stopft es in ihre Hosentasche.

»Ich wurde beschissen«, sagt sie dann dumpf.

»Von Ihrem Freund. Oder Mann«, mutmaße ich mal ins Blaue hinein. Sie nickt. »Ich wollte mich sowieso trennen, weil er ein durchtriebener, fauler Drecksack ist, der nur sein eigenes Vergnügen im Kopf hat. Völlig hedonistisch. Wenig Empathie. An erster Stelle kommt immer er selbst, dann kommt eine Weile nichts, dann kommt sein Auto und dann komme ich. Also, jetzt ja nicht mehr. Jetzt wohl die blonde Tussi mit den großen Titten, die ich in unserem Bett gefunden habe.«

»Oha!«, sage ich ehrlich ergriffen. Dann nehme ich mir einen Eimer, drehe ihn um und hocke mich darauf.

»Ich wollte mich trennen, weil *ich* mich trennen will. Jetzt will er sich trennen, weil er eine andere hat.«

»Kommt aber schlussendlich doch auf dasselbe hinaus«, wage ich einzuwerfen.

»Ich bin aber so wütend. Und traurig.« Sie sieht mich mit ihren kugelrunden Puppenaugen an.

»Ja, damit kenne ich mich aus«, sage ich leise.

»Wir wollten Kinder«, sagt sie ganz unvermittelt. Und nach kurzem Schweigen fügt sie hinzu: »Also *ich* wollte Kinder.«

»Wir sollten keine Kinder mit Idioten oder Arschlöchern bekommen.« Auch hier kann ich aus einem nicht unerheblichen Erfahrungsschatz schöpfen.

»Ist der Vater Ihres Kindes ein Angehöriger dieser Gattung?«

Ich zucke die Achseln. »Nicht auf den ersten Blick.« Ich denke an Marius' Flucht aus dem Kreißsaal. Die diversen Diskussionen um das Geld, von dem er welches hatte, ich aber, arbeitslos und mit einem Baby, nicht.

»Ein Arsch, der zu durchaus freundlichem Verhalten in der Lage ist«, sage ich schließlich. »Aber ein Arsch.«

Frau Dehnke nickt wissend. »Sie hatten übrigens recht. Die Anwesenheit von Hühnern ist sehr wohltuend. Leider kann ich auf meinem Balkon in Hamburg wohl keine halten. Die wären dort sehr unglücklich. Aber ein paar frische Eier wären wunderbar.« Sie grinst.

»Ihre Frühstückseier waren von den Nachbarshühnern. Diese hier legen nicht mehr, oder nur noch sehr selten.«

»Die Hühner dürfen bleiben, obwohl sie ihre Aufgabe nicht mehr erfüllen? Ich dachte, die landen dann im Suppentopf.«

Nachdenklich nicke ich. »Ja, sie leben einfach hier und fressen die Küchenabfälle. Und vor dem Suppentopf habe ich sie ja gerettet.«

»Es gibt nur wenige Menschen, die nicht immer auf Produktivität gucken. Sie sind eine Wohltäterin.«

Ich sehe sie intensiv an, um festzustellen, ob sie mich veralbern will, aber sie ist vollkommen ernst. »Jeder versucht doch, alles zu optimieren. Alles muss noch besser, schneller, produktiver werden. Und hier dürfen diese unproduktiven Hühner leben, wie es ihnen gefällt.«

»Na ja, sie haben genug Eier gelegt; schließlich sind es hochgezüchtete Eierlegmaschinen, die sehr lange in einer kleinen Drahtkiste ihr Dasein gefristet haben.«

»Wer immer nur nach dem Zweck des Lebens fragt, wird seine Schönheit nie entdecken«, sagt Frau Dehnke geistesabwesend. Sie blickt mich an. »Hab ich gerade irgendwo gelesen. Ich bin immer ganz stolz, wenn ich einen klugen Spruch anwenden kann.«

Sie zieht noch einmal die Nase hoch, strafft die Schultern und sagt dann ganz unvermittelt: »Sie müssen eine sehr glückliche Frau sein. Sie haben ein Kind und diesen Hof und die Hühner. Das ist wunderbar.«

Ich denke intensiv nach. In der Tat bin ich zurzeit viel glücklicher als noch vor drei Monaten. Ob es daran liegt, dass ich aktuell auf Glückssuche bin? Kommt das Glück vielleicht erst, wenn wir auch wirklich danach suchen und nicht nur darauf warten, dass es uns irgendwann findet?

Allerdings glaube ich, dass auch ein gewisser Herr eine Rolle spielt.

»Das ist wirklich wunderbar!« Frau Dehnke strahlt mich leicht debil an. Dann wird sie wieder ernst und fügt hinzu: »Ich fühle mich auch schon viel besser. Allerdings möchte ich meinen Ex immer noch töten. Oder ihn an seinen Eiern aufhängen. Oder ausweiden. Ich bin mir noch nicht sicher, was angemessen ist.«

Oh. Okay.

»Ich werde eine weitere Therapie-Stunde für Sie vereinbaren. Kostet aber vierzig Euro, Kuchen geht extra.«

»Ist das immer so bei Ihnen? Dass sie Ihre Gäste so liebevoll betreuen?«

»Natürlich!«, antworte ich und erhebe mich von meinem Eimer. Mein Hintern ist eingeschlafen, und die linke Pobacke kribbelt, als hätte ich mich in einen Ameisenhaufen gesetzt. Unauffällig reibe ich darüber. »Das ist unser Alleinstellungsmerkmal. Bed and Breakfasts gibt es viele, aber wir tun ein bisschen mehr für unsere Gäste. Wir stellen nicht nur das Frühstück hin, sondern kümmern uns auch um die seelischen Belange, auf dass sie vollkommen erholt wieder nach Hause fahren.« Ich klinge wie eine wandelnde Werbebroschüre, aber Frau Dehnke hört mir aufmerksam zu. Vielleicht sollte ich gleich mal den Text auf der Homepage überarbeiten. So etwas fällt mir sonst nie wieder ein. Ich kann offenbar nur zufällig auf die Kacke hauen.

Hilde geht nach dem dritten Klingeln dran.

»Hier ist Lilly. Ich hätte einen Gast, der dringend ein Zusammentreffen mit deiner freundlichsten Kuh benötigt. Bestenfalls jetzt.«

»Jetzt kann ich nicht. Jetzt muss ich die Bestellung für den Futtermais fertig machen. Heute Nachmittag. Nur ein Gast? Kostet aber das Gleiche. Kuchen geht extra.«

»Klar«, antworte ich. »Bei Nichterscheinen fallen Stornogebühren an.«

»Klar«, sagt Hilde. Ich habe tatsächlich viel gelernt.

»Und Hilde, noch was …«

»Hm?« Hilde klingt abwesend. Ich höre leises Tastengeklapper im Hintergrund. Zeit ist Geld.

»Frau Dehnke ist von einem Arschloch verlassen worden. Sie hat ihn in flagranti erwischt.«

Das Tastenklappern verstummt. »Dann nehme ich die Mary Sue. Die ist eine sehr liebevolle Kuh.«

Gerome bleibt den restlichen Tag verschwunden. Sicherlich aus gutem Grund. Dafür verfolgt Frau Dehnke mich mit der Beharrlichkeit eines ausgesetzten Hundes, bis ich sie endlich zu den Kühen begleite und dort in Hildes Obhut gebe.

Mein Kind macht nur eine Stippvisite, bevor es sofort wieder zu seinem Kumpel verschwindet, und der Rest der Sippe bleibt ebenfalls verschollen. Der Regen ist wieder da, also setze ich mich tatsächlich an die Überarbeitung der Homepage und fabuliere ein paar hervorragende Texte zusammen. Als ich fertig bin, hege ich den innigen Wunsch, bei mir selbst Urlaub zu machen. Dann verstecke ich die fälligen Rechnungen, mache mir einen Sekt auf und beschließe, das Beste zu hoffen. Das wohl daraus besteht, in diesem Monat noch so viel Geld mit meiner Pension einzunehmen, dass der Hundefutterlieferant mich auch nächsten Monat noch beliefert und nicht einen dubiosen Geldeintreiber zu mir auf den Hof schickt. Der Sekt prickelt köstlich, und ich nehme gleich noch einen Schluck. Ist schließlich schon dunkel draußen. Und ich muss mir dann auch nicht mehr so viel Mühe geben, nicht an die nicht vorhandenen Buchungen für das restliche Jahr zu denken. Die werden einfach weggeprickelt.

Tom kommt pünktlich, isst Haferflocken mit Milch, erzählt mir, dass er mit hundertprozentiger Wahrscheinlichkeit Astronaut oder Rennfahrer werden will, ist beleidigt, weil ich beides für zu gefährlich halte, und geht ins Bett. Ich bin immer noch alleine, und so gebe ich mich weltpolitisch interessiert und gucke die Nachrichten. Der adretten Nachrichtensprecherin nach geht die Welt bald unter.

Nervös an den Nägeln kauend starre ich wie paralysiert auf den Bildschirm. Nach zehn Minuten halte ich es nicht mehr aus und schalte den Fernseher ab. Wenn die Welt untergeht, möchte ich vorher nicht in Kenntnis gesetzt werden.

Ich trinke noch ein wenig Sekt und starre durch das Küchenfenster auf den dunklen Hof. Wo bleibt eigentlich Frau Dehnke? Und wo steckt mein Vater? Und Klara? Sollte ich mir Sorgen machen?

Wenigstens Frau Dehnke kommt ein paar Minuten später auf den Hof gewankt. Ich eile hinaus, um das Hoflicht anzumachen, das wegen Günther nicht an den Bewegungsmelder angeschlossen ist.

»Lilly, ich bin total betrunken!« Sie steht kichernd mitten im Hof, die Arme ausgebreitet und wackelt hin und her wie eine junge Birke im Wind.

Irgendwie ist das urkomisch, und ich muss auch kichern.

»Kühe sind toll!«

Ich muss so lachen, dass ich mich auf die oberste Treppenstufe hocke. Natalie – wir scheinen spontan beim Du gelandet zu sein – ist so betrunken, dass sie noch nicht mal mit der Wimper zuckt, als Holly auf den Hof geschlendert kommt und ausgiebig an ihrer Hose schnuppert.

»Er mag mich!«, lallt sie und streichelt Holly über den Kopf.

»Das liegt an deiner neuen, strahlenden Energie«, antworte ich und muss noch mehr lachen. Auch weil ich just in diesem Moment feststelle, dass sie bis hierher nach Kuhscheiße riecht.

»Ich geh ins Bett. Gute Nacht, Lilly. Dein Bed and Breakfast ist das geilste auf der ganzen Welt.« Mit diesen Worten torkelt sie hinüber zur Gästewohnung. Holly betrachtet mich mit einer Sorgenfalte zwischen den Augen.

»Hühner, Alkohol und Kühe«, sage ich zu ihm. »Mehr braucht es nicht.«

»Ist sie angekommen?« Hilde steht plötzlich mitten auf dem Hof, und ihre spontane Erscheinung löscht kurzfristig mein Kurzzeitgedächtnis.

»Wer?«, frage ich dümmlich.

»Dein Gast!« Hilde stemmt die Hände in die Seite.

»Klar. Schon im Bett. Was hast du mit ihr gemacht?«

»Kühekuscheln, Füttern, Melken, das Übliche. Dann ist sie allerdings meiner Mutter in die Hände gefallen und musste zum Abendbrot bleiben, woraufhin meine Oma sie mit Jägermeister abgefüllt hat. Ich wollte sie jetzt nicht wie ein Schulkind hierherbringen. Sie ist ja schon groß.«

Bei diesen Worten zuckt es amüsiert in Hildes Gesicht.

»Groß, wenn auch ziemlich durchgeknallt. Aber ich musste mich vergewissern, dass sie angekommen ist. Voll wie eine Haubitze, die Gute.«

Ich muss wieder kichern. Ziemlich haltlos.

»Du offenbar auch. Jägermeister?«

»Sekt«, pruste ich.

»Na, ihr habt ja ein Leben«, sagt Hilde und verschwindet wieder. Ich bleibe auf der Treppe sitzen, trinke den letzten Rest vom Sekt und warte mit einer Decke über der Schulter auf die restliche Sippe. Günther hat, zur Feier des Tages und weil Natalie tief und fest schläft, Ausgang und watschelt über den Hof, um zwischendurch immer mal wieder voller Enthusiasmus Holly anzufauchen.

Es ist kurz vor zehn, als endlich mein Vater auftaucht. Allerdings taucht er nicht einfach auf, sondern er schleicht sich von hinten auf den Hof, woraufhin natürlich Günther sofort anfängt mit den Flügeln zu schlagen und hysterische Zischlaute von sich zu geben.

Mein Vater erstarrt mitten im Schleichen.

»Papa, wo kommst du denn her?«

Mit einer dramatischen Geste fasst er sich ans Herz. »Wie kannst du mich so erschrecken? Ich bin über sechzig. Ich darf ausgehen, wann es mir gefällt.« Dann schnauzt er Günther an, der sich daraufhin beleidigt in die Scheune verzieht.

»Du kannst auch zum Mond fliegen, wenn du da Lust drauf hast, aber vorher Bescheid sagen musst du schon. Das hast *du* übrigens *mir* beigebracht. So am Rande erwähnt.«

Mein Vater steckt die Hände in seine Jeans und denkt kurz nach. »Ich muss dir recht geben«, sagt er schließlich. »Aber ich erlebe gerade eine Sturm- und Drangzeit. Rebellisches Verhalten scheint da inbegriffen zu sein.«

Bei diesen Worten ereilt mich eine seltene und hoffentlich vorübergehende Sprachlosigkeit.

»Hast du etwa auf mich gewartet? Das hat deine Mutter früher auch immer gemacht. Wenn du samstagnachts dann endlich mal nach Hause gekommen bist, habt ihr ganz oft noch am Küchentisch gesessen, und du hast von deinem Abend erzählt.« Er setzt sich neben mich. »Das sind schöne Erinnerungen. Und weil dem so ist, verrate ich dir was.« Aufmerksam betrachtet er mich, wobei er den Kopf nach hinten legt, weil er ja auf die Nähe so schlecht gucken kann. Er sieht ein bisschen aus wie ein großer, alter Schwan.

»Ich habe Marijke einen Kuss gegeben«, flüstert er.

Meine Sprachlosigkeit hält an. Ich schaue in das entspannte, glückliche Gesicht meines Vaters, und mir wird ganz warm ums Herz.

»Man kann nicht ewig trauern. Man muss auch wieder neu anfangen können. Deine Mutter hätte das so gesehen. Deswegen sehe ich das jetzt auch so.«

Er erhebt sich und geht ins Haus. Ich zaubere das letzte Glas Sekt unter meiner Decke hervor und nippe daran. Die Luft ist kühl, aber immer noch recht mild für den Herbst. Es ist nahezu windstill. Ein besonderer Moment an der See, wo die Luft eigentlich immer in Bewegung ist.

Der nächste nächtliche Hofüberquerer ist Klara, die ziemlich offensichtlich nicht von der Straße, sondern aus Dr. Ewalds Wohnung kommt. »Gute Nacht!«, strahlt sie mich an und läuft schnurstracks an mir vorbei ins Haus.

Und dann endlich taucht Gerome auf. An dem sonderbaren Gefühl der Erleichterung merke ich, dass ich tatsächlich auf ihn gewartet habe.

28

»Wo warst du?« Okay. Ich klinge wie eine Mutter, die auf ihren verspäteten Sprössling wartet.

»Weg.« Er passt sich der Situation an und klingt wie ein trotziges Kind.

»Wo ist weg?«

Mit einem Seufzer setzt er sich zu mir auf die Treppe. Mittlerweile ist es doch ziemlich kühl geworden, und er trägt nur ein dünnes Shirt. Was allerdings sein Problem ist. Soll er doch frieren und sich verkühlen. Den Platz unter meiner Decke kann ich aktuell nur mit meinem Sekt teilen.

»Lilly. Ich bin Profi im Verschwinden.«

»Natürlich, Gerome. Was bist du? Ein Profi-Killer?«

Ein Grinsen erscheint auf seinem Gesicht. »Du guckst zu viele schlechte Filme.«

»Ich gucke gar keine Filme. Dafür habe ich keine Zeit. Und eigentlich interessiert es mich auch gar nicht, wo du warst. Ist mir scheißegal!« Das war jetzt gerade eine sonderbare Verknüpfung in meinem Gehirn. Ich glaube, ich bin auch betrunken. Schockschwerenot. Schon wieder.

»Da ändert auch dieser läppische, kleine vom Himmel gefallene Kuss nichts dran, du bist mir total schnuppe.« Das ist der Punkt, an dem ich gerne aufhören würde zu sprechen. Aber ich habe die Kontrolle über die Verbindung von Hirn und Zunge verloren, deswegen geht es munter weiter: »Und was erzählt Natalie da, dass sie nicht sagen kann, woher ihr euch kennt? Was bist du? Geheimagent? Was für eine gequirlte Scheiße!« Oha. Fäkalwort-Diarrhö habe ich auch. »Und letztens hast du gesagt, du bist auf dem Hof, und dann hast du in einem schwarzen Auto gehockt. Also hast du mich angelogen.« Ich lehne mich etwas zur Tür, denn Gerome scheint irgendwie nähergerutscht zu sein. »Du bist mir total egal. Dass das klar ist.«

»Klar. Habe ich verstanden. Du bist total betrunken.«

»Das geht dich nichts an«, sage ich und klinge jetzt tatsächlich ernsthaft betrunken. Wie konnte das nach so ein paar Gläsern Sekt passieren?

»Komm, Kleine. Ich bring dich ins Bett.« Gerome ist mir so nah, dass ich seinen Atem auf der Wange spüre. Ich würde ihm gerne noch einmal sagen, dass er sich verpissen soll, aber nun ist die Verbindung zwischen Hirn und Mund abgebrochen. Ich brumme etwas, was Gerome aber nicht im Geringsten stört, stattdessen nimmt er mir meine geliebte Decke von der Schulter, stellt das Sektglas zur Seite und hebt mich hoch. Ich bin nicht sonderlich groß, aber trotzdem noch lange kein Leichtgewicht. Gerome kann offenbar mit mir besser umgehen als mit Zaunpfählen. Dankbar lehne ich mich gegen seine Brust und lausche seinem Herzen. Anscheinend bin ich doch nicht so leicht, denn als er mich die Treppe hinaufträgt, fängt sein Herz kräftig an zu wummern. Gerade frage ich mich, ob ich in meinem Erwachsenendasein schon jemals von jemandem in mein Bett getragen wurde, als Toms Stimme mich schlagartig nüchtern werden lässt.

»Mama? Ist was passiert?« Ich drehe den Kopf. Tom steht in seinem Spiderman-Schlafanzug im Türrahmen und hat Goldlöckchen im Arm. Seine Stimme hat gezittert. Irgendetwas stimmt nicht.

»Nein, Tom, alles prima.« Meine Stimme klingt fast normal. Vermutlich würde mich nur ein abgefallener Kopf daran hindern, meinem Kind zu versichern, dass alles prima ist. Ich bin schließlich eine Mutter, mir muss es immer gut gehen. Sonst könnte das Kind sich ängstigen, und wenn das Kind sich ängstigt, bricht mir das Herz.

»Unter meinem Bett ist ein Monster.« Leider klingt Tom jetzt sehr verängstigt.

»Scheiße«, sage ich, weil ich immer noch in Geromes Armen liege und auch sonst überhaupt nicht in der Lage bin, jetzt auf Monsterjagd zu gehen.

»Hey, Tom. Ich kümmere mich darum.« Weil mein Gesicht immer noch an Geromes Brust lehnt, spüre ich seine Worte bis in den Magen. »Komm mit«, sagt er noch, und Tom trappelt auf bloßen Füßen hinter uns her. »Vorher müssen wir aber deine Mama ins Bett bringen. Sie ist sooo müde, da habe ich sie die Treppe raufgetragen.«

»Sie ist aber nicht krank?«

»Nein. Deine Mama ist unverwüstlich.«

Ich muss lächeln.

»Vielleicht ein klein wenig betrunken, aber das ist nicht krank.«

Tom weiß nicht, was betrunken ist. Also, vielleicht weiß er es mittlerweile, weil er ja jeden Tag in die große Welt hinauszieht und ich nicht mehr mitbekomme, welche Informationen sein kleines Gehirn so erreichen, aber er hat mich noch nie betrunken gesehen. Weil ich eigentlich auch nie betrunken war, seit er zur Welt gekommen ist.

Gerome legt mich sanft auf dem Bett ab. Dann zieht er mir die Schuhe aus, und ich denke ganz kurz, dass ich bestimmt ein Loch im Socken habe, beschließe dann aber, dass das total egal ist. Seine Hände ziehen geschickt die Decke unter mir hervor und breiten sie über mich aus. Über mich und Tom, der sich einfach an mich gekuschelt hat. Dann verschwindet er. »Mama. Kann Gerome Monster wegmachen?«, flüstert mein Kind. Ich vergrabe mein Gesicht in seinem wilden Haar und atme ganz tief seinen typischen Tom-Geruch ein.

»Der kann das«, antworte ich und schlafe vermutlich in genau diesem Moment ein.

Am nächsten Morgen wache ich auf, bevor es draußen hell ist oder mein Wecker klingelt. Es ist ein angenehmes Wachwerden, so langsam das Reich der Träume zu verlassen und mich in meinem nur durch das kleine Licht in Form eines fliegenden Einhorns beleuchteten Zimmer wiederzufinden. Behaglich drehe ich mich zur Seite und schließe Toms kleinen Körper in meine Arme. Ein dunkler Schatten direkt neben dem Nachtlicht zieht meine Aufmerksamkeit auf sich. Ich recke vorsichtig den Kopf und blinzle ein paarmal, damit meine Augen sich an das Schummerlicht gewöhnen können.

Dort in der Ecke sitzt Gerome, auf Hollys Decke, mit dem Rücken und dem Kopf gegen die Wand gelehnt. Holly liegt auf seinem Schoß, und Gerome hat die Arme um ihn geschlungen. Trotz der sicherlich sehr unbequemen

Position schläft Gerome tief und fest. Sein Brustkorb hebt und senkt sich langsam. Im sanften Schein des Einhorns sieht er sehr jung aus.

Ich lasse den Kopf wieder auf das Kissen sinken und schließe die Augen. Egal ob er nun ein Geheimdienstagent oder sonst was ist. Ich fühle mich sicher, während er dort auf dem Boden schläft und mein Kind und mich bewacht. Ich schlafe nicht mehr ein, sondern genieße einfach das schöne Gefühl und die wohlige Wärme von Tom, der leise schnarchend an meiner Brust schläft.

Irgendwann wacht Holly auf. Er reckt und schüttelt sich und tapst zur Tür. »Musst du raus?«, flüstert Gerome. Seine Stimme ist ganz rau vom Schlaf. Ich presse die Augen fest zu, schließlich schlafe ich noch. Rein äußerlich. Gerome kommt umständlich auf die Beine. Dann folgt er Holly in den Flur, scheint es sich aber anders zu überlegen und kommt leise zurück ins Schlafzimmer. Seine Hand schwebt ein paar Sekunden über meiner Schulter, dann senkt sie sich so sanft wie eine Feder auf meinen Kopf.

Ein paar Stunden später stehe ich in der Küche und bereite mein Frau-Dehnke-Spezial-Frühstück zu.

»Guten Morgen!« Schwungvoll bricht Natalie über mich und meine sonderbar selige Stimmung herein.

»Du wirst es nicht glauben! Dein Vater will mir zeigen, wie man malt!«

Nein, das werde ich wirklich nicht glauben. Denn mein Vater praktiziert seine Künste seit ich denken kann im Verborgenen.

»Ich habe ihn auf dem Hof getroffen und erzählt, wie sehr ich sein Bild in meiner Gästewohnung liebe. Und dann habe ich ihm noch gleich erzählt, dass mein Ex mich mit dieser Titten-Tussi betrogen hat und ich zurzeit eine schwere Phase durchmache, dass mir aber die Kühe und die Hühner schon sehr geholfen haben, und da hat er gesagt, ich soll malen. Das würde ebenfalls helfen.« Sie strahlt mich an. Offenbar war sie in den letzten Tagen einfach sehr traurig, sodass ihre dominante Frohnatur darunter verborgen geblieben ist. Aber nun scheint sie ihre depressive Phase abgeschüttelt zu haben. Dank der Kühe und der Hühner. Und meiner professionellen Betreuung. Das muss ja mal gesagt sein.

Natalie frühstückt in Rekordgeschwindigkeit und verschwindet dann quer über den Hof in die Scheune, wobei sie mit der einen Hand den Kaffee meines Vaters balanciert und mit der anderen Günther vor sich her scheucht, der so beeindruckt ist, dass er nicht einmal böse zischt. Entweder wird er milde im Alter, oder die vielen Neuankömmlinge auf dem Hof haben ihn erkennen lassen, dass Menschen nicht grundsätzlich seinem Harem an den befederten Hals wollen.

»Lilly?« Gerome streckt seinen Kopf in die Küche.

»Morgen«, sage ich, und mein Herz schlägt einmal aufgeregt.

So.

Nun ist es also passiert.

Ich habe mich in einen verwegenen Geheimagenten mit Verbindung zur Hamburger Mafia verliebt.

»Huch«, murmle ich und lege eine Hand auf mein rumpelndes Herz. Das darf ja wohl nicht wahr sein. Geplant war das zumindest nicht. Noch nicht mal ansatzweise.

»Mist!«, sage ich laut und sehe Gerome an, der abrupt stehen bleibt. Seine blauen Augen sind heute Morgen ein wenig gerötet, und er ist unrasiert. Er sieht aus, als ob er sehr schlecht geschlafen hätte. Sitzend und mit Holly auf dem Schoß ist das kein Wunder. Nur dass ihm diese äußerliche Unpässlichkeit steht. Es steht ihm nicht nur, es macht ihn schlagartig noch attraktiver.

»Mist?«, erkundigt Gerome sich.

»Ja. Mist«, sage ich schlicht und reiche Gerome einen Kaffee.

»Danke, dass du dich heute Nacht um mich und Tom gekümmert hast und auch noch bei uns geblieben bist.« Man kann diese Dinge ruhig aussprechen. Immerhin hatte er eine ziemlich unbequeme Nacht. »Oh. Äh. Ja. Gerne.« Gerome blickt auf seine Schuhe, und eine zarte Röte legt sich über sein Gesicht. Wenn attraktive Männer rot werden, finde ich das massiv zauberhaft.

»Ich dachte … Falls dir schlecht wird. Und wegen Tom …«

»Gerome. Wer war der Typ in dem schwarzen Wagen? Wer ist Natalie, und wer bist du?«

Er lacht. Sein Gesicht, seine Augen, alles an ihm.

»Sag es mir!«, fordere ich ihn auf und ziehe die frische, noch warme Zimtschnecke aus seiner Reichweite.

»Wie lange bleibt Natalie noch?«, fragt er stattdessen.

»Bis Montag.«

»Dann werde ich dir alles erzählen. Ich schwöre!« Er hebt feierlich eine Hand zum Schwur und legt sich die andere aufs Herz.

»Und dann?«

»Sehen wir weiter.«

»Warum kannst du es mir nicht jetzt sagen?«

»Weil!«, sagt er fest und küsst mich. Er will mich damit besinnungslos machen. Das ist mir klar. Leider funktioniert es. Und die Geschwindigkeit, mit der wir auseinanderspringen, als Toms nackte Füße über die Treppe huschen, ist nur mit absoluter Lichtgeschwindigkeit zu beschreiben.

»AAAAAAHHHHH!« Ich traue mich nicht, um die Ecke zu gucken. Natalie kreischt. Sehr schrill, sehr hoch. Kettensägenmörder kreischen bestimmt auch so. Plötzlich stellt sie ihr Gekreische ein, und ich höre hektische Atemzüge und etwas Nasses, das irgendwo aufklatscht. Ich nehme all meinen Mut zusammen und linse um die Ecke. Das Bild ist höchst aufschlussreich.

Natalie steht vor einer riesigen Leinwand, die an die Scheune gelehnt ist. Sie hat zwei Töpfe mit Acryllack vor sich stehen. Offenbar einmal Schwarz und einmal Rot. In ihrer Hand hat sie einen Pinsel, und den schwingt sie jetzt in alle Richtungen, wobei sie den größten Teil der Farbe auf halbem Weg verliert und damit den Scheunenboden, die Wände und meinen Vater verziert, der das ganze Spektakel äußerst gelassen über sich ergehen lässt.

»Sehr gut. Aber triff auch die Leinwand. Lass ihn raus, deinen Schmerz!«, sagt er gerade.

»Papa«, flüstere ich, doch er wirft mir nur einen kurzen Blick zu. »Papa!«

Er runzelt die Stirn. »Mach weiter, Natalie. Das ist schon sehr gut.« Dann endlich kommt er zu mir. Er hat rote Farbe im Gesicht. Und im Haar. Und auf den Klamotten. Und auf der Brille.

»Wir arbeiten«, sagt er tadelnd. Offenbar störe ich.

»Arbeiten?«, flüstere ich. »Natalie ist völlig durchgedreht. Wir sollten die Kavallerie holen. Oder Frau Dr. Kettler verständigen.«

»Davon verstehst du nichts, Lilly. Kunst entsteht oft aus Schmerz. Und kann auch helfen, diesen zu verarbeiten.«

»Klar. Indem man zwei Dosen Baumarkt-Lack gegen eine Leinwand schmeißt, kreischt und sich im Kreis dreht?« Das tut Natalie übrigens gerade. Sie dreht sich wie wild mit dem Pinsel im Kreis.

»Ja.«

Er klingt überzeugt, ich habe da allerdings noch meine Zweifel.

»Sie möchte übrigens das Bild kaufen, das du in die Wohnung gehängt hast. Das erste Bild meiner neuen Schaffensphase. Findest du tausend Euro unangemessen?«

Fassungslos sehe ich ihn an.

»Äh. Das einzige Bild, das du jemals verkauft hast, kostete 45,50 Euro, und gekauft hat es Gerti Becker, weil es farblich so gut zu ihrer neuen Couch passte.«

»Ja, aber das war ja künstlerisch auch die Phase meiner Trauer. Jetzt gibt es eine neue Phase. Und die ist wertvoll. Ich habe für jegliche Form von Tiefstapelei keine Zeit mehr. Ich bin über sechzig.« Damit schenkt er mir ein liebevolles Lächeln und geht wieder zu Natalie, die sich jetzt mit einem lauten Stöhnen auf den Scheunenboden gesetzt hat.

29

»Hi, Lilly. Du, ich komme nächste Woche für ein paar Tage.« Marius. Er ist gut drauf. Er strahlt am anderen Ende der Leitung, was ich nicht sehe, aber höre.

»Wann?«, frage ich ohne Umschweife.

»Weiß ich noch nicht. Ich komme einfach rum.« Im Hintergrund höre ich Geräusche. Irgendjemand lacht. Ich glaube, er ist auf einer Piloten-Party. Davon gibt es viele, und sie sollen legendär sein. Vielleicht rekelt sich just in diesem Moment eine rothaarige Pilotin, nur mit einem Paar High Heels bekleidet, auf seiner Brust?

»Äh. Nein.«

»Bitte?« Marius klingt jetzt atemlos und abgelenkt. Außerdem ist ihm das Wort Nein so fremd wie mir ein Computerspiel, in dem herumgeballert wird. Von mir hat er es sicher noch nicht gehört. Aber nächste Woche geht es nicht. Tom schreibt einen Mathetest, und wir müssen ganz viel üben. Eine neue Winterjacke braucht Tom auch, und wir haben einen Kinderarzttermin. Das sind alles Dinge, für die Marius völlig unbrauchbar ist. Deswegen kann er nicht kommen.

»Was soll das?«, fragt er mich anklagend, als mein Nein ihn in seiner Gänze erreicht hat.

»Es geht nicht. Wir haben zu viele Dinge zu erledigen. In der Woche drauf kannst du gerne kommen.« Wäre

Marius ein unauffälliger, friedvoller und tatkräftiger Zeitgenosse, könnte er kommen, wann immer er will. Ist er aber nicht. Er ist launisch und anstrengend. Außerdem macht er jedes Mal das Kind irre und benötigt Spezialbehandlung und Sonderbetreuung. Darauf muss ich mich vorbereiten.

»Nein!«, sage ich jetzt mit Nachdruck, einfach weil es sich gut anfühlt. Ich benutze dieses Wort viel zu selten.

»Das, äh, das … Warte mal.« Die letzten Worte galten vermutlich nicht mir, sondern der nackten Rothaarigen auf seiner Brust. Offenbar hat er sie von ebenjener geschubst, denn nur ein paar Sekunden später wird es still im Hintergrund. Mein Nein hat ihn dazu veranlasst, die Location zu wechseln.

»Ich kann nicht kommen?«, vergewissert er sich.

»Das ist korrekt.«

»Aber warum denn?«

Kurz bin ich geneigt »Weil!« zu sagen, aber er hat eine Erklärung verdient. »Tom schreibt einen Mathetest, wir brauchen eine neue Winterjacke, wir haben viele Termine, und wenn du da bist, kommt alles fürchterlich durcheinander. Einschließlich Tom. Das geht jetzt gerade nicht. In der Woche drauf ist es okay. Nächste Woche nicht.«

»Oh!«, sagt Marius und klingt ehrlich betroffen.

»Du kannst ja mal mit ihm telefonieren?«, schlage ich vor.

»Du willst mir mein Kind vorenthalten!« Jetzt ist er nicht mehr betroffen, sondern wütend.

»Nein«, sage ich und stelle mich gerade hin. Ich werde jetzt nicht klein beigeben. »Ich habe dir unser Kind noch nie vorenthalten. Ich kann nur nicht immer nach deiner Pfeife tanzen und alles stehen und liegen lassen, wenn du spontan beschließt, hier vorbeizukommen. Und es ist immer spontan. Nie kann man irgendetwas planen. Das kotzt mich an.«

»Das Leben ist nicht planbar!«, ruft Marius, und mir stellen sich die Nackenhaare auf.

»Deins vielleicht nicht, meins muss es aber sein, weil ich ein Kind großziehe. Alleine übrigens. Hättest du Erfahrung damit, wäre dir das klar. Dein Leben darf gerne ungeplant sein, meins ab sofort nicht mehr. Tschüs.« Ich lege auf. Und bin fürchterlich aufgeregt. Ich glaube, ich habe noch nie in meinem ganzen Leben ein Telefongespräch so beendet. Fühlt sich total gut an. Großartig. Ich bin eine Heldin!

»Das hat jetzt nicht so gut funktioniert.« Ich drehe mich um. Gerome steht vor mir und hält unser Türschloss in der Hand.

»Was hast du gemacht?«

»Mein Auftrag lautete: Reparieren, weil es klemmt.« Ich nicke. Schließlich bin ich hier diejenige, die die Aufträge verteilt.

»Nun ist es aber so, dass das Türschloss sich als nicht reparierwillig erwiesen hat und stattdessen aus seiner Verankerung gefallen ist. Einfach so.«

Tatsächlich hält Gerome das komplette Schloss in der Hand.

»Ich könnte vielleicht ein schönes Foto vom Türschloss machen. Ich könnte vielleicht auch einen launigen Text darüber schreiben, nur Reparieren fällt mir ehrlich gesagt schwer.«

»Sag mal Gerome, es gibt da eine Sache, die mich wirklich interessiert.« Das Schloss gehört gerade nicht dazu.

»Ich erzähle es dir. Aber nicht jetzt.« Er legt das Schloss auf die Theke und kneift die Augen zu.

»Das meine ich zur Abwechslung mal nicht. Ganz am Anfang, als du hergekommen bist, da hast du mit einem Griff das Wasserproblem im Gäste-WC gelöst. Das wirkte extrem lässig. Wie hast du das gemacht? Du bist nämlich offenbar tatsächlich ein echter Reparatur-Legastheniker.«

Er lacht auf. »Da habe ich aus Versehen alles richtig gemacht. Die Alternative wäre wohl eine komplette Überflutung gewesen.«

»Da hattest du wohl Glück«, sage ich leise und betrachte ihn intensiv.

Er nickt. »Das Glück ist mit den Dummen. Kennst du den Spruch? Ich mag ihn.«

Es ist Sonntag, trotzdem muss ich für vier Stunden in die Bäckerei. Marijke steht wie eine Matrone hinter dem Tresen und verkauft gerade unseren gesamten Butterkuchen. Ich husche nach hinten, werfe mich in meine Tracht, binde mir die Haare zurück und gehe dann ebenfalls in Position hinter dem Verkaufstresen. Der Butterkuchen ist verkauft, bleiben noch Pflaume, Apfel, Streusel, knapp hundertvierzig Brötchen und zwölf Laibe frisches Brot. Die möchte danach niemand mehr, weil schlicht und ergreifend niemand kommt.

Nach zehn Minuten Herumstehen gehen wir in unsere kleine Kaffeeküche und genehmigen uns ein Franzbrötchen. Marijke legt die Füße auf den kleinen Schemel und lehnt sich zurück. Wir schweigen. Das tun wir selten bis nie. Der Grund sind vermutlich ihre Treffen mit meinem Vater, was uns beide befangen macht.

»Hör mal, Lilly. Ich ...« Marijke dreht ihre Kaffeetasse in der Hand hin und her.

»Ich finde es ganz prima! Das mit Papa und dir!«, platzt es aus mir heraus. »Ich finde, ihr macht alles richtig. Und ihr passt gut zueinander. Und er mag dich. Also Papa. Und ich mag dich auch.«

Marijke atmet tief durch und blinzelt. »Da hast du jetzt alle Punkte einmal feinsäuberlich zusammengefasst. Danke.«

»Bitte. Wollen wir noch Pflaumenkuchen mit Sahne essen? Heute kommt eh keiner mehr.«

Meine Chefin grinst, nickt, und so hocken wir nur zehn Minuten später mit einer Kerze und frischem Kuchen erneut am Tisch, während der Himmel beschließt, mal wieder Weltuntergang zu spielen. Es regnet wie aus Kübeln, und das Wasser läuft in fetten Rinnsalen an der Fensterscheibe hinunter.

Frischer Pflaumenkuchen mit Streuseln ist rein kulinarisch betrachtet ganz großes Tennis, und so gönne ich mir gleich noch ein zweites Stück, als unsere Türglocke läutet. Wir spielen kurz Ching, Chang, Chong, ich verliere und stehe auf.

Jörg steht mit tropfender Uniform vor dem Tresen.

»Ist nur Jörg!«, rufe ich in die Küche.

»*Nur* Jörg«, äfft unser Lieblingspolizist mich nach und schüttelt sich ein paar Tropfen aus dem dichten Haarschopf. »Da zieht ein Sturmtief auf uns zu, und das scheint es in sich zu haben. Die ersten Warnmeldungen sind schon rausgegangen.«

»Ihhh!«, sage ich. Wir sind hier ja wettererprobt, aber richtige Stürme machen mir trotzdem immer Angst. »Guckt mal regelmäßig auf die Seite der Unwetterwarnung, und macht sicherheitshalber schon mal alles fest, und räumt den Krusch vom Hof. Und das Schild muss auch rein. Soll ich euch helfen?«

»Nee. Das bekommen wir schon hin«, antworte ich. Unser Schild, das vor der Tür unsere unglaublich köstlichen Backwaren anpreist, ist nämlich schon einmal stiften beziehungsweise fliegen gegangen und muss deshalb bei jeder stärkeren Brise im Schuppen gesichert werden.

»Willst du noch einen Kaffee?«

Jörg schüttelt den Kopf. »Ich dreh mal meine Runde und sag allen Bescheid, die nicht regelmäßig die Nachrichten hören. Da haben wir ja immer ein paar Uninformierte hier im Ort.«

»Okay. Tschüs!«, sage ich, doch Jörg ist schon verschwunden. Scheint ein großer Sturm zu sein, der da auf uns zuzieht, wenn Jörg nicht mal Zeit für einen Kaffee hat.

Wir verkaufen noch sage und schreibe drei Brötchen, dann laufe ich durch den strömenden Regen nach Hause.

Vor dem Hoftor steht Herbert mit seinem Hund dicht gedrängt unter einem Regenschirm und scheint auf mich zu warten.

»Das ist Ruhestörung!«, sagt er böse, und der große Münsterländer zu seinen Füßen guckt mich ernst an. Leider hat er recht. Das ist Ruhestörung. Die Scheunentore sind weit geöffnet, und aus der Scheune erklingen Trommeln. Afrikanische Buschtrommeln.

»Trommeln die schon lange?«, frage ich und quetsche mich kurzerhand mit unter den bunten Regenschirm.

»Stunden«, antwortet Herbert, und sein Hund drückt sich gegen meine Beine, um nicht nass zu werden.

»Ich werde umgehend für Ruhe sorgen«, sage ich.

»Ich rufe sonst die Polizei.«

»Musst du nicht. Ich erledige das.«

»Es ist Sonntag. Das ist unhaltbar.«

»Jaaha.«

»Lilly Pfeffer. Wie konntest du bei dieser Sippe so normal werden?« Oh. Echte Bewunderung schwingt in seinen Worten mit.

»Herbert. Tut mir leid, dir das sagen zu müssen, aber ich sehe nur so aus.«

Ich verlasse den Platz im Trockenen und gehe langsam in die Scheune. Beeilen brauche ich mich jetzt sicher nicht mehr – nasser als nass geht ja nicht.

Klara trommelt. Natalie trommelt auch. Dr. Ewald steht mit einer Tasse dampfendem Tee daneben und guckt zu.

»Was wird das hier?«, frage ich ihn.

»Ein Trommelkurs. Durch Trommeln zurück zu innerem Einklang und Frieden.«

»Wirkt es?«

Er zuckt die Schultern. »Klingen tut es schon ganz gut, finde ich.«

»Hallo!«, rufe ich in das Getrommel hinein. »Der innere Einklang und Frieden in Schönbühl ist leider ernstlich gefährdet, wenn ihr noch länger weitertrommelt.«

Klara hört tatsächlich auf, auf ihre kleine Trommel einzuschlagen, und öffnet die Augen. »Wer hat sich jetzt schon wieder beschwert?«, fragt sie missmutig.

»Oh. Waren vor Herbert schon andere Einwohner da?«

»Vermutlich alle. Hier wohnen ja nicht so viele. Aber die haben offenbar alle ihren Weg hierher gefunden.«

»Ich habe Blasen an den Händen!« Natalie hat endlich auch aufgehört, auf ihre Trommel einzudreschen, und strahlt mich an.

»Toll«, sage ich schwach.

»Danke!« Gerome kommt um die Ecke geschossen. »Ich hab hier zwar nix zu melden, aber danke, dass ihr mit dieser Lärmbelästigung endlich aufgehört habt!«

Natalies Strahlen intensiviert sich noch um gefühlte dreihundert Prozent. Klara seufzt, und Dr. Ewald verbrennt sich die Zunge an seinem Tee und flucht leise vor sich hin.

»Er ist so süß«, flüstert Natalie in meine Richtung und deutet auf das Scheunentor, hinter dem Gerome jetzt wieder verschwunden ist. Dr. Ewald legt völlig unerwartet meiner Tante den Arm um die Schulter, und die grinst über das ganze Gesicht.

Ich finde, mein Leben ist sonderbar. Oder nein – mein Leben ist gar nicht so sonderbar. Es wirkt nur so, weil ich es mit so vielen sonderbaren Menschen teile. Um diese Erkenntnis gebuhrend zu feiern und um der Ruhestörung Einhalt zu gebieten, verkünde ich, dass ich nun für all diese sonderbaren Menschen mein legendäres Nusspesto machen werde.

30

Natalie drückt mich an ihr Herz, bis meins fast aufhört zu schlagen. Ich recke den Kopf, um zwischen ihren Locken nach Luft zu schnappen, aber sie lässt mich nicht los. Erst als ich irgendwann »Hilfe!« krächze, lässt sie von mir ab.

»Lilly. Diese vier Tage haben mir auf meinen Weg der inneren Heilung unendlich viel gebracht. Ich möchte meinen Ex zwar immer noch töten, aber der Wunsch ist bei Weitem nicht mehr so präsent.«

»Großartiger Fortschritt«, lobe ich und reibe mir unauffällig über die Rippen, die bestimmt blau werden. Wo hat diese kleine Frau so viel Kraft her?

»Ich werde mich revanchieren. Du wirst dich freuen!«, sagt Natalie, und ihr Strahlen intensiviert sich noch.

Oha! Ich brauche keine Revanche. Bezahlt hat sie schon. Und sogar das Bett gemacht. Dabei muss ich es ja eh wieder abziehen.

»In diesem Fall wird es richtig gut, und ich freue mich drauf!«

»Natalie. Du sprichst in Rätseln.«

Sie nickt eifrig und grinst mich breit an. »So ist das in meinem Beruf.«

»Was machst du denn?«

Sie schüttelt den Kopf. »Lass dich überraschen. Und danke

für alles. Trommeln, Malen, Kühe und Hühner. Das Rundum-Seelen-Erneuerungs-Programm à la Lilly Pfeffer!«

Mit diesen Worten springt sie in ihren lilafarbenen Hamburger Mini und fährt von dannen.

»Gib mir einen Kaffee, und ich erzähle dir, wer ich bin.« Auf einmal steht Gerome dicht hinter mir.

»Gut. Ich dachte schon, ich muss dich fangen und fesseln, weil du es mutwillig vergessen hast.«

Ich koche also Kaffee und stelle gerade zwei Becher auf den Tisch, als Klara ins Haus geschossen kommt.

»Ein Ast der Walnuss ist aufs Hühnerhaus gefallen!«, kreischt sie und ist auch schon wieder verschwunden. Ich folge ihr im Laufschritt, trotzdem ist Gerome vor mir dort.

Und tatsächlich liegt ein riesiger abgebrochener Ast auf dem Dach des Hühnerhauses. Der Wind hat enorm zugenommen, aber ich finde es ein wenig unverhältnismäßig, dass die alte Walnuss gleich mit ganzen Ästen schmeißt. Gerome klettert auf die Regentonne, wohl um den Schaden genauer zu begutachten, und ich schlüpfe zu den Hühnern ins Haus. Hier drin ist es relativ ruhig. Offenbar haben die Bewohner den Schreck ganz gut verdaut.

»Das Dach ist okay. Ich ziehe den Ast jetzt runter, und dann sollten wir das Hühnerhaus dicht machen.« Gerome hat den Kopf durch die Luke gestreckt, und Marco Polo gackert empört.

»Es ist zwar windig, aber doch nicht so, dass ganze Äste vom Baum fallen müssen.«

»Der war morsch und ist innen ganz hohl. Ich hoffe, der Hauptstamm sieht besser aus.«

Das hoffe ich auch. Ich erzähle meinen Hühnern noch ein paar kleine Geschichten, fülle das Wasser auf, verteile ein wenig Futter und verbarrikadiere dann die Fenster mit den eingepassten Brettern. Dieses Hühnerhaus ist nämlich sturm- und weltuntergangsfest. Zumindest hat meine Mutter das immer behauptet.

Als ich wieder herausklettere, ist Klara gerade dabei, das große Scheunentor zu verankern. Ein schwieriges Unterfangen, weil das Tor sehr groß ist und Klara sehr klein. Ich eile ihr zu Hilfe und stemme mich mit der Schulter gegen den äußeren Rand, um es erst mal zuzuschieben, aber das funktioniert nicht. Es klemmt. Aber so kann es nicht stehen bleiben, weil der Wind es aus den Angeln heben könnte. Bei einer Grundfläche von fünfzehn Quadratmetern ist das nichts, was man erleben möchte.

»Da fehlt doch was!« Gerome untersucht das Kopfsteinpflaster vor dem Tor.

»Da war vor langer Zeit mal ein Eisenbolzen, der das Tor daran gehindert hat, vom Wind mitgenommen zu werden. Der ist aber weg«, sage ich und drücke immer noch mit der Schulter gegen das unbewegte Tor.

»Wohin?« Ratlos sieht Gerome hoch. Klara zerrt derweil noch am Griff herum, und Gerome winkt ihr zu, um sie zum Aufhören zu bewegen.

»Weg!« Ich zucke die Achseln.

»Und wie macht ihr das, wenn es stürmt?«

»Tor zu, Riegel vor und dann viele Steine davor, um das Tor zu sichern«, rufe ich gegen den Wind an, der von Minute zu Minute stärker wird.

»Ein weiterer Punkt auf meiner To-do-Liste!«, ruft

Gerome zurück, und gemeinsam schaffen wir es tatsächlich, das Tor zu schließen.

Kurz darauf sitzen wir gemeinschaftlich vor dem Fernseher. Offenbar läuft auf jedem Programm eine Sondersendung zu Sturmtief »Ernesto«.

Der Moderator spricht mit ernster Stimme über den erwarteten Wasserstand von 3,50 m über dem mittleren Hochwasser an der Nordseeküste. Das ist mein Stichwort. Ich habe panische Angst vor Sturmfluten. Nicht, dass ich so viele kritische Situationen erlebt hätte, aber die Vorstellung, dass die tosende Nordsee es bis nach Schönbühl schaffen und durch unsere kleinen Straßen schwappen könnte, macht mich kirre. In einer Broschüre zum Deichschutz habe ich gelesen, dass ab einem Wasserstand von 3,50 m über dem mittleren Hochwasser eine erhöhte Wachsamkeit erforderlich ist. Das bin ich: wachsam.

Als Erstes fange ich an, meinen Computer abzubauen. Ungefragt taucht Gerome auf und hilft mir, die ganzen Kabel abzustöpseln.

»Was genau machst du?«, fragt er, nachdem ich ihm den Bildschirm und die Tastatur in die Hände gedrückt habe.

»Sichern und schützen.«

»Macht man das so an der Nordsee?« Er lugt über dem Rand des Bildschirms hervor.

»Ich mache das so. Weil ich der Nordsee zutraue, dass sie uns hier irgendwann mal einen Besuch abstattet. Das ist ein ererbtes Verhalten. Habe ich von meiner Mutter. Die hat sogar die Hühner mit ins Schlafzimmer genommen, damit sie nicht ertrinken. Davon sehe ich ab. Die haben jetzt alle eine Notfallstange direkt unter dem Dach ihres Hühnerhauses.« Ich halte kurz inne. »Die natürlich nur etwas bringt, wenn sie nicht vorher vom Dach des Hühnerhauses erschlagen wurden«, füge ich nachdenklich hinzu.

Gerome hilft mir ungefragt und vor allen Dingen unkommentiert, meinen Computer in das obere Stockwerk zu tragen.

Danach sammle ich alle wichtigen Dokumente zusammen, stecke neue Batterien in meine Hochleistungstaschenlampe und folge Gerome ins Schlafzimmer, wo er meinen Computer vorsichtig auf der Kommode parkt hat.

»Ich gehe noch mal über den Hof, alle Töpfe einsammeln und in die Scheune bringen und hole dann Tom von der Bushaltestelle ab!«, ruft Klara von unten, und schon fällt die Tür hinter ihr ins Schloss. Gerome und ich stehen alleine im Schlafzimmer. Ernesto rüttelt am Dach des Hauses, und es ist spürbar dunkler geworden vor den Fenstern, obwohl es erst Mittag ist.

»Ob ich in diesem Leben noch erfahre, wer Gerome wirklich ist?«, frage ich leichthin.

»Das klingt, als gäbe es große und wichtige Informationen über mich. Dem ist gar nicht so.«

»Dann erzähl doch endlich mal.«

»Okay.« Er öffnet den Mund, wohl um endlich zu sprechen, schließt ihn wieder, beugt sich plötzlich nach vorne und küsst mich. Woraufhin ich ihn erschrocken zurückküsse. Mir bleibt ja gar nichts anderes übrig. Geromes Hand legt sich auf meine Wange, und die Stelle, an der er meine Haut berührt, prickelt wie verrückt. Ich lege meine Hände vorsichtig auf seine Taille. Er ist ganz warm und küsst mich ungerührt weiter. Jetzt allerdings mit einer gewissen Dringlichkeit. Vielleicht als Vorbereitung für die Wahrheit. Von der ich gar nicht mehr sicher bin, ob ich sie überhaupt wissen will.

»MAMA!?«, ertönt ein Ruf aus dem Erdgeschoss. Diesmal zucken wir nicht wie angestochen zurück, sondern verharren einfach so, wie wir sind. Lippen auf Lippen, meine Hände an seiner Taille, seine Finger an meiner Wange.

»Siehst du, Gerome?«, flüstere ich. »Wenn du mir nichts von dir erzählst, habe ich keine Chance, dich kennenzulernen. Ich hingegen bin ein offenes Buch. Alles Wissenswerte weißt du. Und das Wichtigste in meinem Leben steht gerade im Flur und brüllt nach mir.« Er lächelt. Ein so wunderbares Lächeln, dass es mir durch und durch geht. Allerdings veranlasst ihn meine kleine Rede nicht dazu, mir umgehend all seine wichtigen Lebensdaten mitzuteilen. Stattdessen küsst er mich noch einmal ganz sanft, diesmal auf die Stirn, wovon ich eine Gänsehaut bekomme.

Tom poltert die Treppe hoch, jetzt offenbar ernsthaft auf der Suche nach mir. Dabei ruft er »Mama!!!«, ungefähr siebenmal hintereinander. Gerome nimmt seine Hände von meinem Gesicht und streicht noch einmal mit dem Daumen über meine Wange.

Jetzt bin ich mir ziemlich sicher, dass ich nicht mehr wissen möchte, wer er eigentlich ist. Ich möchte, dass er einfach der bleibt, als den ich ihn kennengelernt habe. Der Obdachlose, der Zaunpfähle nur sehr kreativ reparieren kann, dafür aber einfach irgendwie und irgendwann mein

Herz erobert hat. Und der mich ganz offensichtlich wirklich mag.

»Mama!« Tom hat mich endlich gefunden und steht plötzlich mitten im Schlafzimmer. Es fällt ihm gar nicht auf, dass Gerome und ich sehr dicht beieinanderstehen. Dafür ist Gerome mittlerweile einfach zu sehr ein Teil unseres Lebens geworden.

»Mama! Die Lehrerin hat gesagt, dass morgen vielleicht die Schule ausfällt!« Er unterstreicht diese großartige Neuigkeit, indem er wie wild hin und her springt. Dass er Gerome dabei anrempelt, stört weder ihn noch Gerome.

Unten klappt die Haustür. »Ich weiß es nicht!«, höre ich Klara sagen, und mein Vater erwidert etwas Unverständliches.

»Los, geh runter, und mach deine Hausaufgaben«, sage ich zu Tom und gebe ihm einen sanften Schubs. Gerome und ich stehen noch ein paar Minuten herum und sehen uns an.

»Lilly?«, fragt Gerome genau in dem Moment, in dem ich mich umwenden will, um ebenfalls nach unten zu laufen.

»Weißt du eigentlich, dass du eine fantastische Mutter bist?«

Oh. Mütter geben meistens ihr Bestes bis Allerbestes. Trotzdem hat man meistens das Gefühl, dass das bei der Aufzucht eines Kindes nicht ausreicht.

»Ich finde Marius ziemlich bescheuert. Das hast du ja verstanden.« Ein angedeutetes Grinsen zuckt in seinem Mundwinkel. »Das liegt aber nicht nur daran, dass er einfach dämlich ist, sondern weil ich, wenn ich mit einer Frau wie dir ein Kind hätte, dir jeden Tag huldigen würde. Weil du es schaffst, deinen Sohn in einer wirklich komplizierten Welt zu einem glücklichen Kind zu erziehen. Er muss nicht mehr tragen, als er in seinem Alter kann.« Er hält kurz inne und sieht mich eindringlich an. »Man spürt deutlich, dass du dein Kind so liebst, wie es ist, und nicht permanent daran arbeitest, dass er so wird, wie du es vielleicht gerne hättest.«

Mir fehlen die Worte. »Okay«, sage ich schließlich, weil mir nichts anderes einfällt. »Danke.«

Einen kurzen Moment lang schweigen wir, noch immer dicht voreinander stehend.

»Warst du als kleiner Junge nicht glücklich?«, frage ich vorsichtig. Ich finde nämlich, dass das die einzige Schlussfolgerung aus seinen Worten ist. Jemand, der so sehr darauf achtet, ist entweder selbst Vater und fragt sich, ob er der Aufgabe gewachsen ist, oder er hat sich schon mal gefragt, ob die eigene Kindheit nicht anders hätte verlaufen können.

»Merkt man das?«, fragt er, offenbar irritiert von meiner Frage. »Nein. Nicht so schön«, sagt er dann. »Ich habe lange geglaubt, dass es absolutes Hexenwerk ist, Kindern eine schöne Kindheit zu geben. Seit ich dich kenne, sehe ich das anders. Du machst das mit einer gewissen Nonchalance.«

»Danke, Gerome. Das waren schöne Worte.«

»Mama!?« Toms Stimme hat einen schrillen Unterton und lässt mich alarmiert den Kopf heben.

Ich drücke Gerome spontan die Hand, weil ich finde,

dass solche Gespräche irgendeine Form von Abschluss brauchen, dann laufe ich runter in den Flur.

»Holly ist weg!« Tom sieht mich mit großen, angstvoll geweiteten Augen an.

31

Als Holly zu uns kam, hatte er vor allem Angst und ist bei jeder Gelegenheit geflohen, was intensive Suchaktionen nach sich zog, an denen zum Teil das halbe Dorf beteiligt war. Das ganze erste Jahr lang trug er bei jedem Spaziergang ein Geschirr und ein Halsband, weil er eine spannende Technik entwickelt hatte, sich aus dem Halsband zu befreien und im Hundegalopp im Wald zu verschwinden, wenn er etwas für gefährlich befunden hatte. Was durchaus schon bei einem fremden Hundehaufen der Fall sein konnte.

Irgendwann wurde es besser. Er fasste Vertrauen, Klara kippte ihm literweise Bachblüten in sein Wasser, und er beschloss offensichtlich, dass ich geeignet wäre, für Recht und Ordnung zu sorgen. Die Angst vor Spinnen und dem Wind ist geblieben.

Klara brüllt sich auf dem Hof die Seele aus dem Leib, hat aber gegen Ernesto keine Chance. Der Sturm nimmt ihr nach Leibeskräften gebrülltes »Holly!« einfach mit.

»Hast du ihn nicht ins Haus gelassen?«, keuche ich atemlos, weil der Sturm mich mitten ins Gesicht trifft.

Sie schüttelt den Kopf. »Ich weiß gar nicht, wo er war. Drinnen war er nicht. Hab mir keine Gedanken gemacht«, brüllt sie zurück. Sie packt mich am Arm und zerrt mich zurück ins Haus zu Gerome und Tom. Mein Vater ist auch aufgetaucht, steht im Türrahmen zum Wohnzimmer und sieht betroffen aus.

»Suchen können wir ihn bei diesem Sturm zumindest nicht«, stellt Klara fest und pfeffert in einer geschmeidigen Bewegung die Gummistiefel neben die Fußmatte.

»Natürlich müssen wir ihn suchen«, entfährt es mir. Bei dem Gedanken, dass mein armer, ängstlicher Hund dort draußen in Todesangst durch die Gegend irrt, wird mir ganz schlecht. Schnell schnappe ich mir Klaras Gummistiefel und schlüpfe hinein. »Ich drehe wenigstens eine Runde über den Hof«, erkläre ich bestimmt, doch Klara guckt mich total entgeistert an. »Mädel! Da fliegen demnächst Dachziegel und Bäume durch die Gegend. Das geht nicht!«

»Bis die rumfliegen, bin ich wieder da.«

»Ich komme mit«, murmelt Gerome, und so rennen wir gemeinsam über den sturmumtobten Hof. Wir laufen zu den Hühnern, durch den Obstgarten, klettern sogar durch das dichte Buschwerk, das unser Grundstück vom Feldrand trennt, und finden uns schlussendlich in der Scheune wieder.

Hier sind die Geräusche des Sturms ein wenig gedämpft und das Licht ist ganz fahl. Wir knipsen die Deckenleuchten an und suchen weiter. Ich durchkämme sogar Günthers Gehege in der Hoffnung, dass Holly sich in seiner Angst den Gänsen angeschlossen hat.

»Er wird sich irgendwo verkrochen haben«, sagt Gerome, der gerade hinter einem Holzhaufen hervorklettert.

»Wir sollten noch einmal auf die Felder gehen.«

Gerome klopft sich den Staub von den Klamotten und

legt mir den Arm um die Schultern. »Ich denke, dass das keine so gute Idee ist. Ich glaube, ich habe noch nie so einen Sturm erlebt. Und an den Feldrändern stehen viele verdammt hohe Bäume. Es macht wenig Sinn, wenn wir von einem herabstürzenden Ast erschlagen werden.«

Er hat recht. »Verdammter Mist.« Ich lehne meinen Kopf gegen seine Schulter.

»Du hast mir erzählt, dass er gerne Auto fährt«, sagt Gerome, und ich nicke. »Lass uns doch das vordere Scheunentor einen Spaltbreit öffnen und den Kofferraum deines Autos ebenfalls. Vielleicht kommt er, dann kann er sich dorthin zurückziehen. Das ist ja ein bekannter und sicherer Ort für ihn.«

Wir präparieren das vordere Scheunentor, das zum Glück wesentlich kleiner ist als das hintere und somit dem Sturm deutlich weniger Angriffsfläche bietet, und bekommen es tatsächlich so festgezurrt, dass es zwar einem Hund Durchschlupf gewährt, ansonsten aber bombenfest auf seinen Schienen bleibt. Dann öffnen wir den Kofferraum und laufen zurück ins Haus. Ich will mir gerade die Gummistiefel ausziehen, da fällt mir siedend heiß etwas ein.

»Kommst du noch mal mit?«

Gerome nickt und folgt mir.

Annegret reißt die Tür auf, noch bevor ich den Finger auf die Klingel legen kann. »Da geht die Welt unter, und du vergisst deine alte Nachbarin!« Sie trägt einen grellgelben Regenmantel und hält eine riesige Reisetasche in den Händen.

»Hast du alles, was du brauchst? Papiere? Medikamente?«

»Natürlich. Ich bin nur alt, nicht blöd!«

»Annegret kommt bei jeglichen Wetterlagen, die über den üblichen Nordsee-Regen hinausgehen, zu uns«, erkläre ich Gerome, der ihr schon die Reisetasche aus der Hand genommen hat. »Damit sie nicht so einsam ist«, füge ich hinzu. »Außerdem kocht sie besser als sämtliche Pfeffer'schen Familienmitglieder.«

»Jedes Huhn kocht besser als ihr«, murmelt Annegret, nimmt aber meine ausgestreckte Hand und lässt sich von mir über die Straße geleiten.

Im Haus trägt Gerome Annegrets Reisetasche in das kleine Gästezimmer im Obergeschoss. Kaum ist er weg, raunt sie: »Ist das jetzt dein Freund?«

Ich schüttle den Kopf.

»Ich glaube doch«, sagt Annegret und mustert mich, dann folgt sie mir ins Wohnzimmer, wo die Pfeffers bedröppelt um den Fernseher herumsitzen. Annegret setzt sich kurzerhand dazu und zieht ihr Strickzeug aus der Handtasche.

Mein Vater hält das Telefon in der Hand. »Ich habe Herbert angerufen. Die Feuerwehr macht noch einen Rundgang durch den Ort, bevor es zu gefährlich wird, und sie halten Ausschau nach Holly.«

»Wo ist der Hund?«, fragt Annegret hinter einem lilafarbenen gestrickten Etwas hervor.

»Weg«, sage ich knapp.

Annegret senkt das Strickzeug.

»Er ist abgehauen. Weil er Angst vor Sturm hat«, füge ich hinzu.

»Sie haben vor zehn Minuten gesagt, man soll jetzt

die Häuser aufsuchen und unter keinen Umständen mehr draußen rumrennen. Und Ewald hat angerufen, der sitzt in seiner Firma fest, weil auf der Bundesstraße Bäume umgefallen sind und die komplette Straße gesperrt ist«, sagt Klara.

»Den können wir später mit dem Trecker abholen. Über die Felder geht das immer ganz gut«, wirft Annegret fröhlich ein und strickt ungerührt weiter.

»Und Holly?« Tom guckt mich mit riesigen Augen an.

»Der wird sich irgendwo verkrochen haben«, sage ich und gebe mir Mühe, dies als unumstößliche Tatsache darzustellen.

»Mama. Der hat solche Angst jetzt alleine!« Tom guckt ganz empört. Ja, mein Hund hat Todesangst. Und ich kann ihn nicht suchen. Leider kann ich mir nicht die Haare raufen und jammernd auf dem Sofa zusammenbrechen, was jetzt eine schöne Option wäre.

»Es ist jetzt zu gefährlich da draußen, Tom. Wir können ihn nicht suchen gehen. Aber Holly ist ein Hund, der kann ja auch irgendwo drunterkriechen und sich so in Sicherheit bringen.« Er glaubt mir genauso wenig, wie ich mir selbst glaube. Dann stellt mein Vater den Ton am Fernseher laut, und wir starren auf den Bildschirm. Der Sturm hat in einigen Regionen Deutschlands schon seine volle Zerstörungskraft entfaltet. Wir sehen entwurzelte Bäume, Häuser ohne Dächer, Feuerwehrautos im Einsatz und hören Zahlen von verletzten Personen. Sämtliche Fähren haben ihren Betrieb eingestellt, und die Bahn fährt ja schon bei sommerlichen Temperaturen nicht, da werden sie ihre Züge bei solch einem Inferno sicherlich nicht auf die Strecke schicken. Auf Sylt ist ein Deich gebrochen, woraufhin die Pfeffers sich allesamt etwas aufrechter hinsetzen.

Ernesto ist ein Jahrhundertsturm, sagt der Sprecher und sieht dabei tatsächlich ein wenig mitgenommen aus. Man habe die Gewalt des Sturmes unterschätzt. Als irgendwelche Experten anfangen, über weitere Sturmprognosen zu referieren, stellt mein Vater den Ton wieder leiser.

»Wo die immer alle herkommen, diese Experten«, murmelt er. »Halten sie die in dunklen Kellerverliesen und holen sie im geeigneten Moment hervor?«

Klara ist derweil aufgesprungen und zur Haustür gelaufen. »HOLLY!«, brüllt sie bei geöffneter Tür in den Sturm. Das macht sie ungefähr tausendmal, danach hockt sie sich mit hängendem Kopf auf die Treppe. Gerome verteilt Tee, streichelt mir zwischendurch unauffällig den Rücken, und Annegret erzählt uns Geschichten von Hofhunden, die schlimmste Sturmfluten überlebt haben, weil sie plötzlich auf Bäume klettern konnten. Das ist wenig erbaulich, woraufhin Tom in Tränen ausbricht. Ich setze mich neben ihn, schlinge die Arme um seinen kleinen Körper und vergrabe mein Gesicht in seinen Haaren.

»Der Holly hat doch schon mal auf der Straße gelebt. Der weiß, wie das geht. Der versteckt sich und passt gut auf«, flüstere ich ihm zu, doch Tom windet sich aus meiner Umarmung und rückt ein Stück ab. »Dann muss die Feuerwehr ihn suchen. Oder wir. Oder Gerome. Oder Opa!«

»Das geht nicht. Weil es jetzt lebensgefährlich draußen ist.« Es ist leider die einzige Erklärung, warum wir nicht in totalen Aktionismus verfallen. Allerdings ist das auch das

Gegenteil von meinem »Der Hund versteckt sich«-Mantra, was Tom natürlich sofort auffällt. Er fängt an zu weinen. Ich greife nach seiner Schulter, doch er schüttelt mich ab. Es herrscht betroffenes Schweigen, bis Gerome mir pantomimisch bedeutet, ihm in den Flur zu folgen.

»Lilly. Soll ich noch einmal um das Haus laufen und die Straße abgehen?«, fragt er mich leise.

»Nein!«, antworte ich erschrocken. Ich habe von hier nämlich das, was mir im Wohnzimmer bisher fehlte: den direkten Blick auf das freie Feld. Bis gerade eben wusste ich gar nicht, dass Bäume so biegsam sind. Einige stehen fast waagerecht im Wind, beschienen vom Restlicht des sich verdunkelnden Tages. Es scheint aus dieser Perspektive nicht mehr die Frage, ob ein Baum entwurzelt wird, sondern nur noch, wann.

»Gott, Gerome. Guck dir das an!« Er dreht den Kopf und folgt meinem Blick.

»Ich habe schon viele Stürme erlebt, aber der hier scheint ausgesprochen bösartig zu sein.«

Wortlos schlingt Gerome die Arme um meine Taille und zieht mich zu sich. Er ist ganz warm, und für einen Moment lasse ich mich halten. Irgendwann löse ich mich jedoch aus seiner Umarmung und gehe in die Küche. »Ich mache Pesto.« Ich muss mich ablenken. Mit irgendetwas beschäftigen, das meine Aufmerksamkeit voll und ganz fordert und dabei keinerlei Gefahr für Leib und Leben darstellt. Davon gibt es draußen hinter den Fenstern genug.

Weil ich keine frischen Cashewnüsse habe, nehme ich kurzerhand welche aus der Dose, und statt frischen Chilis müssen getrocknete herhalten, aber das alles ist immer noch besser als trocken Brot oder Annegret, die alle drei Minuten nach Küchenutensilien verlangt, die ich nicht besitze.

Gerade als ich vorsichtig das Olivenöl unter die Nussmasse mische, erzittert unser Haus, als ob ein großer Vorschlaghammer ihm eins aufs Dach gegeben hat. Danach geht kommentarlos das Licht aus. Es ist immer noch nicht sonderlich spät, aber augenblicklich stockdunkel. Der Sturm hat den Tag davongefegt. Ich lege die Hände flach auf den kalten Stein der Arbeitsplatte und atme tief durch.

»Lilly! Wo sind die Taschenlampen?«, ruft mein Vater. Ich muss noch einmal tief durchatmen, ehe ich antworten kann.

»Liegen alle auf der Anrichte im Flur.«

Keine Minute später kommt mein Vater im Schein meiner großen und wahlweise auch als Waffe nutzbaren Maglite in die Küche.

»Wo ist denn Tom?«, fragt er als Erstes.

Ich zucke mit den Schultern. »Der saß doch vorhin noch im Wohnzimmer.«

»Ich dachte, er ist mit in die Küche gekommen«, murmelt mein Vater und blickt sich suchend um, als könnte das Kind hier doch unbemerkt von mir herumsitzen.

»Ich gucke mal oben nach, nicht dass er Angst bekommt, wenn es so plötzlich so dunkel ist«, sage ich und laufe in sein Zimmer, das allerdings komplett leer ist. Vom allgemeinen Chaos mal abgesehen. »Tom?!«, rufe ich und kann nur knapp verhindern, dass sich Panik in meine Stimme schleicht. Kinder lösen sich ja nun selten einfach so in Luft auf. Und wenn doch, sind sie Superhelden und geben dabei laute Schreie von sich. Ich durchstreife das gesamte Geschoss und gucke schlussendlich sogar in die Schränke und unter die Betten, aber von Tom keine Spur.

Ich laufe zurück ins Wohnzimmer, wo ich die restliche Sippe finde. Aber keinen Tom.

»Er ist nicht oben. Könnt ihr bitte *alle* das Haus absuchen?« Jetzt zittert meine Stimme.

Augenblicklich verstreuen sich die Anwesenden in alle Himmelsrichtungen. Annegret schickt sich an, unter dem Sofa nachzuschauen, und ich mache auf dem Absatz kehrt und beginne planlos durch das Haus zu laufen. Irgendwann fängt Gerome mich ein, im wahrsten Sinne des Wortes. Er packt mich an den Schultern und hält mich mitten im Laufen fest.

»Lilly. Er ist nicht mit in die Küche gekommen?«

Stumm schüttle ich den Kopf. »Offenbar hat er kurz nach dir das Wohnzimmer verlassen, und wir wissen nicht, wohin. Das ist jetzt über fünfzehn Minuten her. Guck bitte nach, ob alle Taschenlampen, die du vorhin mit Batterien versehen hast, hier sind.«

Ich rase zur Anrichte, die leer ist. Mein Vater streckt seinen Kopf in den Flur.

»Du hast eine Taschenlampe. Klara?« Er nickt. »Annegret?«

Sie antwortet direkt aus dem Wohnzimmer. »Nein! Ich sehe eh so schlecht, da hilft auch keine Taschenlampe.«

»Dann fehlt eine.« Es waren vier Taschenlampen. Drei sind hier, eine weg. Mit Tom. Holly suchen. Vermutlich.

»Verdammte, beschissene Scheiße«, flüstere ich und

setze mich kurzerhand auf den Teppich. Allerdings nur eine Millisekunde lang, dann springe ich wieder auf und renne zur Tür. Mein Kind hat sich gerade todesmutig in den Sturm gestürzt, um unseren Hund zu retten.

32

Ich will nach draußen laufen, doch ich komme nicht weit und finde mich stattdessen in einem Handgemenge wieder.

»Ich gehe.« Gerome hat mich ziemlich fest gepackt und gegen die Wand gedrückt. Im Normalfall wäre das eine gewalttätige Freiheitsberaubung, in meinem Fall eine Notwendigkeit, um nicht umgehend niedergeschlagen zu werden. Mit meiner Maglite. Die echt schwer ist.

»Ich muss mein Kind suchen!«, presse ich tonlos hervor.

»Ich gehe dein Kind suchen. Du bleibst hier und rufst die Feuerwehr an.«

»Wir müssen sofort handeln, er kann noch nicht weit sein.«

»Wir müssen denken, und dann handeln.« Er scheint allerdings schon fertiggedacht zu haben, denn er nimmt mir wortlos die Taschenlampe aus der Hand und reißt die Tür auf, die ihm fast um die Ohren fliegt. Ich erhasche einen Blick auf die herumwirbelnden Blätter und Äste auf dem Hof und möchte im selben Moment auf die Knie sinken und irgendeine Instanz anflehen, mir mein Kind zurückzubringen.

Allerdings scheint mein Gehirn nach all diesen Gedanken in eine Art Notfallmodus zu springen, und ich reiße mein Handy aus der Hosentasche. Ich wähle nicht die 112, sondern gleich Herberts Handynummer, der als Oberbrandmeister hier Ansprechpartner Nummer eins ist.

»Tom ist weg!«, brülle ich ins Telefon, da hat Herbert noch nicht einmal Hallo sagen können.

»Pfeffer?«, erkundigt er sich.

»Na klar, Pfeffer!«, brülle ich.

»Wie?«

»Tür auf, raus! Hund suchen!« Offenbar kann ich nicht mehr in vollständigen Sätzen sprechen. Das Muttertier in mir hat die Führung übernommen. Ich sehe aus dem Augenwinkel, wie mein Vater, Klara und Annegret mich mit betroffenen Mienen anstarren.

»Wir stellen sofort einen Suchtrupp zusammen. Ihr bleibt alle im Haus. Das ist ein Befehl!«, schnauzt er und legt auf.

Ich reiße die Haustür auf und werde fast auf den Hof geweht.

»Ihr bleibt alle hier!«, brülle ich, schnappe mir die Taschenlampe meines Vaters, der mir gerade folgen wollte, und knalle die Tür hinter mir ins Schloss. Der Sturm nimmt mir den Atem und peitscht mir augenblicklich die Haare ins Gesicht. Ich taste mich an der Hauswand entlang. An Rufen ist nicht zu denken. An Laufen eigentlich auch nicht, aber das übernimmt das Muttertier, und so arbeite ich mich vorwärts, wohin auch immer. Ich komme bis zur Scheune und zerre am Tor, das sich jedoch keinen Millimeter bewegt. Der Wind steht frontal auf dem Holz, und wir haben es ja keine zwei Stunden vorher kolossal fest verankert.

Ich taumle weiter und spüre abwesend, wie mich etwas

im Gesicht trifft. Der Schmerz ist nur kurz und lenkt mich nicht ab von dem dauerhaften rasenden Gedanken, Tom zu finden.

Und wieder ist es ein Handgemenge, in dem ich mich wiederfinde. Wieder ist es Gerome, der versucht mich aufzuhalten, nur dass ich diesmal sehr unkoordiniert mit meiner Taschenlampe bin und Gerome fast bewusstlos schlage. Vielleicht war es auch Absicht. Das kann ich nicht so genau sagen.

Gerome blutet an der Stirn, aber dann entwaffnet er mich. So richtig, mit Handkantenschlag und Arm um den Hals und verdrehtem Handgelenk. Er lässt mich auch nicht los, sondern schleppt mich in dieser Position zurück ins Haus, wo alle mich anstarren. Und dann Gerome einen nassen Lappen bringen.

»Bist du bescheuert?«, brüllt er mich an. Okay, er brüllt nicht wirklich, aber ich.

»Ich bin nicht bescheuert, ich bin Mutter!«

»Und dein Kind ist auch nicht bescheuert! Der wird sofort gemerkt haben, dass er gegen den Sturm keine Chance hat, und sich irgendwo verstecken.«

»Super! Das hilft mir nicht!«

»Kommt die Feuerwehr?«, fragt er, jetzt etwas gemäßigter im Tonfall, mich allerdings immer noch fest im Griff. Er hat wohl Angst, dass das Muttertier ihn erneut anfällt und zu erschlagen versucht. Als Antwort durchbrechen blaues Licht und Martinshorn die Dunkelheit und den Sturm.

Keine sieben Sekunden später steht Herbert im Flur. »Kind noch weg?«, brüllt er. Offenbar kann auch er nicht mehr in vollständigen Sätzen sprechen. »Ich habe alles angefordert, was nicht die Deiche sichert. Die sind unterwegs. Meine Leute sind auf dem Weg, um den Hof zu umrunden. Eine Ringfahndung sozusagen. Wie kann das Kind einfach so verschwinden?«

»Er hat sich aufgemacht, um Holly zu suchen«, antwortet mein Vater an meiner Stelle, weil ich mich erneut auf den Teppich setzen muss. Mir ist übel. Gerome setzt sich neben mich und hält meine Hand. Was ich ihm hoch anrechne, wo ich ihm doch vor wenigen Minuten noch nach dem Leben getrachtet habe.

»So, Lilly. Rein ins Einsatzfahrzeug. Wir fahren durch den Ort und machen eine Lautsprecherdurchsage.« Ich nicke, zutiefst dankbar, dass er mich nicht verdammt, hier weiter auf dem Teppich zu hocken.

Sein Handy klingelt. »Ja!«, schnauzt er. »*Alles*, was nicht am Deich ist, muss hierher kommen. Vermisste Person. Kind. Macht alles Licht an und Blaulicht und Signal. Und fahrt langsam und haltet die Augen offen. Bestenfalls fahrt ihr die hintere Feldmark ab.« Er legt wieder auf, tippt aber noch ein paarmal auf seinem alten Nokia herum. »So«, sagt er dann zufrieden, und nur eine Sekunde später ertönt die Sirene, die auf dem alten Schulgebäude sitzt.

Unser Dorfbrandmeister führt eine innige Beziehung zu seiner Sirene. Es mag da gesetzliche Regelungen zum Zivilschutz der Bevölkerung geben, Herbert interessiert das nicht. Er schaltet die Sirene an, wenn er meint, die Schönbühler sollen jetzt mal gewarnt, informiert oder was weiß ich noch werden. Was nicht klar als Signal für die

Freiwillige Feuerwehr erkennbar ist, lässt beim Erklingen der Sirene alle Einwohner an die Fenster oder auf die Straße laufen, um zu gucken, was nun schon wieder ist. Und diese Sirene übertönt sogar den Sturm. Man munkelt, dass sie gepimpt ist. Durch des Dorfbrandmeisters Hand persönlich.

»Jetzt machen wir mal richtig Alarm.« Mit diesen Worten setzt er mir seinen Helm auf und zieht mich hinter sich her zum Einsatzfahrzeug, das blinkend vor unserem Hoftor steht.

Er schubst mich auf den Beifahrersitz, drückt mir ein verkabeltes Walkie-Talkie in die Hand und lässt das riesige Fahrzeug langsam anrollen.

»Tom?«, flüstere ich in das Ding in meiner Hand und höre mich so laut, dass ich tatsächlich den Sturm übertöne.

Mutiger geworden erhebe ich die Stimme. »Du verdammter Trottel! Alle suchen dich! Es ist gefährlich! Halte dich fern von den Bäumen! Immer den Blick nach oben! Und wenn du Blaulicht siehst, geh langsam dorthin! Aber langsam! Ganz langsam! Die sehen dich vielleicht nicht!«

Ich atme tief durch. Die Panik um mein Kind versucht mich zu übermannen. Unerwartet streichelt Herbert meine Hand. »Gut gemacht. Das Ganze jetzt in Dauerschleife. Ich fahre den Ort ab. Wir finden den Bengel.«

Und so machen wir es. Wir fahren weit über eine Stunde lang durch den Ort. Meine Ansagen werden immer lauter, weil sich in mir immer mehr Angst breitmacht.

In ganz Schönbühl brennt Licht in den Fenstern. Die Leute kommen auf die Straße, obwohl Herbert mir jedes Mal das Walkie-Talkie aus der Hand nimmt und sie wieder zurückschickt. Überall sehe ich Menschen mit Taschenlampen über die Straße huschen.

Herbert erhält immer wieder Funksprüche von anderen Wehren. Niemand hat Tom gesehen. Er ist wie vom Erdboden verschluckt. Vor Angst habe ich irgendwann angefangen unkontrolliert zu zittern, und als Herbert unseren Hof ansteuert, möchte ich ihn anbrüllen, weiterzufahren. Mein Kopf weiß, dass es keinen Sinn hat. Zumal alle anderen Feuerwehrautos weiterfahren und suchen, aber das Muttertier in mir ist übermächtig und möchte jetzt keinesfalls zurück ins Haus. Aber Herbert ist gnadenlos.

»Wir suchen weiter, Lilly. Niemand geht nach Hause, bevor wir ihn gefunden haben. Und wir finden ihn. Aber wenn eine Maßnahme nicht den gewünschten Erfolg hat, muss man eine andere probieren.«

»Mach doch noch mal die Sirene an.«

»Das geht nicht, weil alle das für eine Entwarnung halten würden.«

»Kein Mensch hat eine Ahnung, was die Sirene uns alles so mitteilen möchte.«

»Doch«, sagt Herbert und sieht ernsthaft indigniert aus.

»Okay«, sage ich und klettere langsam aus dem Feuerwehrauto.

Im Haus hocken alle im Flur. Auf dem Teppich.

»Ich habe mit einem Medium telefoniert. Sie versucht Kontakt mit Holly aufzunehmen. Sie sagt, er hat es weich und warm. Und sein Freund ist auch da«, sagt Klara, kaum dass ich die Tür hinter mir geschlossen habe.

»Hä?« Ich lasse mich ebenfalls auf den Teppich sinken. Bleischwere Müdigkeit greift nach mir.

»Eine Frau, die mit Tieren kommuniziert. Auf feinstofflicher Ebene«, erklärt sie mir.

»Aha.«

»Es geht ihnen gut!« Eindringlich sieht sie mich an.

»Vielleicht sollten wir noch schnell ein paar Elfen und Trolle anrufen, die könnten dann ja kommen und einen Sonnentanz aufführen, damit das Universum sein Licht entzündet und uns den Weg zu den beiden zeigt.« Wow. Ich hatte nicht damit gerechnet, dass mein Gehirn noch zu so komplexen Satzstellungen in der Lage ist. Gerome erscheint im Türrahmen und sieht mich über die Köpfe der anderen hinweg an. Er hat eine blutende Delle im Schädel, wo ich versucht habe, ihn mit der Taschenlampe niederzustrecken. Offenbar gab es im Haushalt Pfeffer außer dem nassen Lappen nicht genug Energie, um die Wunde zu versorgen, denn sie blutet immer noch ein wenig. Er steigt über die anderen hinweg und reicht mir eine Hand. Ich lasse mich von ihm hochziehen, in die Küche führen und auf einen Stuhl drücken.

»Trink bitte einen Schluck.« Er hält mir ein Glas hin, und ich trinke. Es ist etwas mit sehr viel Alkohol, ansonsten aber undefinierbar.

»Du musst jetzt nur eine Sache tun.« Er kniet sich vor mich und umfasst meine Hände. »Du musst nur atmen, damit du nicht in Panik gerätst. Du hast alles Menschenmögliche getan. Für den Moment. Laut der Unwetterwarnung lässt der Sturm bereits nach. Ich habe noch einmal die Batterien der Taschenlampen ausgewechselt, und in ungefähr einer halben Stunde schaue ich nach, wie die Wetterlage ist. Wenn nicht sofort die Gefahr besteht, dass ich erschlagen werde, gehe ich wieder los und suche noch einmal das gesamte Gelände ab. Du musst nur atmen«, sagt Gerome leise und lässt meine Hände nicht los, wofür ich unendlich dankbar bin.

Plötzlich fange ich an zu weinen. Kein schönes, leises, stilles, ansehnliches Weinen, sondern eins mit offenem Mund und ersticktem Schluchzen. Gerome umfasst meinen Nacken und zieht mich zu sich.

»Es geht ihm gut. Ich bin mir sicher, dass er hier auf dem Hof ist. Ganz sicher. Und ich liege mit meinen Vermutungen immer richtig. Weißt du, in meinem Job ist es nämlich wichtig, einen guten Instinkt zu haben. Und den habe ich. Sonst würde ich gar nicht mehr leben. Und dieser Instinkt sagt mir, dass er noch hier ist. Und dass es ihm gut geht.«

Ich will ihm glauben. Mit aller Macht. Deswegen nicke ich an seinem Hals, und Gerome streichelt meinen Hinterkopf und hält mich ganz fest, als ich wieder anfange, unschön und laut zu weinen. Ich weine so lange, bis die gesamte Sippe um den Tisch vereint ist und sich zahlreiche Hände auf meinen Rücken legen.

»Ich werde es mir nie verzeihen, dass ich so gutgläubig war und mich darauf verlassen habe, dass er in die Küche ...«, murmelt mein Vater.

»Sei still!«, herrsche ich ihn an. Es ist, als ob Geromes Umarmung mir neue Energie gegeben hat.

»Sprich nicht so! Kein Mensch hätte das ahnen können!«, fauche ich.

»Okay«, erwidert er kleinlaut.

»Peng. Da ist sie wieder«, sagt Gerome und lächelt mich an.

»Wenn du gleich gehst, komme ich mit.«

»Natürlich!«, sagt Gerome. »Vorher checke ich nur kurz die Lage.«

»Vergiss es. Du willst nur raus und dich auf die Suche machen, ohne mich mitzunehmen.«

Gerome kratzt sich am Kopf. »Okay. So war der ursprüngliche Plan. Aber ich darf erst gucken, ob es ungefährlich ist, okay?«

Drei Minuten später kommt er wieder rein. Es ist nicht ungefährlich, aber der Sturm hat nachgelassen. Aus der Ferne sehe ich immer noch das blinkende Blaulicht der Feuerwehrautos, die mein Kind suchen. Mein Gehirn verleitet mich dazu, nachzudenken. Über mögliche Optionen, Konsequenzen und haarsträubende Möglichkeiten, aber ich versuche diese Gedanken wegzuschieben. Sie lähmen mich. Machen mich handlungsunfähig. Und so springe ich mit einem Satz auf die Füße und fege dabei zwei Teetassen vom Tisch.

»Los!«, sage ich zu Gerome, und gemeinsam laufen wir auf den Hof.

33

Überall liegen Äste herum. Ein paar Blumentöpfe, die Klara wohl vergessen hat, sind offenbar an der Hauswand zerschellt. Gerome schlägt eine Route mittig über den Hof ein, vermutlich um dem zu entgehen, was noch so von oben kommen könnte. Wir folgen dem kleinen Pfad zum Hühnerhaus, was recht abenteuerlich ist. Der Weg ist ohnehin schon mit eingewachsenen Wurzeln übersät, aber dank Ernesto hat sich heute noch das restliche Herbstlaub dazugesellt, und es ist rutschig wie auf Glatteis. Ich leuchte mir den Weg und starre auf den Boden, deswegen bekomme ich nicht mit, dass Gerome plötzlich stehen geblieben ist, und ramme unsanft in ihn hinein. Aber er rührt sich nicht. Ich klettere neben ihn und folge mit den Blicken dem Lichtkegel seiner Taschenlampe.

Die alte Walnuss ist gefallen. Komplett. Es steht nur noch ein kleiner Teil des Hauptstamms. Die erhabene Krone liegt zerborsten vor uns. Und mittendrin ragt das Hühnerhaus empor. Unversehrt, zumindest auf den ersten Blick. Ich leuchte nach oben, auf der Suche nach Ästen, die uns vielleicht doch noch nachträglich auf den Kopf fallen könnten, aber da ist nichts. Der Baum ist weg. Wie auch der Zaun des Hühnergeheges, der Haselnussstrauch und alles andere, was hier vorher gewachsen ist.

»Das kann doch nicht wahr sein«, murmle ich und

starre weiterhin wie hypnotisiert in die Leere über mir, während Gerome beginnt, sich zur Tür des Hühnerhauses vorzuarbeiten. Aus der Ferne höre ich Klara und meinen Vater laut rufend vom Hof laufen. Offenbar machen auch sie sich jetzt auf die Suche. Der Wind ist noch da, aber wesentlich schwächer. Jetzt ist es wieder ein üblicher Nordsee-Sturm. Etwas, mit dem wir uns auskennen. Etwas, vor dem wir hier oben im Norden keine Angst haben.

»Ich bekomme die Tür nicht auf.« Geromes Kopf taucht am Rande des Hühnerhauses auf.

»Da gibt es einen Trick«, rufe ich und klettere ihm hinterher.

»Der Riegel ist von außen geschlossen. Tom kann da nicht drin sein. Aber wir sollten kurz nach den Hühnern sehen«, sagt Gerome. Aber der Riegel ist gar nicht zu. Der ist kaputt. Von außen sieht es allerdings tatsächlich aus, als wäre die Tür fest durch den Bolzen verschlossen, obwohl der einfach nur in der Aussparung aufliegt.

Ich hebe die Tür ein kleines Stück an und ziehe sie dann nach vorne. Stallwärme schlägt mir entgegen. Die Hühner schlafen. Ungeachtet der Lebensgefahr, in der sie sich befunden haben, hocken sie auf ihren Stangen. Marco Polo hebt kurz den Kopf, macht ein knarzendes Geräusch und schüttelt einmal seine Federn.

»Denen geht es gut.« Gerome stellt sich neben mich in die schmale Tür und leuchtet durch das Hühnerhaus. Ich will mich gerade umdrehen, da entdecke ich im Schein seiner Taschenlampe hinten rechts, unter den Stangen, ein dunkles Bündel.

»Warte«, sage ich und klettere tiefer ins Hühnerhaus

hinein. Ein paar der Hennen fühlen sich von meinem Auftauchen gestört und geben empörte Geräusche von sich, aber ich krieche so leise wie möglich weiter, wobei ich meine Taschenlampe fest auf die Ecke des Hauses gerichtet halte.

»Tom?«, flüstere ich, und das Bündel regt sich. Ein haariger Kopf taucht auf und blickt mich freundlich an. Neben dem haarigen Gesicht taucht nur einen Atemzug später Toms wirrer Haarschopf auf.

»Tom!« Ich stürze nach vorne, verliere meine Taschenlampe und reiße mein Kind in meine Arme. Er stinkt nach Hühnerscheiße und nach nassem Hund. Aber er ist in einem Stück und schlingt seine Arme um meinen Hals.

»Mama! Ich habe Holly gefunden!«, murmelt er in meine Halsbeuge. Was ich jetzt von mir gebe, ist nicht für Kinderohren geeignet. Für gar keine Ohren. Es ist eine eklektische Mischung aus Schimpfwörtern, Himmelsbewohner-Anrufungen und dem Verfluchen von Sturm Ernesto.

Im Hintergrund höre ich Gerome telefonieren. Hoffentlich ruft er meinen Vater an, der hoffentlich sein Handy dabeihat.

Holly, der bei unserer wilden Umarmungsaktion irgendwie unter uns geraten ist, zappelt hilflos, und ich rücke ab, um ihm mehr Platz zu geben.

»Ich habe Holly gefunden. Im Busch neben dem Hühnerhaus. Und dann sind im Hof plötzlich ganz viele Töpfe kaputt gegangen, und dann habe ich gedacht, dass es besser ist, wenn wir zu den Hühnern gehen«, flüstert Tom mir ins Ohr.

Ich habe alle meine Worte gesagt und finde keine neuen.

»Habt ihr euch Sorgen gemacht? Bist du böse?« Tom hält mich ganz fest. Ich schüttle den Kopf.

»Wir sind fast verrückt geworden vor Sorge. Und die Feuerwehr sucht dich«, flüstere ich schließlich zurück.

»Bist du böse auf mich?«

Wieder schüttle ich den Kopf. Ich könnte ihn ungespitzt in den Boden rammen oder zum Mond schießen. Ohne Sicherheitshelm und Rückfahrschein. Aber nicht jetzt. Im nächsten Moment geht die Sirene los. Herberts Entwarnung an die Dorfbewohner. Das Kind ist wieder da. Der Sturm ist vorbei. Alles ist gut ausgegangen. Zumindest hoffe ich das.

Ich hebe Tom hoch und merke gar nicht, wie schwer er ist. Ich könnte jetzt auch einen Elefanten auf den Arm nehmen, das Muttertier strahlt und hat plötzlich wieder übermenschliche Kräfte. In gebückter Haltung schleppe ich ihn quer durch das Hühnerhaus zu Gerome, der wortlos den hinter uns her trottenden Holly am Halsband nimmt. Gemeinsam laufen wir den beschwerlichen Weg zurück. Gerome dicht hinter mir, wohl um uns aufzufangen, falls ich ausrutschen sollte. Was ich aber nicht tue. Ich könnte mein Kind gerade quer durch die Wüste Gobi tragen. Es ist wieder da. Nur das zählt.

Mein Vater kommt uns schon auf dem Hof entgegen und schließt mich und Tom in seine Arme. Als ich ihn ein bisschen schubse, damit er uns endlich wieder loslässt, sehe ich, dass er geweint hat. Auch Klara hat ganz glasige Augen, als wir endlich im Gänsemarsch in der Diele ankommen.

»Puh! Du stinkst!«, stellt sie dann fest, nachdem sie Tom fast erdrückt hat. Tom sagt gar nichts, sondern guckt mich immer wieder betreten an. Vielleicht braucht es gar kein pädagogisch wertvolles Erziehungsgespräch. Ich glaube, mein Kind hat die härtesten Stunden seines Lebens hinter sich. Genau wie ich.

Die Haustür steht noch offen, und ich werfe einen Blick in die Dunkelheit hinaus. Der Wind hat sich gelegt. Nichts mehr außer den vielen Blättern und Ästen deutet auf den Sturm hin, der über uns hinweggetobt ist.

Holly legt sich erschöpft auf den Teppich und wird von meinem Vater umgehend überschwänglich gestreichelt.

»Die brauchen beide eine Dusche«, stellt Klara fest und sieht mich an. »Ich mache das.« Sie nimmt Tom und Holly mit nach oben. Ich stehe erst unschlüssig herum, dann gehe ich in die Küche und gieße mir ein Glas Wein ein. Mit dem Wein laufe ich über den Hof zum Hühnerhaus. Es ist kühl. Mein Atem macht kleine Dunstwolken, und über den Himmel jagen zerfaserte Wolken. Der Mond scheint hell und taucht den Hof in ein fahles Licht.

Ich muss jetzt einen Moment allein sein. Vor dem Hühnerhaus gibt es ein kleines Mäuerchen, und ungeachtet der frischen Temperaturen hocke ich mich darauf und nehme einen Schluck Wein.

Es ist ein Wunder, dass der Walnussbaum nicht direkt auf dem Haus gelandet ist. Ich muss mir kurz verbieten, auch nur einen Gedanken daran zu verschwenden, was passiert wäre, wenn …

Zitternd atme ich tief ein. »Danke, Mama«, sage ich voller Inbrunst in Dunkelheit hinein. Es ist eine unumstößliche Tatsache, dass nur sie es gewesen sein kann, die mein Kind, Holly und die Hühner vor dem Baum bewahrt hat. Aus der Ferne höre ich einige Trecker-Motoren anspringen. Die Schönbühler räumen auf.

»Mensch, Mama, echt!«, sage ich laut. »Wie hast du das nur gemacht?«

Irgendwo in einer der Baumkronen beginnt ein Vogel zu singen. Vielleicht hat der Sturm ihn wach gehalten, und er probiert aus, ob der Morgen schneller kommt, wenn er ein wenig singt. Vielleicht ist das aber auch ein Zeichen. Dass es nach jedem Sturm im Leben irgendwie weitergeht.

Langsam wird mir kalt, und ich ziehe die Beine auf die kleine Mauer. »Weißt du, Mama, ich habe keine Ahnung wie das alles weitergeht. Mit meinem Leben. Und der Pension. Und … Na ja, Gerome.« Der Vogel ist wohl wieder ins Bett gegangen, denn plötzlich ist es ganz still. »Ist ja auch nicht so wichtig«, sage ich jetzt leiser. »Ein kleines Zeichen wäre nett, muss aber nicht sein.« Irgendwann habe ich begonnen, vor Kälte mit den Zähnen zu klappern. »Danke, Mama«, sage ich noch einmal und laufe zum Haus.

»Einer von uns muss Dr. Ewald abholen«, sagt mein Vater, der begonnen hat, die Küche aufzuräumen. Mittlerweile ist es schon sehr spät, aber offenbar sind alle im Haus hellwach und voller Tatendrang. Aus dem oberen Geschoss höre ich die Dusche und mein Kind, das sich beschwert, weil das Wasser zu kalt, zu nass oder zu warm ist.

»Ich habe schon Wein getrunken und bin mir nicht sicher, ob ich überhaupt fahren könnte«, erkläre ich und lasse mich auf einen der Küchenstühle sinken.

»Ich kann keinen Trecker fahren. Und über die Straße ist kein Durchkommen. Alles dicht.« Mein Vater schickt sich an, einen Topf Nudeln auf den Herd zu stellen.

»Ich fahre!« Annegret steht im Türrahmen.

»Natürlich«, murmelt mein Vater und kippt ein wenig Salz ins Nudelwasser.

»Bis jetzt konnte ich ja noch nicht viel tun. Deswegen werde ich euren komischen Mieter abholen.« Annegret guckt meinen Vater böse an. Es ist offensichtlich, dass sie noch über Energiereserven verfügt, die wir nicht mehr haben.

»Klar. Mach doch«, sage ich. Sie kann sehr gut mit ihrem Trecker umgehen. Der Sturm ist vorbei, und auf den offenen Feldern dürften auch keine Bäume herumliegen. Alles prima also.

Und so kommt es, dass Annegret, gut ausgestattet mit diversen Decken, einem aufgeladenen Handy und einer Kanne Tee, losfährt, um Dr. Ewald aus seinem Exil abzuholen, während wir anderen uns mitten in der Nacht um den Tisch versammeln, Rotwein trinken und mein Nusspesto essen. Zwischendurch fällt noch ein paarmal der Strom aus, aber wir zünden einfach eine Kerze an.

Wir haben auch noch Nusspesto für die Feuerwehrleute, die einen Rundgang machen, um alle Einwohner durchzuzählen und die Schäden zu begutachten. Schönbühl ist glimpflich davongekommen. Die Deiche haben gehalten, ein paar Bäume sind umgeknickt, ein paar Dächer haben Dachziegel verloren, aber niemand ist zu Schaden gekommen. Der kurze, kalte Schauer, der mich beim Gedanken an das Hühnerhaus durchrieselt, verliert ein wenig seinen

Schrecken, wenn ich mein Kind anschaue, das frisch geduscht im Schlafanzug am Tisch sitzt und seine dritte Portion Nudeln verspeist. Tom bemerkt meinen Blick, grinst mich mit vollem Mund an, und mein Herz macht einen kleinen Hüpfer. Die Feuerwehrleute sehen alle ziemlich geschafft aus und nehmen die Einladung zu Tee und Nudeln dankend an.

Irgendwann merke ich, dass ich mal kurz allein sein muss. Im Flur schließe ich die Tür hinter mir und lehne mich dagegen. Das muss der Schock sein. Oder der Schlafmangel. Zumindest ist mir plötzlich ganz komisch zumute. Ich atme tief durch, kann aber nicht verhindern, dass mir jetzt doch die Tränen über das Gesicht laufen. Als ich mir mit dem Ärmel übers Gesicht wische, höre ich es auf dem Hof poltern. Irritiert hebe ich den Kopf und öffne die Haustür.

Gerome steht mitten im Hof. Er hat einige der scharfen Tonscherben zusammengesammelt und in einen Eimer geworfen. Als er mich kommen hört, blickt er auf. Eine vertraute Gestalt mitten im Chaos.

Ich laufe die Treppe hinunter in den Hof. Ich will etwas sagen, aber auf einmal bin ich unfassbar müde und erschöpft. Von irgendwoher höre ich ein komisches Geräusch, das näher zu kommen scheint. Und dann reißt Gerome mich zum wiederholten Male zur Seite.

Hinter mir schlägt etwas auf. Und zerbirst mit einem satten Geräusch. Ich brauche mich gar nicht umzudrehen, denn ich weiß, was das war.

Direkt hinter mir liegt ein Dachziegel.

34

Gerome kann nichts von meiner Dachziegel-Theorie wissen, trotzdem küsst er mich, als ob es kein Morgen gibt. Allerdings erst, nachdem er mich unter das vermeintlich sichere Vordach gezogen hat.

Die Haustür hinter uns öffnet sich einen Spaltbreit, und irgendjemand gibt ein erstauntes »Uff!« von sich. Könnte mein Vater sein. Ich kann gerade nicht gucken. Ich muss weiterküssen.

Gerome löst für einen kleinen Moment seine Lippen von meinen und sagt in Richtung Tür: »Der Hof ist gesperrt, da fallen Ziegel vom Dach«, um mich dann übergangslos weiterzuküssen.

Mein Vater sagt nur »Aha!« und schließt die Tür wieder. Zeitgleich versenkt Gerome seine Hände in meinen Haaren, die an meinem Kopf kleben, nachdem ich die Hälfte des Abends einen Feuerwehrhelm aufhatte. Allerdings befinde ich mich in einem bemerkenswerten Zustand der totalen Fokussierung. Es ist mir schlicht egal. Genau wie die Tatsache, dass ich einen BH mit Snoopy drauf anhabe. Und dass meine Beine das letzte Mal vor ungefähr 123 Jahren enthaart wurden. Alles egal. Gerade zählt nur, dass Gerome mich weiterküsst, mit einer Intensität, mit der ich noch nie geküsst worden bin. Sein Herz rast, und ich lege meine Hand auf seine Brust. Eine seiner Hände löst sich von meinem Kopf und wandert tiefer, bis sie ganz sanft zu Snoopy gelangt. Nach fast sieben Jahren Enthaltsamkeit reagiert mein Körper entsprechend gierig auf die starke Männerhand, die plötzlich meine Brust fest im Griff hat. Als seine Hand weiterwandert packt mich ein Ganzkörperkribbeln. Vermutlich haben wir das Stadium der körperlichen und geistigen Erschöpfung nur kurz gestreift und dann umgehend hinter uns gelassen. Ich möchte nichts anderes, als jetzt mit diesem Mann ins Bett zu gehen. Umgehend. Keine Umwege mehr.

Mag sein, dass mein Griff ein wenig fest ist, als ich ihn an der Taille packe und in Richtung seiner Gästewohnung schiebe, aber er wehrt sich nicht. Ganz im Gegenteil. Er gibt einen zustimmenden Laut von sich, legt mir die Hand auf den Mund und lauscht in die Stille.

»Dachziegel geben immer Warngeräusche von sich«, sagt er dann leise, und seine Augen blitzen. Ich bin beeindruckt, dass er in dieser Situation noch an herabstürzende Dachziegel denken kann, komme aber nicht mehr dazu, ihm zu sagen, dass dieser eine kein Zufall war und weitere nicht folgen werden. Dieser Dachziegel war schließlich nur für mich bestimmt. Wir schaffen es irgendwie, über den Hof zu wanken, ohne uns loszulassen. Kaum ist die Tür geöffnet, wanken wir weiter zum Bett. Geromes Kapuzenpullover liegt nach nur einer Sekunde daneben. Kurzfristig bekomme ich Hemmungen. Ich habe ein Kind geboren. Mein Bauch ist ein preisverdächtiges Streifenkunstwerk, und meine Brüste neigen sich ohne BH gen Fußboden, aber Gerome streift mir mein Shirt in Lichtgeschwindigkeit ab und widmet sich so umgehend meinen Brüsten, dass eine vermeintliche Schwerkraftproblematik hier offenbar keine Rolle spielt. Und so packe ich ihn und öffne den alten Ledergürtel, den er immer trägt.

Gerome zieht zischend den Atem ein. »Ich bin verrückt nach dir«, murmelt er.

Bis zu diesem Zeitpunkt wusste ich nicht, welche Wirkung eine solche Offenbarung auf mich haben kann. Aber es scheint so zu sein, dass seine Worte nur eine Antwort in mir auslösen: Mehr. Jetzt! Es scheint wie ein Wunder, dass diese Worte meine Lippen nicht verlassen, sondern ich sie nur körperlich zum Ausdruck bringe. Ich habe es endlich geschafft, seinen Gürtel zu lösen, und knöpfe seine Hose auf, die wohl ein wenig locker gesessen hat, denn sie rutscht ihm förmlich über den Hintern. Ziemlich geschickt gibt er ihr Schwung und entledigt sich auch gleich noch der restlichen Kleidungsstücke. Ich knie vor ihm auf dem Bett, seine Hände sind nur Sekunden später wieder auf mir, und sanft, aber bestimmt dirigiert er mich auf die Matratze.

Wir sind hektisch. Und gierig. Und ein wenig aufgelöst in unserer Lust. Und ohne Kondom.

Hätte er jetzt mit professioneller Gelassenheit in seine Hosentasche gefasst und eines hervorgezogen, wäre ich stutzig geworden. Zumindest hinterher. Männer, die in jeder Lebenslage Kondome mit sich führen, sind mir suspekt. Aber Gerome gibt stattdessen ein »Argh!« von sich und reibt sich wie verrückt die Stirn. Was ein durchaus lustiger Anblick ist.

»Ich habe irgendwo welche«, sage ich. »Drüben. Im

Medizinschrank. Mit hoffentlich noch nicht abgelaufener Haltbarkeit.«

»Ich hab auch eins. Nur wo?« Verzweifelt starrt er die Zimmerwand an.

»Eins? Wo? Denk nach!«, sage ich und rüttle an seinen Schultern.

»Irgendwo«, antwortet er verzweifelt.

»Gerome. Such das Gummi!«

Gerome lacht. Und dann küsst er mich wieder. Und dann springt er vom Bett und fängt an, in diversen Schubladen zu wühlen. Er besitzt mehr, als ich angenommen habe. So viel, dass er es in der Kommode, die neben dem Bad steht, verteilen konnte. Zu viel, um das einzelne Gummi mit einem Griff am Start zu haben.

Aber da er bei dieser Aktion ziemlich nackt ist, lehne ich mich zurück und genieße den Anblick.

Ich habe ihn ja schon ohne Klamotten gesehen, wenn auch nur für den Bruchteil einer Sekunde. Gerome ist gut gebaut. Groß. Kräftig. Muskulös. Ich mag große Kerle. Und ihn sowieso.

Neu ist mir allerdings die großflächige Brandnarbe an seinem linken Unterschenkel. Die Narbe ist groß und eigentlich unübersehbar. Offenbar war ich in der Sekunde des Nackt-Überraschens durch den Rest seines Körpers abgelenkt. Jetzt bleiben meine Augen dort hängen.

Im selben Moment hält er triumphierend ein kleines Plastikpaket in die Höhe. Er bemerkt meinen Blick, dreht sich kurz ins Licht, sagt: »Später«, kommt wieder zu mir und bringt mich umgehend auf andere Gedanken. Bis ich bald darauf überhaupt nicht mehr denke.

»Lilly. Möchtest du, dass ich dir jetzt endlich erzähle, wer ich bin?« Die Stimme ist direkt neben meinem linken Ohr. Ich brumme etwas. Zu mehr bin ich nicht in der Lage. Und ich möchte auch gerade gar nichts. Nur liegen. Fest an den großen Mann neben mir geschmiegt, der mich mit seinem Armen umschlingt. Ich bin völlig sorgen- und gedankenfrei. Ein wunderbarer Zustand, den es um jeden Preis aufrechtzuerhalten gilt.

»Halt die Klappe«, murmle ich deswegen nur und schließe die Augen wieder. Er lacht. Lautlos, aber ich kann es bis in meinen Magen spüren.

Kurz bevor die Sonne aufgeht, weckt uns erneut die Lust. Diesmal lassen wir uns Zeit. Diesmal haben wir auch kein Kondom und müssen uns anderweitig behelfen. Aber das bekommen wir hin. Schließlich haben wir in dieser Nacht Sturm Ernesto, fallenden Walnussbäumen und dem schlimmsten Albtraum aller Mütter getrotzt. Wir sind Helden. Und so feiern wir uns.

Allerdings können wir danach beide nicht mehr schlafen und suchen aus dem Chaos vor dem Bett etwas Kleidsames zusammen. Wieder sichert Gerome den Hof, bevor er mich darüberlaufen lässt, wieder denke ich für einen Moment an meine Mutter und den Dachziegel.

Ich koche uns Kaffee, Gerome brät Eier. Dann zünden wir eine Kerze an, um das Morgengrauen zu vertreiben, und setzen uns an den Esstisch. Es ist ganz still im Haus. Alle schlafen den Schlaf der Gerechten.

Sogar Holly ist zu erschöpft gewesen, um uns zu begrüßen. Er hat nur zweimal mit der Rute auf sein Nachtlager geklopft und dann umgehend weitergeschlafen.

»Willst du es jetzt wissen?« Gerome sitzt direkt neben mir, sodass ich den Kopf ein wenig drehen muss.

Ich denke nach. »Nö«, sage ich dann und widme mich wieder meinem Frühstück.

»Lilly!«

»Nö. Du bist Gerome, den ich vom Tümpel mit nach Hause genommen habe. Du kannst keine Zaunpfähle reparieren, bist aber eine Granate im Bett. Du hast kein Leben vor deinem Auftauchen hier. Bitte nicke jetzt!«

Er schüttelt den Kopf und verdreht die Augen. »Hörst du mir zu, wenn ich es dir erzähle?«, fragt er, immer noch kopfschüttelnd.

Stumm gucke ich ihn an.

Er küsst mir flink die Stirn, dann lehnt er sich wieder zurück.

»Ich mag dich so verdammt gerne, wie ich noch nie eine Frau gemocht habe. Deswegen wirst du mir jetzt zuhören.« Okay. Teil eins war quasi eine Liebeserklärung. Teil zwei könnten wir uns jetzt auch schenken. Ich habe lange drauf gewartet, jetzt will ich es nicht mehr wissen. Jetzt steht zu viel auf dem Spiel. »Ich bin Journalist.«

Und da ist er. Der kleine Satz, mit dem Gerome plötzlich eine Vergangenheit bekommt. Gerade wollte ich noch gar nichts wissen, doch auf einmal gibt es tausend Fragen in meinem Kopf. Was tut er hier, wenn er doch einen Beruf hat? Warum ist er obdachlos? Und warum hat er daraus so ein großes Geheimnis gemacht?

»Warum bist du dann obdachlos?«, platzt es aus mir heraus.

»Bin ich nicht. Oder zumindest nicht richtig. Ich soll

eine Reportage über das Leben auf der Walz schreiben. Wie es ist, ohne Geld und ohne festen Schlafplatz zu sein.«

Ich spüre ein flaues Gefühl im Magen. Ich weiß schon, warum ich Journalisten nicht mag. Gerade wollte ich für Gerome eine Ausnahme machen. Weil er so nette Sachen zu mir sagt. Und dieses schöne Gefühl in mir auslöst. Aber ich bin so unendlich enttäuscht. Gerome ist nicht Gerome. Das ist alles nur ein Spiel, und bald kehrt er in sein richtiges Leben zurück.

»Und da schreibst du jetzt darüber, wie es ist, sich auf den Pfeffer'schen Hof zu schleusen und von der blauäugigen Hofbesitzerin aufnehmen zu lassen«, sage ich und schaffe es nicht, ihm richtig in die Augen zu sehen.

»Lilly. Nein. So bin ich nach Schönbühl gekommen. Aber hör mir bitte erst mal zu. Ich will dir alles erzählen. Weil du mir wichtig bist.«

Jetzt sehe ich ihn doch wieder an, und ich nicke.

»Ich schreibe für sehr große Zeitungen, allerdings unter Pseudonym. Weil ich die unangenehmen Jobs mache. Ich schleuse mich in Rockergangs ein, oder fühle internationalen Großkonzernen auf den Zahn, die ihre Mitarbeiter auf das Übelste ausbeuten. Und früher war ich auch oft im Nahen Osten unterwegs. Deswegen die Narbe am Bein. Das war eine Autobombe.«

Ich reiße die Augen auf. »Also bist du so eine Art Kriegsberichterstatter?«

Er nickt. »Einer muss da hin und der Gesellschaft die Wahrheit über all diese sinnlosen Kriege erzählen. Aber das ist schon ein Weilchen her.«

Ich weiß gar nicht, was ich darauf sagen soll. In meinem Magen grummelt es. Muss der Schock sein. »Und ich dachte, du bist wohnsitzlos und schlägst dich mit Gelegenheitsjobs durch«, sage ich tonlos.

»Nur für diesen Job. Mein Vater ist im Frühling gestorben. Meine Mutter und ich haben kein gutes Verhältnis. Trotzdem konnte ich nicht einfach wieder verduften, um mich irgendwo einzuschleusen, oder ins Ausland gehen. Dann bin ich nämlich wirklich weg und unerreichbar. Außerdem brauchte ich eine Auszeit. Ich bin erschöpft. Wenn man jahrelang unter dieser enormen Anspannung lebt, hinterlässt das Spuren. Und man hat ernsthafte Probleme im normalen gesellschaftlichen Umgang. Mein Chefredakteur hat mir vorgeschlagen, eine Reportage über das Leben ohne eigene Wohnung und Geld in Deutschland zu machen. Er fand, das sei eine brillante Idee, zumal ich so auch ausnahmsweise mal niemandem auf die Füße treten konnte. So bin ich auf Hildes Bullenweide gelandet. Ich kenne mich in der Wüste ganz gut aus, aber die heimische Flora und Fauna überfordert mich.«

»War er der Typ in dem Wagen?«

»Ja, das war mein Chefredakteur, der auch ein enger Freund von mir ist. Er hat sich Sorgen gemacht, weil ich mich lange nicht gemeldet habe. Ich habe mein Handy nur einmal am Tag angemacht, um die Mails abzufragen. Da hat er mich dann telefonisch erwischt, war aber schon auf dem Weg, und so haben wir uns auf einen Kaffee getroffen.« Entschuldigend hebt er die Schultern.

»Dann hast du auch eine Krankenversicherung«, stelle ich fest.

Er zögert. »Klar. Aber für den Moment war ich obdachlos.«

»Klar«, sage ich und bin immer noch überfordert mit diesen ganzen Informationen, die ich noch gar nicht richtig einordnen kann. Ich kann mir nicht vorstellen, was Gerome alles erlebt haben muss. Was es bedeutet, mit diesen Erfahrungen zu leben.

»Lilly. Wir sind darauf trainiert, niemals aufzufliegen. Niemals. Ein Job wird zu Ende gebracht. Unter der Identität, die man gerade hat.«

»Es tut mir leid, dass dein Vater gestorben ist«, sage ich unvermittelt. »Ich weiß, wie sich das anfühlt.«

»Danke«, sagt er und sieht mich fest an.

»Ist Gerome Legrand dann auch nur ein Pseudonym?«

»Nein, das ist mein echter Name. Mein Vater war Franzose.«

»Und Natalie? Natalie wusste alles?« Ich beuge mich etwas nach vorne.

»Natalie kenne ich schon lange. Sie hat mich ebenfalls genau in den zehn Minuten erwischt, in denen ich mein Handy anhatte. Die brauchte auch mal eine Auszeit. Da bot es sich doch an, ihr von diesem Hof zu erzählen. Es gibt keinen besseren Ort, um wieder zu sich selbst zu finden.«

Eine Weile schweigen wir.

»Glaubst du das wirklich?«, frage ich dann.

Gerome nickt und schaut aus dem Fenster. Er scheint über irgendetwas nachzudenken. »Weißt du, Lilly, ich war schon drei Wochen lang unterwegs, bevor du mich aufgegabelt hast. Von Hamburg aus über Elmshorn, Itzehoe und dann immer am Wasser lang. Ich habe kein Wort geschrieben in dieser Zeit. Viel erlebt. Aber kein Wort getippt.« Er blinzelt mich an. »Irgendwie hatte ich meine Worte verloren. Für jemanden, der Orte, Menschen und Situationen beschreibt, eine Katastrophe.«

Er sieht mich jetzt direkt an und beißt sich auf der Unterlippe herum. Er hat wirklich schöne Augen. Warm und ernst. Wie oft habe ich das jetzt in den vergangenen Wochen festgestellt?

»Ich war dabei, als mein Vater gestorben ist. Krebs. Er war lange krank. Und ich war tatsächlich zur richtigen Zeit am richtigen Ort. Nämlich an seinem Bett, als er aufgehört hat zu atmen. Ich glaube, irgendwo dort habe ich sie verloren.« Gerome sieht plötzlich mitgenommen aus. Was der schwerste Nordseesturm seit Jahren nicht geschafft hat, schafft die Erinnerung. Spontan greife ich nach seiner Hand.

»Aber du hast sie wiedergefunden?«

»Ja«, sagt er knapp. »Allerdings schreibe ich jetzt nicht mehr über das Leben auf der Walz.«

»Sondern?«

Gerome atmet tief durch. Dann sieht er mich von der Seite an, ohne jedoch den Kopf zu drehen, und sagt leise: »Wie es ist, sich an einem Ort so wohlzufühlen, dass man bleiben möchte.«

35

Jetzt mach du das mal!« Mein Vater drückt mir mit einem entnervten Gesichtsausdruck das Telefon in die Hand. »Ich bin doch kein Callcenter«, murmelt er und verschwindet wieder in der Scheune. Vermutlich, um an seinem neuesten Bild in schönen Farben und mit sanftem Pinselstich zu arbeiten.

»Hallo? Lilly Pfeffer?«, sage ich fröhlich ins Telefon.

»Meyer. Guten Tag. Wir möchten gerne Ihr Bed and Breakfast buchen. Und zwar über Neujahr.«

»Oh«, sage ich und starre auf meinen Buchungskalender. Der ist voll. Wir sind ausgebucht. Seit exakt vier Stunden. Offenbar hat Klara die ganzen Anrufe – und es müssen unzählbar viele gewesen sein – entgegengenommen. Es regnet immer noch, nahezu durchgehend, und der Tourismusverein hat vor zwei Tagen die Prognose erstellt, dass dies das schlechteste Buchungsjahr seit Anbeginn der Zeitrechnung werden wird. Nur meine Pension ist komplett dicht. Die Urlaubswilligen kommen sogar aus Süddeutschland. Ein Pärchen direkt von der Schweizer Grenze.

»Tut mir leid. Wir sind ausgebucht.« Ich blättere einmal alle Seiten durch und entdecke, dass Klara auch Geromes Wohnung vermietet hat. Ab nächster Woche.

»Oh, wie schade!«

»Ich hätte nächstes Jahr im März noch was frei. Und zwar in der ersten Woche.«

»Das nehmen wir!« Verwirrt kratze ich mich am Kopf, nehme dann aber zügig die Daten auf und mache einen weiteren Eintrag in den Kalender. Als ich mich verabschiede, fällt mir schlagartig ein, dass ich mal fragen müsste, wie die ganzen Gäste denn nun ausgerechnet auf meine Pension gekommen sind, aber Frau Meyer hat schon aufgelegt. Ja, das wäre doch mal eine elementare Frage. Hilde hätte sie natürlich gleich dem ersten Anrufer gestellt. Die ersten vier Buchungen habe ich entgegengenommen. Danach war ich Brötchen verkaufen, und Klara hatte Telefondienst. Tja, und dann mein Vater. Da wir alle einer Sippe entstammen, ist keiner von uns bisher auf den Gedanken gekommen, direkt nachzufragen.

Holly bellt, und dann klingelt es an der Tür.

Annegret steht vor mir und fuchtelt in höchster Aufregung mit einem Hochglanzmagazin vor meiner Nase herum. Dabei erzählt sie irgendwelche Dinge, deren Inhalt sich mir nicht erschließt.

»Jetzt mach mal langsam«, versuche ich sie zu beruhigen. Da fährt der Polizei-Golf vor, und Jörg, nicht minder aufgeregt, steigt aus.

»Jetzt guck doch mal!«, redet Annegret auf mich ein. Lustigerweise sagt Jörg just in diesem Moment ebenfalls: »Guck mal!«, und wedelt mit dem gleichen Hochglanzmagazin vor mir herum. Offenbar stehen da wichtige Dinge drin.

Und so brumme ich: »Okay, dann gib her!« und nehme es Annegret aus der Hand. Ich sehe interessante Modefotografien mit Frauen, die man seit Jahrzehnten wohl nicht mehr gefüttert hat, Tipps, wie man eine Gehaltserhöhung möglichst eloquent und konsequent umsetzt, und eine wichtige Information, warum Kohlenhydrate giftig sind. Irritiert gucke ich hoch.

»Weiter vor!«, sagt Annegret eifrig.

»Nee. Weiter hinten!«, sagt Jörg und fängt an, in dem Heft in meinen Händen herumzufummeln. Irgendwann scheint die richtige Seite aufgeschlagen zu sein, und ich erstarre innerlich. Möglich, dass ich auch nicht mehr atme. Zumindest macht mein Herz einen heftigen Doppelschlag, denn da steht: »Lillys Pension! Die Glückstankstelle im Norden.«

Meine Augen jagen über die beiden Seiten, aber ich kann den Text gar nicht erfassen. Dafür sind es zu viele Bilder, die mich fesseln. Bilder vom Hof, eine wunderschöne Aufnahme meines Frühstückstisches, Holly, wie er auf dem Rücken liegt und sich kraulen lässt, und ein Foto von mir, wie ich lachend und mit einem karierten Küchenhandtuch über der Schulter in der Küche stehe und versuche, mit zwei Äpfeln und einer Pflaume zu jonglieren. Ich erinnere mich, wer mich bei diesem Versuch fotografiert hat: Natalie. Und wir haben uns vor Lachen gebogen, denn Jonglieren gehört nicht zu meinen Kernkompetenzen. Das Foto von mir ist wirklich gelungen. Ich sehe ziemlich gut aus. Erwachsen. Kompetent. Fröhlich. Der Frau auf dem Foto würde ich gerne mal persönlich begegnen, um ihr beim Jonglieren zuzusehen.

»Heiliger Bimbam«, sage ich schwach und hebe den Kopf, weil ich gerade das Lesen verlernt habe. Ein paar

Sätze haben es bis in mein Worterkennungsprogramm geschafft. »Besucht Lillys Bed and Breakfast! Es gibt keinen besseren Ort am Meer. Und keinen Menschen, bei dem man lieber seinen Urlaub verbringen möchte!«

Jörg und Annegret reden ziemlich aufgeregt durcheinander. Als dann auch noch Klara vorbeigeschlendert kommt, wird sie umgehend in unseren Gesprächskreis mit aufgenommen und versteht erst mal genauso wenig wie ich.

Dafür schafft sie es, den Artikel komplett zu lesen. »Tja, Schätzchen. Jetzt bist du berühmt. Bald geht das hier ab. Kann ich die mitnehmen?« Sie wedelt mit der Zeitschrift.

»Kannst du«, sagt Jörg. »Ich habe noch vier Exemplare im Auto. Alle an der Tankstelle gekauft.«

Meine Tante verschwindet samt dem Magazin. Annegret verabschiedet sich ebenfalls, ihre Zeitschrift eng an den Busen gedrückt. »Dann gehe ich jetzt los. Das muss ich Irmtraud, Helga und Sophie zeigen.«

Und Jörg läuft zum Auto und drückt mir gleich noch zwei Exemplare in die Hand. »Ich fahre nachher noch nach Husum, da kaufe ich noch mehr. Du musst die in den Gästewohnungen auslegen.«

»Und ein Exemplar schicke ich Herrn Holtenhäuser«, sage ich schwach. Ich bin immer noch ganz benommen.

»Ha!« Jörg sieht rundum zufrieden aus.

»Jörg. Du wirst es nicht glauben, aber ich habe jemanden kennengelernt.«

»Ich weiß.« Jetzt grinst er. »Ich dachte mir das schon, als ich ihn hier polizeilich überprüft habe. Ich glaube, er ist ein anständiger Kerl. Er hat auch einen ziemlich beeindruckenden Job. Ich habe sogar schon mal was von ihm gelesen. Da ging es um …«

»Moment«, unterbreche ich ihn, »du wusstest das?«

»Natürlich wusste ich das. Ich bin der Arm des Gesetzes. Und verantwortlich für die Menschen hier. Dich schließt das ein. Für dich bin ich sogar sehr gerne verantwortlich. Ich habe ihn gefragt, und er hat es mir erzählt. War jetzt keine so komplizierte Nummer. Dir konnte er es nicht erzählen, weil er ja undercover unterwegs war. Da musste ich natürlich auch den Mund halten. Versteht sich, oder?«

Ich komme nicht mehr dazu, meine Einschätzung der Situation loszuwerden, denn Jörgs Diensthandy klingelt. »Muss die Welt retten«, sagt er knapp, küsst mich auf die Wange und läuft zu seinem Wagen.

Mit den Frauenzeitschriften auf dem Arm wandere ich zurück in meine Küche, nehme mir einen Kaffee und setze mich an den Tisch. Dann schlage ich den Artikel erneut auf und lese ihn endlich von vorne bis hinten durch.

Natalie hat eine wunderbare Art, Texte zu komponieren. Sie schreibt so lebendig, dass man meint, den Geschmack der salzigen Luft auf der Zungenspitze schmecken zu können. Und sie erzählt von ihrem Abenteuer, den Kühen, dem Malen, dass sie das erste Mal in ihrem Leben getrommelt hat, und ein großer Teil ihres Artikels befasst sich mit meinen Hühnern. Welch wunderbare Geschöpfe das sind. Wie wohltuend ihre Anwesenheit ist und wie glücklich sie trotz ihres eigenen Unglücks nach Hause gefahren ist. Jetzt ist es nicht weiter verwunderlich, dass all diese Menschen bei uns Urlaub machen wollen. Ich möchte das nach der Lektüre des Artikels auch.

Deswegen ist es absolut sinnvoll und wirtschaftlich unabwendbar, auch die kleine Wohnung, in der Gerome bisher logiert hat, zu vermieten. Trotzdem macht mich das ein wenig konfus. Ich möchte nämlich keinesfalls, dass Gerome seine Sachen packt und wieder nach Hamburg verschwindet, um sich undercover in irgendwelche Rockergangs einzuschleusen und dann Reportagen darüber zu verfassen, wie die Kerle in Motorradjacken sich gegenseitig meucheln. Ich möchte, dass er hierbleibt.

Nachdenklich starre ich auf die schönen Fotos in dem Magazin. Dann lasse ich alles stehen und liegen und mache mich auf die Suche nach dem investigativen Journalisten, für den mein Herz schlägt. In der Scheune finde ich meinen Vater. Er steht vor einer Leinwand und malt. So weit, so normal. Nicht normal ist die Tatsache, dass das Bild dem erstaunlich ähnlich sieht, das Natalie für eine unfassbare Summe erstanden hat,.

»Bist du in die Massenproduktion gegangen?«, frage ich ihn erstaunt. Er dreht sich kurz zu mir um, auf seiner Nasenspitze ist ein rosa Farbfleck. Rosa steht ihm nicht. Ich strecke die Hand aus und wische mit der Fingerspitze die Farbe ab.

»Wenn dieses Bild so gut angekommen ist, sollte ich mehr davon malen. Ich bin gerade in einer sehr heiteren Schaffensphase, das muss ich nutzen. Das hängen wir dann wieder in die Gästewohnung.«

Zufrieden dreht er sich um und malt ungerührt weiter. »Tausend Euro, Tochter. Und offenbar ist Natalie hochzufrieden mit ihrer Erwerbung. Ich möchte noch andere Menschen hochzufrieden machen«, sagt er, schwingt aber schon wieder den Pinsel. Ich bin mir nicht sicher, glaube aber am unteren rechten Bildrand ein kleines Herz entdecken zu können. Mein Vater malt ja sonst eher Bilder, die aussehen, als hätte ein bekiffter Gorilla einen Pinsel in die Hand bekommen. Das einzige Mal, als so etwas wie ein Gegenstand erkennbar war, handelte es sich um einen einzelnen Finger. Und den konnte er noch nicht einmal erklären. Den hatte er sozusagen aus Versehen gemalt.

Ich durchquere die Scheune und öffne das hintere Tor, um hier die Auffahrt nach Gerome abzusuchen. Stattdessen finde ich Klara. Mit Dr. Ewald. In eindeutiger Position, nämlich fest umschlungen und innig küssend. Das beeindruckt mich sehr, aber ich schweige still und schließe das Tor leise wieder.

»Papa, Klara knutscht mit Dr. Ewald«, sage ich, als ich wieder an meinem malenden Vater vorbeikomme.

»Ja, die Pfeffers sind kollektiv verliebt«, antwortet er und arbeitet ungerührt weiter.

Ich finde Gerome bei den Hühnern. Gemeinsam mit der Feuerwehr und einigen Nachbarn haben wir in den vergangenen Tagen die abgestürzten Äste beseitigt, und er ist gerade dabei, den Zaun für die Hühner neu zu bauen. Bis der fertig ist, dürfen die Hühner unter Aufsicht den Apfelgarten nutzen. Das finden sie großartig, und sie picken eifrig nach Würmern, wohingegen jeder, der mit ihnen draußen ist, den klaren Auftrag hat, nach Milan und Habicht Ausschau zu halten. Die Hühner begrüßen mich mit dem üblichen eifrigen Gegacker, widmen sich dann aber schnell wieder ihren Tagestätigkeiten: zu picken und glücklich zu sein.

Geromes Zaunbaufähigkeiten haben sich enorm verbessert. Was er bisher aufgebaut hat, erinnert tatsächlich zumindest entfernt an einen Zaun.

»Sieht prima aus!«, lobe ich ihn. Die Weisheit, jede Kritik mit einem Lob zu beginnen, hat es auch bis in meine Allgemeinbildung geschafft.

»Spar es dir. Prima ist nur die Tatsache, dass Herbert die Pfosten in die Erde gestampft hat. Ich bin wirklich beeindruckt, was der Typ so alles kann. Und ich dachte immer, ich hätte einen hochkomplexen und anspruchsvollen Job. Vergiss es. Herbert kann Sirenen manipulieren und Zaunpfähle nur durch böses Angucken im Erdreich verankern. Das sind die wirklich wichtigen Dinge im Leben.«

»Gerome, ich möchte, dass du hierbleibst«, sage ich unvermittelt. Mein Herz hat direkt an meine Zunge gefunkt, ohne den lästigen Umweg über das Hirn.

Gerome dreht sich zu mir herum und lässt den großen Hammer, mit dem er hantiert hat, unachtsam auf den Boden fallen.

»Das möchte ich auch. Aber ich weiß nicht, wie das gehen soll. Ich habe keinen Plan.« Er zuckt hilflos die Schultern.

»Wir brauchen keinen Plan. Wir machen das ohne«, sage ich und habe das Gefühl, in genau diesem Moment etwas Entscheidendes begriffen zu haben. Das Beste passiert uns nämlich einfach so. Und das nennt sich schlicht und ergreifend Glück.

Epilog

»Übe dich in Zurückhaltung«, sage ich und schubste Gerome mit der Hüfte zur Seite, um Platz für das Backblech zu haben.

»Kann nicht«, sagt er und pirscht sich wieder heran.

»Kannst du wohl«, zische ich und stelle das heiße Blech mit einem Knall auf dem Tresen ab. Gerome hat Brot gebacken. Tief in seinem Innersten ist er nämlich ein Gourmet und begnügt sich nicht mehr mit meinen aufgebackenen Zimtschnecken. Seit ein paar Tagen backt er jeden Tag frisches Dinkelbrot. Und er kocht auch. Was er besser kann als wir alle zusammen, und womit ihn auch der Rest der Sippe tief ins Herz geschlossen hat.

Gerade will er aber nicht an das heiße, duftende Brot, sondern an mich. Er ist nicht nur ein Gourmet, sondern auch der körperlichen Liebe nicht abgeneigt. Das geht mir genauso. Wir können die Finger nicht voneinander lassen. Mein Vater und Marijke sind über ein keusches Küsschen auf die Wange noch nicht hinausgekommen, aber sie treffen sich fleißig. Wöchentlich. Und jede Woche freuen sie sich aufs Neue aufeinander.

Gerome und ich sind übrigens immer noch planlos. Aber sehr glücklich damit. Manche Dinge ergeben keinen Sinn, und ihre einzige Existenzberechtigung ist die Tatsache, dass sie sich gut anfühlen.

Nach diesem Motto leben wir zurzeit. Gerome ist tatsächlich einfach geblieben. Noch hat er seine Wohnung in Hamburg, aber seit vier Wochen ist sie untervermietet. Er verdient Geld mit Online-Artikeln und wohnt jetzt im Gästezimmer im Obergeschoss. Die Zeit für einen Umzug in mein Schlafzimmer ist noch nicht gekommen. Es gibt jetzt einen Gerome, der ein Leben vor dem Pfeffer'schen Hof hatte, und den muss ich erst noch besser kennenlernen.

Da aber Klara spontan zu Dr. Ewald gezogen ist, war das Zimmer eh frei.

Auch wenn wir nicht das Bett teilen, führen wir eine Beziehung. Ha! Ich habe eine Beziehung. Wir sprechen viel. Über sein Leben, mein Leben, Tom und unser gemeinsames Leben. Gerome erzählt mir von seinen Reisen, von seinen Erfahrungen, von seinem Vater. Und von seinen Zukunftsplänen. Ich erzähle ihm von meiner Mutter und von meiner schwierigen ersten Zeit mit Tom allein. Und wir beide merken, wie gut es tut, endlich darüber reden zu können.

Magdalena und ihr rassiger Golden Retriever waren letzte Woche da. Sie ist bei Geromes Anblick fast in eine hormonell bedingte Ohnmacht gefallen. Ihr Mann hat nämlich keine Haare mehr und einen Bauch, wie Frauen ihn nur im achten Monat haben.

Ich habe bei unserem Kaffeekränzchen ganz nebenbei siebenmal erwähnt, wie glücklich ich doch bin. Mit meiner wunderbar laufenden Pension, meinem tollen Sohn, meinem künstlerisch hoch angesehenen Vater und eben diesem traumhaften Mann, der alles kann, bis auf Zaunpfähle reparieren und den Pümpel schwingen.

Als sie tief betroffen von meinem Glück von dannen

zog, hatte ich kurz ein schlechtes Gewissen und endgültig verstanden, dass es wirklich niemanden gibt, der das Leben anderer Menschen beurteilen sollte.

Manchmal frage ich mich, ob sich Gerome vielleicht irgendwann genug erholt hat und wieder in die Welt hinausziehen möchte. Ob es ihm vielleicht irgendwann zu langweilig wird hier mit mir auf dem Hof. Ich habe ihn danach gefragt. Er hat nur gelacht und mich in den Arm genommen.

Ich schneide mir ein Stück von dem Dinkelbrot ab, gebe Gerome einen Kuss und gehe nach oben, um Tom gute Nacht zu sagen. Er kommt schon in die 2. Klasse und kann immer noch nicht wirklich gut rechnen. Vielleicht wird sich an diesem Zustand auch nichts mehr ändern. Trotzdem versucht Gerome es mit freundlicher, aber bestimmter Nachhilfe. Das hilft zumindest so weit, dass er eine Sieben von einer Zwei unterscheiden kann und im Matheunterricht nicht mehr permanent negativ auffällt.

Wir lesen eine Geschichte, und als Tom schon fast eingeschlafen ist, lege ich mich für einen Moment zu ihm und vergrabe mein Gesicht in seinem wirren Haar.

»Mama?«, fragte Tom mich leise, und drehte ein wenig den Kopf, um unter der mütterlichen Zuneigungsbekundung nicht zu ersticken.

»Hm«, brumme ich.

»Gut, dass wir Gerome behalten haben«, flüstert mein Kind.

»Ja«, flüstere ich zurück. »Das haben wir richtig gut gemacht.«

Lillys Nusspesto

Falls Sie mal dringend eine Prise Glück brauchen, empfehle ich folgendes Rezept meiner Freundin Pepe. Es hilft bei Orientierungslosigkeit, leichten depressiven Anwandlungen, massiver mütterlicher Überforderung und eventuell auch bei Liebeskummer. Ich persönlich kann nicht kochen, und meine hausfraulichen Qualitäten beschränken sich auf Kaffeezubereitung, aber selbst ich als Küchen-Legastheniker bekomme das Rezept hin. Und ich versichere Ihnen: Dieses Essen macht glücklich!

2 Dosen Cashewnüsse (bereits geröstet und gesalzen) in der Küchenmaschine fein zermahlen (aber nicht extrem fein, denn es soll ja keine Creme werden). Dann etwas Chili, das tolle Gewürz »Zitronenpfeffer« (gibt es in guten Läden als fertige Gewürzmischung und ist ganz wunderbar, weil es nämlich diverse Gewürze beinhaltet) und Salz hinzufügen, kurz untermixen, und dann ganz klein gehackten Knoblauch (frisch oder eingelegt oder in Pulverform) zugeben. Es gibt keine richtige Mengenangabe. Alles nach Gefühl hinein damit! Anschließend langsam 150 bis 250 ml sehr gutes – ich wiederhole: *sehr gutes!* – Olivenöl untermengen, im Mixer nur kurz unterschlagen, da sich sonst das Öl ggf. leicht bitter schmeckend verändern könnte. Besser ist es noch, das Öl mit der Hand unterzuheben. Diese

relativ helle Masse in ein hübsches Glas, eine nette Schale oder in eine tolle breite Teetasse füllen und ein paar Stunden abgedeckt ruhen lassen. Wichtig: immer einen Schuss Olivenöl obendrauf gießen, so kann das Pesto durchaus etliche Tage halten. Juhu! Glück auf dem Teller!

Danksagung

Danke an Wiesbaden, wo mich aus dem Nichts Lillys Geschichte angesprungen hat. Vielleicht lag es auch an der Anwesenheit meiner großen und großartigen Großsippe. Man weiß es nicht.

Danke an meine wunderbaren Lektorinnen Carolin Klemenz und Dr. Katja Bendels. Die Zusammenarbeit mit Ihnen macht einfach Spaß. Und danke an das tolle Team von Diana.

Danke, Timi und Burkhard, für den bösartigen Ganter! Jeden Morgen giftet er mich auf meiner Hunderunde an, und ich habe mir angewöhnt zurückzugiften. Ich glaube, er hasst mich.

Danke, Mine! Dass du immer ein offenes Ohr für mich hast. Und herzlich willkommen, kleine Bohne!

Lieber Holly, dass der Hund so heißt wie du, ist einfach so passiert. Ich dachte die ganze Zeit, ich müsste das noch ändern, aber nun habe ich mich dran gewöhnt. Sorry.

Danke an Pepe. Für alles. Und das Nusspesto. Du beglückst mich ganz oft damit, und ich liebe es. Das Rezept ist aus deiner Hand. Danke!

Danke an Jörg und Hase! Ihr wisst, wofür, und ihr wisst auch, warum Jörg Lilly jetzt doch nicht ehelichen konnte. Weil er ja den Hasen hat.

Bettina R. und Katja E., dass ihr so schnell mal »Feuer und Stein« auf die Waage geschmissen habt. Ich liebe Facebook (www.facebook.com/KrisSteffan). Hier kann ich hemmungslos sonderbare Fragen stellen, und keiner nimmt es mir krumm.

Kira, danke für den sachdienlichen Hinweis, dass man aus den Krümeln in deiner Besteckschublade locker ein Brot backen könnte.

Danke an Steffi, die zu nächtlichen Observationen aufgebrochen ist, um herauszufinden, ob Hühner nachts den Kopf ins Gefieder stecken. Nein, tun sie nicht.

Wer ausrangierten Legehennen ein neues Zuhause geben möchte, findet hier mehr Informationen: www.rettet dashuhn.de. Die Hühner haben es verdient! Und Hühner sind wirklich wunderbare Zeitgenossen. Wenn sie die Chance haben, zu picken und glücklich zu sein. Und diese Chance hat jedes Lebewesen verdient.

Danke an Tanja und Michael. Für den Milchreis. Er war löffelbare Inspiration.

Danke, liebe Läuse. Auch ihr wart ein Quell der Inspiration. Danke Timo. Fürs Lausen.

Danke an Ecki! Für die tolle Lesung in MUC. Ich komme gerne wieder.

Danke an Herrn Hund. Ich mag dich, du haarloser, durchgeknallter Terrier.

Danke an meinen Mann. Dass du hier allen Mathe beibringst, M. Spezial-Essen kochst und mich verstehst, wenn ich mich im totalen Schreibwahnsinn befinde. Ich liebe dich.

Diana Verlag

KRISTINA STEFFAN
Land in Sicht

Lotta hasst Veränderungen. Blöd nur, dass das Leben darauf keine Rücksicht nimmt. Als ihre Oma stirbt, ist sie plötzlich Hausbesitzerin. Auf dem Land. Gemeinsam mit ihrer ungeliebten Schwester. Von nun an kämpft Lotta mit Kühen im Garten, mit den Dorfbewohnern und mit Handwerkern, die gern auch mal die falsche Wand einreißen. Und dann ist da noch der geheimnisvolle Graf im Nachbarhaus, der ihre Gefühle ganz schön durcheinanderbringt ...

»Eine perfekte Gratwanderung zwischen einer locker-flockigen Geschichte und dem Quäntchen Ernst.«
Magazin LoveLetter

978-3-453-35778-5
Auch als E-Book erhältlich

Leseprobe unter diana-verlag.de